朱自清經典作品精選

商務印書館

朱自清經典作品精選

作　　　者：朱自清

責任編輯：曾卓然

封面設計：涂　慧

出　　　版：商務印書館 (香港) 有限公司

　　　　　　香港筲箕灣耀興道 3 號東滙廣場 8 樓

　　　　　　http://www.commercialpress.com.hk

發　　　行：香港聯合書刊物流有限公司

　　　　　　香港新界荃灣德士古道 220-248 號荃灣工業中心 16 樓

印　　　刷：中華商務彩色印刷有限公司

　　　　　　香港新界大埔汀麗路 36 號中華商務印刷大廈

版　　　次：2021 年 11 月第 3 次印刷

　　　　　　© 2017 商務印書館 (香港) 有限公司

　　　　　　ISBN 978 962 07 4563 8

　　　　　　Printed in Hong Kong

導讀　時代的立足點

樊善標

　　朱自清（1898-1948）早年創作新詩，後來研究新舊文學，但最廣為人知的還是散文家的身份，這很大程度拜中小學課程所賜。〈背影〉、〈荷塘月色〉、〈溫州的蹤跡〉、〈匆匆〉、〈春〉、〈槳聲燈影裏的秦淮河〉，這幾篇範文陪伴了各地華人社會許多代莘莘學子成長，無論喜歡不喜歡，最低限度記得朱自清這名字，也許還有那艱難爬過月台的父親身影。

　　教科書上通常讚美朱自清的散文充滿詩意，這是沿襲朱自清同代人郁達夫的評語（〈中國新文學大系・散文二集導言〉），但另一位散文名家余光中，卻毫不客氣地否定朱自清具有詩人氣質，非議他運用譬喻的才能，並挑出大量歐化冗贅的句子。（《青青邊愁・論朱自清的散文》）的確，朱自清寫景過於強調條理，欠缺奇妙的想像，對語言美感的把握比不上少他兩歲的冰心，如〈荷塘月色〉這一段：

　　　　雖然是滿月，天上卻有一層淡淡的雲，所以不能朗照；但我以為這恰是到了好處——酣眠固不可少，小睡

也別有風味的。月光是隔了樹照過來的，高處叢生的灌木，落下參差的斑駁的黑影，峭楞楞如鬼一般；彎彎的楊柳的稀疏的倩影，卻又像是畫在荷葉上。塘中的月色並不均勻；但光與影有着和諧的旋律，如梵婀玲上奏着的名曲。

描寫不為不用力，可惜略無餘味。同樣寫月夜，冰心〈往事〉之四毫不費勁就達到景情理三者交融的妙境：

> 在堂裏忘了有雪，並不知有月。
>
> 匆匆的走出來，捻滅了燈，原來月光如水！
>
> 只深深的雪，微微的月呵！地下很清楚的現出掃除了的小徑。我一步一步的走，走到牆邊，還覺得腳下踏着雪中沙沙的枯葉。牆的黑影覆住我，我在影中抬頭望月。
>
> 雪中的故宮，雲中的月，薨瓦上的獸頭 —— 我回家去，在車上，我覺得這些熟見的東西，是第一次這樣明澈生動的入到我的眼中，心中。

難怪後輩的余光中敢於倡言，朱自清的「歷史意義已經重於藝術價值了」（出處同上）。

可是，假如閱讀的眼光不以教科書為限，我們或會對朱自清另有觀感。在最早的詩文合集《蹤跡》裏，抒情寫景的美文雖多，較可觀的卻是諷刺落伍文化的〈航船中的文明〉——朱氏一位朋友所見相同（《〈背影〉序》）。其後膾炙人口的《背

影》當然勝《蹤跡》一籌，但出色之作並非〈背影〉、〈荷塘月色〉或〈兒女〉，而是〈阿河〉、〈飄零〉、〈白采〉等。讀了這幾篇，我們才知道，卸下了寫景的擔子後，原來朱自清的語言也可以很流暢的。

《你我》中〈我所見的葉聖陶〉延續了〈阿河〉等篇的風格，也令人驚喜。朱自清記人 —— 特別是友人 —— 的文章，不大着力於結構，但事件選擇得好，尤其長於引錄口語。〈我〉文所記葉聖陶的話只有寥寥幾句，全都如聞其聲，例如：「由他去末哉，由他去末哉！」「我們要痛痛快快遊西湖，不管這是冬天。」「今天又有一篇了，我已經想好了，來的真快呵。」余光中批評朱自清遊秦淮河時，為了要不要聽歌掙扎了大半個晚上，委實有欠瀟灑。朱自清顯然是個拘謹的人，即使寫作時，也放不下種種道德規條。他最好的抒情文章，是那些傳統禮教容許他公開說的，所以記友人的幾篇令人動容於平生風誼，〈給亡婦〉卻似乎恩情多於恩愛。但是〈冬天〉三段冬日回憶，最後一段有這幾句：「似乎台州空空的，只有我們四人；天地空空的，也只有我們四人。那時是民國十年，妻剛從家裏出來，滿自在。現在她死了快四年了，我卻還老記著她那微笑的影子。」平淡然而有情。值得一提的是，《你我》中〈看花〉、〈潭柘寺　戒壇寺〉兩篇有些似不經意的幽默滑稽，罕見地流露了朱自清性格的另一面。

大抵在〈荷塘月色〉後，朱自清就放下了穠麗的筆調，於是歐化的冗句再不多見。《歐遊雜記》和《倫敦雜記》都是轉向樸素風格後的作品，前者的自序說，「用意是在寫些遊記給

中學生看」,「以記述景物為主,極少說到自己的地方」,但花了力氣令文句清晰準確。這番話也適用於後者,因為大部份篇章都發表於《中學生》雜誌。

如果把文學散文的界線劃得寬些,則《標準與尺度》、《論雅俗共賞》和《語文影及其他》裏的若干論説文,才是朱自清散文的最高境界。這要由本書編者苦心安排的「集外」文章説起。編者顯然有意輯集這些文字來補充朱自清鮮為一般讀者所知悉的經歷或面貌(除了〈春〉大概是因為屬於名作而收入),從〈自治底意義〉、〈執政府大屠殺記〉、〈哪裏走〉可以看到,朱自清年輕時已是力求獨立思考的知識分子,他對過度伸張個人自由的質疑,對政權鎮壓異議者的憤怒,對政治革命的憂慮,都顯示他沒有盲從思潮或權勢。朱自清不斷反省自己的人生路向,努力理解飛速變幻的時世,苦苦思索如何應對。他生性悲觀,但決不自欺欺人。他認定:

> 在舊時代在崩壞,新局面尚未到來的時候,衰頹與騷動使得大家惶惶然。革命者是無意或有意造成這惶惶然的人,自然是例外。只有參加革命或反革命,才能解決這惶惶然。不能或不願參加這種實際行動時,便只有暫時逃避的一法。……享樂是最有效的麻醉劑;學術,文學,藝術,也是足以消磨精力的場所。……我既不能參加革命或反革命,總得找一個依據,才可姑作安心地過日子。我是想找一件事,鑽了進去,消磨了這一生。我終於在國學裏找著了一個題目,開始像小兒的學步。這正是望「死

路」上走；但我樂意這麼走，也就沒有法子。不過我又是個樂意弄弄筆頭的人，雖是當此危局，還不能認真地嚴格地專走一條路——我還得要寫些，寫些我自己的階級，我自己的過、現、未三時代。……「國學是我的職業，文學是我的娛樂」；這便是現在我走著的路。（〈哪裏走〉）

多麼悲壯的宣言！

時局持續惡化，但朱自清終於發現貢獻個人於社會的辦法，他打通了學術和現實的隔閡：憑生活經驗領會歷史變遷，又藉國學研究認清當下處境，以中年的澄明為青年提示方向，不再多因自身階層走向沒落而感傷——幸而，他的憂慮至今未成事實。「讀書以明理」的意義就是這樣，朱自清由此找到知識分子在時代的立足點，《標準與尺度》、《論雅俗共賞》裏的〈論氣節〉、〈論書生的酸氣〉等篇是鮮明的例子，《語文影及其他》學術氣息稍淡，歸趨仍然一樣。這些文章不僅立論堅實，見解深刻，那種不徐不疾，有理有據，融會學術與時論，貫通古昔與目前的寫法，在雜文中也是一種創格，成就其實遠過於早年的抒情美文。

朱自清生於一百多年之前，但翻讀他的某些文字，例如去世那年——也超過半世紀了——的〈論且顧眼前〉，仍覺怦然意動，這不就是經典的力量？

樊善標，香港中文大學中文系副教授

目　錄

槳聲燈影裏的秦淮河

　　一九二三年八月的一晚，我和平伯同遊秦淮河；平伯是初泛，我是重來了。我們僱了一隻「七板子」，在夕陽已去，皎月方來的時候，便下了船。於是槳聲汨 —— 汨，我們開始領略那晃蕩着薔薇色的歷史的秦淮河的滋味了。

　　秦淮河裏的船，比北京萬牲園，頤和園的船好，比西湖的船好，比揚州瘦西湖的船也好。這幾處的船不是覺着笨，就是覺着簡陋、侷促；都不能引起乘客們的情韻，如秦淮河的船一樣。秦淮河的船約略可分為兩種：一是大船；一是小船，就是所謂「七板子」。大船艙口闊大，可容二三十人。裏面陳設着字畫和光潔的紅木傢具，桌上一律嵌着冰涼的大理石面。窗格雕鏤頗細，使人起柔膩之感。窗格里映着紅色藍色的玻璃；玻璃上有精緻的花紋，也頗悅人目。「七板子」規模雖不及大船，但那淡藍色的欄杆，空敞的艙，也足繫人情思。而最出色處卻在它的艙前。艙前是甲板上的一部。上面有弧形的頂，兩邊用疏疏的欄杆支着。裏面通常放着兩張藤的躺椅。躺下，可以談天，可以望遠，可以顧盼兩岸的河房。大船上也有這個，便在小船上更覺清雋罷了。艙前的頂下，一律懸着燈綵；燈的多少，明暗，彩蘇的精粗，豔晦，是不一的。但好

歹總還你一個燈綵。這燈綵實在是最能鈎人的東西。夜幕垂垂地下來時，大小船上都點起燈火。從兩重玻璃裏映出那輻射着的黃黃的散光，反暈出一片朦朧的煙靄；透過這煙靄，在黯黯的水波裏，又逗起縷縷的明漪。在這薄靄和微漪裏，聽着那悠然的間歇的槳聲，誰能不被引入他的美夢去呢？只愁夢太多了，這些大小船兒如何載得起呀？我們這時模模糊糊的談着明末的秦淮河的豔跡，如《桃花扇》及《板橋雜記》裏所載的。我們真神往了。我們彷彿親見那時華燈映水，畫舫凌波的光景了。於是我們的船便成了歷史的重載了。我們終於恍然秦淮河的船所以雅麗過於他處，而又有奇異的吸引力的，實在是許多歷史的影像使然了。

秦淮河的水是碧陰陰的；看起來厚而不膩，或者是六朝金粉所凝麼？我們初上船的時候，天色還未斷黑，那漾漾的柔波是這樣的恬靜，委婉，使我們一面有水闊天空之想，一面又憧憬着紙醉金迷之境了。等到燈火明時，陰陰的變為沉沉了：黯淡的水光，像夢一般；那偶然閃爍着的光芒，就是夢的眼睛了。我們坐在艙前，因了那隆起的頂棚，彷彿總是昂着首向前走着似的；於是飄飄然如御風而行的我們，看着那些自在的灣泊着的船，船裏走馬燈般的人物，便像是下界一般，迢迢的遠了，又像在霧裏看花，盡朦朦朧朧的。這時我們已過了利涉橋，望見東關頭了。沿路聽見斷續的歌聲：有從沿河的妓樓飄來的，有從河上船裏度來的。我們明知那些歌聲，只是些因襲的言詞，從生澀的歌喉裏機械的發出來的；但它們經了夏夜的微風的吹漾和水波的搖拂，裊娜着到我們耳邊的

時候，已經不單是她們的歌聲，而混着微風和河水的密語了。於是我們不得不被牽惹着，震撼着，相與浮沉於這歌聲裏了。從東關頭轉彎，不久就到大中橋。大中橋共有三個橋拱，都很闊大，儼然是三座門兒；使我們覺得我們的船和船裏的我們，在橋下過去時，真是太無顏色了。橋磚是深褐色，表明它的歷史的長久；但都完好無缺，令人太息於古昔工程的堅美。橋上兩旁都是木壁的房子，中間應該有街路？這些房子都破舊了，多年煙燻的痕跡，遮沒了當年的美麗。我想像秦淮河的極盛時，在這樣宏闊的橋上，特地蓋了房子，必然是髹漆得富富麗麗的；晚間必然是燈火通明的。現在卻只剩下一片黑沉沉！但是橋上造着房子，畢竟使我們多少可以想見往日的繁華；這也慰情聊勝無了。過了大中橋，便到了燈月交輝，笙歌徹夜的秦淮河；這才是秦淮河的真面目哩。

　　大中橋外，頓然空闊，和橋內兩岸排着密密的人家的大異了。一眼望去，疏疏的林，淡淡的月，襯着藍蔚的天，頗像荒江野渡光景；那邊呢，郁叢叢的，陰森森的，又似乎藏着無邊的黑暗：令人幾乎不信那是繁華的秦淮河了。但是河中眩暈着的燈光，縱橫着的畫舫，悠揚着的笛韻，夾着那吱吱的胡琴聲，終於使我們認識綠如茵陳酒的秦淮水了。此地天裸露着的多些，故覺夜來的獨遲些；從清清的水影裏，我們感到的只是薄薄的夜——這正是秦淮河的夜。大中橋外，本來還有一座復成橋，是船伕口中的我們的遊蹤盡處，或也是秦淮河繁華的盡處了。我的腳曾踏過復成橋的脊，在十三四歲的時候。但是兩次游秦淮河，卻都不曾見着復成橋的面；明知總

在前途的，卻常覺得有些虛無縹緲似的。我想，不見倒也好。這時正是盛夏。我們下船後，藉着新生的晚涼和河上的微風，暑氣已漸漸銷散；到了此地，豁然開朗，身子頓然輕了——習習的清風荏苒在面上，手上，衣上，這便又感到了一縷新涼了。南京的日光，大概沒有杭州猛烈；西湖的夏夜老是熱蓬蓬的，水像沸着一般，秦淮河的水卻儘是這樣冷冷地綠着。任你人影的幢幢，歌聲的擾擾，總像隔着一層薄薄的綠紗面冪似的；它儘是這樣靜靜的，冷冷的綠着。我們出了大中橋，走不上半里路，船伕便將船划到一旁，停了槳由它宕着。他以為那裏正是繁華的極點，再過去就是荒涼了；所以讓我們多多賞鑑一會兒。他自己卻靜靜的蹲着。他是看慣這光景的了，大約只是一個無可無不可。這無可無不可，無論是升的沉的，總之，都比我們高了。

那時河裏鬧熱極了；船大半泊着，小半在水上穿梭似的來往。停泊着的都在近市的那一邊，我們的船自然也夾在其中。因為這邊略略的擠，便覺得那邊十分的疏了。在每一隻船從那邊過去時，我們能畫出它的輕輕的影和曲曲的波，在我們的心上；這顯著是空，且顯著是靜了。那時處處都是歌聲和淒厲的胡琴聲，圓潤的喉嚨，確乎是很少的。但那生澀的，尖脆的調子能使人有少年的，粗率不拘的感覺，也正可快我們的意。況且多少隔開些兒聽着，因為想像與渴慕的做美，總覺更有滋味；而競發的喧囂，抑揚的不齊，遠近的雜沓，和樂器的嘈嘈切切，合成另一意味的諧音，也使我們無所適從，如隨着大風而走。這實在因為我們的心枯澀久了，變為脆弱；

故偶然潤澤一下，便瘋狂似的不能自主了。但秦淮河確也膩
人。即如船裏的人面，無論是和我們一堆兒泊着的，無論是
從我們眼前過去的，總是模模糊糊的，甚至渺渺茫茫的；任
你張圓了眼睛，揩淨了眥垢，也是枉然。這真夠人想呢。在
我們停泊的地方，燈光原是紛然的；不過這些燈光都是黃而
有暈的。黃已經不能明了，再加上了暈，便更不成了。燈愈
多，暈就愈甚；在繁星般的黃的交錯裏，秦淮河彷彿籠上了
一團光霧。光芒與霧氣騰騰的暈着，甚麼都只剩了輪廓了；
所以人面的詳細的曲線，便消失於我們的眼底了。但燈光究
竟奪不了那邊的月色；燈光是渾的，月色是清的，在渾沌的
燈光裏，滲入了一派清輝，卻真是奇蹟！那晚月兒已瘦削了
兩三分。她晚妝才罷，盈盈的上了柳梢頭。天是藍得可愛，
彷彿一汪水似的；月兒便更出落得精神了。岸上原有三株兩
株的垂楊樹，淡淡的影子，在水裏搖曳着。它們那柔細的枝
條浴着月光，就像一支支美人的臂膊，交互的纏着，挽着；又
像是月兒披着的髮。而月兒偶然也從它們的交叉處偷偷窺看
我們，大有小姑娘怕羞的樣子。岸上另有幾株不知名的老樹，
光光的立着；在月光裏照起來。卻又儼然是精神矍鑠的老人。
遠處──快到天際線了，才有一兩片白雲，亮得現出異彩，
像美麗的貝殼一般。白雲下便是黑黑的一帶輪廓；是一條隨
意畫的不規則的曲線。這一段光景，和河中的風味大異了。
但燈與月竟能並存着，交融着，使月成了纏綿的月，燈射着渺
渺的靈輝；這正是天之所以厚秦淮河，也正是天之所以厚我
們了。

　　這時卻遇着了難解的糾紛。秦淮河上原有一種歌妓，是以歌為業的。從前都在茶舫上，唱些大曲之類。每日午後一時起；甚麼時候止，卻忘記了。晚上照樣也有一回。也在黃暈的燈光裏。我從前過南京時，曾隨着朋友去聽過兩次。因為茶舫裏的人臉太多了，覺得不大適意，終於聽不出所以然。前年聽說歌妓被取締了，不知怎的，頗涉想了幾次 —— 卻想不出甚麼。這次到南京，先到茶舫上去看看，覺得頗是寂寥，令我無端的悵悵了。不料她們卻仍在秦淮河裏掙扎着，不料她們竟會糾纏到我們，我於是很張惶了。她們也乘着「七板子」，她們總是坐在艙前的。艙前點着石油汽燈，光亮眩人眼目：坐在下面的，自然是纖毫畢見了 —— 引誘客人們的力量，也便在此了。艙裏躲着樂工等人，映着汽燈的餘輝蠕動着；他們是永遠不被注意的。每船的歌妓大約都是二人；天色一黑，她們的船就在大中橋外往來不息的兜生意。無論行着的船，泊着的船，都要來兜攬。這都是我後來推想出來的。那晚不知怎樣，忽然輪着我們的船了。我們的船好好的停着，一隻歌舫划向我們來的；漸漸和我們的船並着了。鑠鑠的燈光逼得我們皺起了眉頭；我們的風塵色全給它托出來了，這使我踧踖不安了。那時一個伙計跨過船來，拿着攤開的歌折，就近塞向我的手裏，說，「點幾齣吧！」他跨過來的時候，我們船上似乎有許多眼光跟着。同時相近的別的船上也似乎有許多眼睛炯炯的向我們船上看着。我真窘了！我也裝出大方的樣子，向歌妓們瞥了一眼，但究竟是不成的！我勉強將那歌折翻了一翻，卻不曾看清了幾個字；便趕緊遞還那伙計，

一面不好意思地説，「不要，我們……不要。」他便塞給平伯。平伯掉轉頭去，搖手説，「不要！」那人還膩着不走。平伯又回過臉來，搖着頭道，「不要！」於是那人重到我處。我窘着再拒絕了他。他這才有所不屑似的走了。我的心立刻放下，如釋了重負一般。我們就開始自白了。

我説我受了道德律的壓迫，拒絕了她們；心裏似乎很抱歉的。這所謂抱歉，一面對於她們，一面對於我自己。她們於我們雖然沒有很奢的希望；但總有些希望的。我們拒絕了她們，無論理由如何充足，卻使她們的希望受了傷；這總有幾分不做美了。這是我覺得很悵悵的。至於我自己，更有一種不足之感。我這時被四面的歌聲誘惑了，降服了；但是遠遠的，遠遠的歌聲總彷彿隔着重衣搔癢似的，越搔越搔不着癢處。我於是憧憬着貼耳的妙音了。在歌舫划來時，我的憧憬，變為盼望；我固執的盼望着，有如飢渴。雖然從淺薄的經驗裏，也能夠推知，那貼耳的歌聲，將剝去了一切的美妙；但一個平常的人像我的，誰願憑了理性之力去醜化未來呢？我寧願自己騙着了。不過我的社會感性是很敏鋭的；我的思力能拆穿道德律的西洋鏡，而我的感情卻終於被它壓服着，我於是有所顧忌了，尤其是在眾目昭彰的時候。道德律的力，本來是民眾賦予的；在民眾的面前，自然更顯出它的威嚴了。我這時一面盼望，一面卻感到了兩重的禁制：一，在通俗的意義上，接近妓者總算一種不正當的行為；二，妓是一種不健全的職業，我們對於她們，應有哀矜勿喜之心，不應賞玩的去聽她們的歌。在眾目睽睽之下，這兩種思想在我心裏最為

旺盛。她們暫時壓倒了我的聽歌的盼望，這便成就了我的灰色的拒絕。那時的心實在異常狀態中，覺得頗是昏亂。歌舫去了，暫時寧靜之後，我的思緒又如潮湧了。兩個相反的意思在我心頭往復：賣歌和賣淫不同，聽歌和狎妓不同，又干道德甚事？——但是，但是，她們既被逼的以歌為業，她們的歌必無藝術味的；況她們的身世，我們究竟該同情的。所以拒絕倒也是正辦。但這些意思終於不曾撇開我的聽歌的盼望。它力量異常堅強；它總想將別的思緒踏在腳下。從這重重的爭鬥裏，我感到了濃厚的不足之感。這不足之感使我的心盤旋不安，起坐都不安寧了。唉！我承認我是一個自私的人！平伯呢，卻與我不同。他引周啟明先生的詩，「因為我有妻子，所以我愛一切的女人，因為我有子女，所以我愛一切的孩子。」

　　他的意思可以見了。他因為推及的同情，愛着那些歌妓，並且尊重着她們，所以拒絕了她們。在這種情形下，他自然以為聽歌是對於她們的一種侮辱。但他也是想聽歌的，雖然不和我一樣，所以在他的心中，當然也有一番小小的爭鬥；爭鬥的結果，是同情勝了。至於道德律，在他是沒有甚麼的；因為他很有蔑視一切的傾向，民眾的力量在他是不大覺着的。這時他的心意的活動比較簡單，又比較鬆弱，故事後還怡然自若；我卻不能了。這裏平伯又比我高了。

　　在我們談話中間，又來了兩隻歌舫。伙計照前一樣的請我們點戲，我們照前一樣的拒絕了。我受了三次窘，心裏的不安更甚了。清豔的夜景也為之減色。船伕大約因為要趕第

二趟生意，催着我們回去；我們無可無不可的答應了。我們漸漸和那些暈黃的燈光遠了，只有些月色冷清清的隨着我們的歸舟。我們的船竟沒個伴兒，秦淮河的夜正長哩！到大中橋近處，才遇着一隻來船。這是一隻載妓的板船，黑漆漆的沒有一點光。船頭上坐着一個妓女；暗裏看出，白地小花的衫子，黑的下衣。她手裏拉着胡琴，口裏唱着青衫的調子。她唱得響亮而圓轉；當她的船箭一般駛過去時，餘音還裊裊的在我們耳際，使我們傾聽而嚮往。想不到在弩末的遊蹤裏，還能領略到這樣的清歌！這時船過大中橋了，森森的水影，如黑暗張着巨口，要將我們的船吞了下去，我們回顧那渺渺的黃光，不勝依戀之情；我們感到了寂寞了！這一段地方夜色甚濃，又有兩頭的燈火招邀着；橋外的燈火不用說了，過了橋另有東關頭疏疏的燈火。我們忽然仰頭看見依人的素月，不覺深悔歸來之早了！走過東關頭，有一兩隻大船灣泊着，又有幾隻船向我們來着。囂囂的一陣歌聲人語，彷彿笑我們無伴的孤舟哩。東關頭轉彎，河上的夜色更濃了；臨水的妓樓上，時時從簾縫裏射出一線一線的燈光；彷彿黑暗從酣睡裏眨了一眨眼。我們默然的對着，靜聽那汨──汨的槳聲，幾乎要入睡了；朦朧裏卻溫尋着適才的繁華的餘味。我那不安的心在靜裏愈顯活躍了！這時我們都有了不足之感，而我的更其濃厚。我們卻只不願回去，於是只能由懊悔而悵惘了。船裏便滿載着悵惘了。直到利涉橋下，微微嘈雜的人聲，才使我豁然一驚；那光景卻又不同。右岸的河房裏，都大開了窗戶，裏面亮着晃晃的電燈，電燈的光射到水上，蜿蜒曲折，

閃閃不息，正如跳舞着的仙女的臂膊。我們的船已在她的臂膊裏了；如睡在搖籃裏一樣，倦了的我們便又入夢了。那電燈下的人物，只覺像螞蟻一般，更不去縈念。這是最後的夢；可惜是最短的夢！黑暗重複落在我們面前，我們看見傍岸的空船上一星兩星的，枯燥無力又搖搖不定的燈光。我們的夢醒了，我們知道就要上岸了；我們心裏充滿了幻滅的情思。

荷塘月色

　　這幾天心裏頗不寧靜。今晚在院子裏坐着乘涼，忽然想起日日走過的荷塘，在這滿月的光裏，總該另有一番樣子吧。月亮漸漸地升高了，牆外馬路上孩子們的歡笑，已經聽不見了；妻在屋裏拍着閏兒，迷迷糊糊地哼着眠歌。我悄悄地披了大衫，帶上門出去。

　　沿着荷塘，是一條曲折的小煤屑路。這是一條幽僻的路；白天也少人走，夜晚更加寂寞。荷塘四面，長着許多樹，蓊蓊鬱鬱的。路的一旁，是些楊柳，和一些不知道名字的樹。沒有月光的晚上，這路上陰森森的，有些怕人。今晚卻很好，雖然月光也還是淡淡的。

　　路上只我一個人，背着手踱着。這一片天地好像是我的；我也像超出了平常的自己，到了另一世界裏。我愛熱鬧，也愛冷靜；愛羣居，也愛獨處。像今晚上，一個人在這蒼茫的月下，甚麼都可以想，甚麼都可以不想，便覺是個自由的人。白天裏一定要做的事，一定要說的話，現在都可不理。這是獨處的妙處，我且受用這無邊的荷香月色好了。

　　曲曲折折的荷塘上面，彌望的是田田的葉子。葉子出水很高，像亭亭的舞女的裙。層層的葉子中間，零星地點綴着些

白花，有裊娜地開着的，有羞澀地打着朵兒的；正如一粒粒的明珠，又如碧天裏的星星，又如剛出浴的美人。微風過處，送來縷縷清香，彷彿遠處高樓上渺茫的歌聲似的。這時候葉子與花也有一絲的顫動，像閃電般，霎時傳過荷塘的那邊去了。葉子本是肩並肩密密地挨着，這便宛然有了一道凝碧的波痕。葉子底下是脈脈的流水，遮住了，不能見一些顏色；而葉子卻更見風致了。

　　月光如流水一般，靜靜地瀉在這一片葉子和花上。薄薄的青霧浮起在荷塘裏。葉子和花彷彿在牛乳中洗過一樣；又像籠着輕紗的夢。雖然是滿月，天上卻有一層淡淡的雲，所以不能朗照；但我以為這恰是到了好處——酣眠固不可少，小睡也別有風味的。月光是隔了樹照過來的，高處叢生的灌木，落下參差的斑駁的黑影，峭楞楞如鬼一般；彎彎的楊柳的稀疏的倩影，卻又像是畫在荷葉上。塘中的月色並不均勻；但光與影有着和諧的旋律，如梵婀玲上奏着的名曲。

　　荷塘的四面，遠遠近近，高高低低都是樹，而楊柳最多。這些樹將一片荷塘重重圍住；只在小路一旁，漏着幾段空隙，像是特為月光留下的。樹色一例是陰陰的，乍看像一團煙霧；但楊柳的丰姿，便在煙霧裏也辨得出。樹梢上隱隱約約的是一帶遠山，只有些大意罷了。樹縫裏也漏着一兩點路燈光，沒精打采的，是渴睡人的眼。這時候最熱鬧的，要數樹上的蟬聲與水裏的蛙聲；但熱鬧是牠們的，我甚麼也沒有。

　　忽然想起採蓮的事情來了。採蓮是江南的舊俗，似乎很早就有，而六朝時為盛；從詩歌裏可以約略知道。採蓮的是

少年的女子，她們是蕩着小船，唱着豔歌去的。採蓮人不用說很多，還有看採蓮的人。那是一個熱鬧的季節，也是一個風流的季節。梁元帝《採蓮賦》裏說得好：

　　於是妖童媛女，蕩舟心許；鷁首徐回，兼傳羽杯；櫂將移而藻掛，船欲動而萍開。爾其纖腰束素，遷延顧步；夏始春餘，葉嫩花初，恐沾裳而淺笑，畏傾船而斂裾。

　　可見當時嬉遊的光景了。這真是有趣的事，可惜我們現在早已無福消受了。

　　於是又記起《西洲曲》裏的句子：

　　採蓮南塘秋，蓮花過人頭；低頭弄蓮子，蓮子清如水。今晚若有採蓮人，這兒的蓮花也算得「過人頭」了；只不見一些流水的影子，是不行的。這令我到底惦着江南了。── 這樣想着，猛一抬頭，不覺已是自己的門前；輕輕地推門進去，甚麼聲息也沒有，妻已睡熟好久了。

看花

　　生長在大江北岸一個城市裏，那兒的園林本是著名的，但近來卻很少；似乎自幼就不曾聽見過「我們今天看花去」一類話，可見花事是不盛的。有些愛花的人，大都只是將花栽在盆裏，一盆盆擱在架上；架子橫放在院子裏。院子照例是小小的，只夠放下一個架子；架上至多擱二十多盆花罷了。有時院子裏依牆築起一座「花台」，台上種一株開花的樹；也有在院子裏地上種的。但這只是普通的點綴，不算是愛花。

　　家裏人似乎都不甚愛花；父親只在領我們上街時，偶然和我們到「花房」裏去過一兩回。但我們住過一所房子，有一座小花園，是房東家的。那裏有樹，有花架（大約是紫藤花架之類），但我當時還小，不知道那些花木的名字；只記得爬在牆上的是薔薇而已。園中還有一座太湖石堆成的洞門；現在想來，似乎也還好的。在那時由一個頑皮的少年僕人領了我去，卻只知道跑來跑去捉蝴蝶；有時掐下幾朵花，也只是隨意捼弄着，隨意丟棄了。至於領略花的趣味，那是以後的事：夏天的早晨，我們那地方有鄉下的姑娘在各處街巷，沿門叫着，「賣梔子花來。」梔子花不是甚麼高品，但我喜歡那白而暈黃的顏色和那肥肥的個兒，正和那些賣花的姑娘有着相似

的韻味。梔子花的香，濃而不烈，清而不淡，也是我樂意的。我這樣便愛起花來了。也許有人會問，「你愛的不是花吧？」這個我自己其實也已不大弄得清楚，只好存而不論了。

在高小的一個春天，有人提議到城外 F 寺裏吃桃子去，而且預備白吃；不讓吃就鬧一場，甚至打一架也不在乎。那時雖遠在五四運動以前，但我們那裏的中學生卻常有打進戲園看白戲的事。中學生能白看戲，小學生為甚麼不能白吃桃子呢？我們都這樣想，便由那提議人糾合了十幾個同學，浩浩蕩蕩地向城外而去。到了 F 寺，氣勢不凡地呵叱着道人們（我們稱寺裏的工人為道人），立刻領我們向桃園裏去。道人們躊躇着説：「現在桃樹剛才開花呢。」但是誰信道人們的話？我們終於到了桃園裏。大家都喪了氣，原來花是真開着呢！這時提議人 P 君便去折花。道人們是一直步步跟着的，立刻上前勸阻，而且用起手來。但 P 君是我們中最不好惹的；「説時遲，那時快」，一眨眼，花在他的手裏，道人已跟蹌在一旁了。那一園子的桃花，想來總該有些可看；我們卻誰也沒有想着去看。只嚷着，「沒有桃子，得沏茶喝！」道人們滿肚子委屈地引我們到「方丈」裏，大家各喝一大杯茶。這才平了氣，談談笑笑地進城去。大概我那時還只懂得愛一朵朵的梔子花，對於開在樹上的桃花，是並不了然的；所以眼前的機會，便從眼前錯過了。

以後漸漸唸了些看花的詩，覺得看花頗有些意思。但到北平讀了幾年書，卻只到過崇效寺一次；而去得又嫌早些，那有名的一株綠牡丹還未開呢。北平看花的事很盛，看花的

地方也很多；但那時熱鬧的似乎也只有一班詩人名士，其餘還是不相干的。那正是新文學運動的起頭，我們這些少年，對於舊詩和那一班詩人名士，實在有些不敬；而看花的地方又都遠不可言，我是一個懶人，便乾脆地斷了那條心了。後來到杭州做事，遇見了 Y 君，他是新詩人兼舊詩人，看花的興致很好。我和他常到孤山去看梅花。孤山的梅花是古今有名的，但太少；又沒有臨水的，人也太多。有一回坐在放鶴亭上喝茶，來了一個方面有鬚，穿着花緞馬褂的人，用湖南口音和人打招呼道，「梅花盛開嗒！」「盛」字說得特別重，使我吃了一驚；但我吃驚的也只是說在他嘴裏「盛」這個聲音罷了，花的盛不盛，在我倒並沒有甚麼的。

有一回，Y 來說，靈峰寺有三百株梅花；寺在山裏，去的人也少。我和 Y，還有 N 君，從西湖邊僱船到岳墳，從岳墳入山。曲曲折折走了好一會，又上了許多石級，才到山上寺裏。寺甚小，梅花便在大殿西邊園中。園也不大，東牆下有三間淨室，最宜喝茶看花；北邊有座小山，山上有亭，大約叫「望海亭」吧，望海是未必，但錢塘江與西湖是看得見的。梅樹確是不少，密密地低低地整列着。那時已是黃昏，寺裏只我們三個遊人；梅花並沒有開，但那珍珠似的繁星似的骨都兒，已經夠可愛了；我們都覺得比孤山上盛開時有味。大殿上正做晚課，送來梵唄的聲音，和着梅林中的暗香，真叫我們捨不得回去。在園裏徘徊了一會，又在屋裏坐了一會，天是黑定了，又沒有月色，我們向廟裏要了一個舊燈籠，照着下山。路上幾乎迷了道，又兩次三番地狗咬；我們的 Y 詩人確

有些窘了，但終於到了岳墳。船伕遠遠迎上來道：「你們來了，我想你們不會冤我呢！」在船上，我們還不離口地說着靈峰的梅花，直到湖邊電燈光照到我們的眼。

　　Y 回北平去了，我也到了白馬湖。那邊是鄉下，只有沿湖與楊柳相間着種了一行小桃樹，春天花發時，在風裏嬌媚地笑着。還有山裏的杜鵑花也不少。這些日日在我們眼前，從沒有人像煞有介事地提議，「我們看花去。」但有一位 S 君，卻特別愛養花；他家裏幾乎是終年不離花的。我們上他家去，總看他在那裏不是拿着剪刀修理枝葉，便是提着壺澆水。我們常樂意看着。他院子裏一株紫薇花很好，我們在花旁喝酒，不知多少次。白馬湖住了不過一年，我卻傳染了他那愛花的嗜好。但重到北平時，住在花事很盛的清華園裏，接連過了三個春，卻從未想到去看一回。只在第二年秋天，曾經和孫三先生在園裏看過幾次菊花。「清華園之菊」是著名的，孫三先生還特地寫了一篇文，畫了好些畫。但那種一盆一幹一花的養法，花是好了，總覺沒有天然的風趣。直到去年春天，有了些餘閒，在花開前，先向人問了些花的名字。一個好朋友是從知道姓名起的，我想看花也正是如此。恰好 Y 君也常來園中，我們一天三四趟地到那些花下去徘徊。今年 Y 君忙些，我便一個人去。我愛繁花老幹的杏，臨風婀娜的小紅桃，貼梗纍纍如珠的紫荊；但最戀戀的是西府海棠。海棠的花繁得好，也淡得好；豔極了，卻沒有一絲蕩意。疏疏的高幹子，英氣隱隱逼人。可惜沒有趁着月色看過；王鵬運有兩句詞道：「只愁淡月朦朧影，難驗微波上下潮。」我想月下的海棠花，

大約便是這種光景吧。為了海棠，前兩天在城裏特地冒了大風到中山公園去，看花的人倒也不少；但不知怎的，卻忘了畿輔先哲祠。Y 告我那裏的一株，遮住了大半個院子；別處的都向上長，這一株卻是橫裏伸張的。花的繁沒有法說；海棠本無香，昔人常以為恨，這裏花太繁了，卻醞釀出一種淡淡的香氣，使人久聞不倦。Y 告我，正是颳了一日還不息的狂風的晚上；他是前一天去的。他說他去時地上已有落花了，這一日一夜的風，準完了。他說北平看花，是要趕着看的：春光太短了，又晴的日子多；今年算是有陰的日子了，但狂風還是逃不了的。我說北平看花，比別處有意思，也正在此。這時候，我似乎不甚菲薄那一班詩人名士了。

1930 年 4 月。

潭柘寺 戒壇寺

　　早就知道潭柘寺，戒壇寺。在商務印書館的《北平指南》上，見過潭柘的銅圖，小小的一塊，模模糊糊的，看了一點沒有想去的意思。後來不斷地聽人說起這兩座廟；有時候說路上不平靜，有時候說路上紅葉好。說紅葉好的勸我秋天去；但也有人勸我夏天去。有一回騎驢上八大處，趕驢的問逛過潭柘沒有，我說沒有。他說潭柘風景好，那兒滿是老道，他去過，離八大處七八十里地，坐轎騎驢都成。我不大喜歡老道的裝束，尤其是那滿蓄着的長頭髮，看上去囉裏囉唆，齷裏齷齪的。更不想騎驢走七八十里地，因為我知道驢子與我都受不了。真打動我的倒是「潭柘寺」這個名字。不懂不是？就是不懂的妙。躲懶的人唸成「潭拓寺」，那更莫名其妙了。這怕是中國文法的花樣；要是來個歐化，說是「潭和柘的寺」，那就用不着咬嚼或吟味了。還有在一部詩話裏看見近人詠戒台松的七古，詩騰挪夭矯，想來松也如此。所以去。但是在夏秋之前的春天，而且是早春；北平的早春是沒有花的。

　　這才認真打聽去過的人。有的說住潭柘好，有的說住戒壇好。有的人說路太難走，走到了筋疲力盡，再沒興致玩兒；有人說走路有意思。又有人說，去時坐了轎子，半路上前後

兩個轎伕吵起來，把轎子攔下，直說不抬了。於是心中暗自
決定，不坐轎，也不走路；取中道，騎驢子。又按普通說法，
總是潭柘寺在前，戒壇寺在後，想着戒壇寺一定遠些；於是
決定住潭柘，因為一天回不來，必得住。門頭溝下車時，想着
人多，怕僱不着許多驢，但是並不然——僱驢的時候，才知
道戒壇去便宜一半，那就是說近一半。這時候自己忽然逞起
能來，要走路。走吧。

　　這一段路可夠瞧的。像是河牀，怎麼也挑不出沒有石子
的地方，腳底下老是絆來絆去的，教人心煩。又沒有樹木，甚
至於沒有一根草。這一帶原是煤窰，拉煤的大車往來不絕，塵
土裏飽和着煤屑，變成黯淡的深灰色，教人看了透不出氣來。
走一點鐘光景。自己覺得已經有點辦不了，怕沒有走到便筋
疲力盡；幸而山上下來一條驢，如獲至寶似地僱下，騎上去。
這一天東風特別大。平常騎驢就不穩，風一大真是禍不單行。
山上東西都有路，很窄，下面是斜坡；本來從西邊走，驢夫看
風勢太猛，將驢拉上東路。就這麼着，有一回還幾乎讓風將
驢吹倒；若走西邊，沒有準兒會驢我同歸哪。想起從前人畫
風雪騎驢圖，極是雅事；大概那不是上潭柘寺去的。驢背上
照例該有些詩意，但是我，下有驢子，上有帽子眼鏡，都要照
管；又有迎風下淚的毛病，常要掏手巾擦乾。當其時真恨不
得生出第三隻手來才好。

　　東邊山峰漸起，風是過不來了；可是驢也騎不得了，說是
坎兒多。坎兒可真多。這時候精神倒好起來了：崎嶇的路正
可以練腰腳，處處要眼到心到腳到，不像平地上。人多更有

點競賽的心理，總想走上最前頭去，再則這兒的山勢雖然說不上險，可是突兀，醜怪，巉刻的地方有的是。我們說這才有點兒山的意思；老像八大處那樣，真教人氣悶悶的。於是一直走到潭柘寺後門；這段坎兒路比風裏走過的長一半，小驢毫無用處，驢夫說：「咳，這不過給您做個伴兒！」

牆外先看見竹子，且不想進去。又密，又粗，雖然不夠綠。北平看竹子，真不易。又想到八大處了，大悲庵殿前那一溜兒，薄得可憐，細得也可憐，比起這兒，真是小巫見大巫了。進去過一道角門，門旁突然亭亭地矗立着兩竿粗竹子，在牆上緊緊地挨着；要用批文章的成語，這兩竿竹子足稱得起「天外飛來之筆」。

正殿屋角上兩座琉璃瓦的鴟吻，在台階下看，值得徘徊一下。神話說殿基本是青龍潭，一夕風雨，頓成平地，湧出兩鴟吻。只可惜現在的兩座太新鮮，與神話的朦朧幽秘的境界不相稱。但是還值得看，為的是大得好，在太陽裏嫩黃得好，閃亮得好；那拴着的四條黃銅鏈子也映襯得好。寺裏殿很多，層層折折高上去，走起來已經不平凡，每殿大小又不一樣，塑像擺設也各出心裁。看完了，還覺得無窮無盡似的。正殿下延清閣是待客的地方，遠處羣山像屏障似的。屋子結構甚巧，穿來穿去，不知有多少間，好像一所大宅子。可惜塵封不掃，我們住不着。話說回來，這種屋子原也不是預備給我們這麼多人擠着住的。寺門前一道深溝，上有石橋；那時沒有水，若是現在去，倚在橋上聽潺潺的水聲，倒也可以忘我忘世。過橋四株馬尾松，枝枝覆蓋，葉葉交通，另成一個境界。西邊

小山上有個古觀音洞。洞無可看，但上去時在山坡上看潭柘的側面，宛如仇十洲的《仙山樓閣圖》；往下看是陡峭的溝岸，越顯得深深無極，潭柘簡直有海上蓬萊的意味了。寺以泉水著名，到處有石槽引水長流，倒也涓涓可愛。只是流觴亭雅得那樣俗，在石地上楞刻着蚯蚓般的槽；那樣流觴，怕只有孩子們願意幹。現在蘭亭的「流觴曲水」也和這兒的一鼻孔出氣，不過規模大些。晚上因為帶的鋪蓋薄，凍得呼着眼，卻聽了一夜的泉聲；心裏想要不凍着，這泉聲夠多清雅啊！寺裏並無一個老道，但那幾個和尚，滿身銅臭，滿眼勢利，教人老不能忘記，倒也麻煩的。

　　第二天清早，二十多人滿僱了牲口，向戒壇而去，頗有浩浩蕩蕩之勢。我的是一匹騾子，據說穩得多。這是第一回，高高興興騎上去。這一路要翻羅喉嶺。只是土山，可是道兒窄，又曲折，雖不高，老那麼凸凸凹凹的。許多處只容得一匹牲口過去。平心說，是險點兒。想起古來用兵，從間道襲敵人，許也是這種光景吧。

　　戒壇在半山上，山門是向東的。一進去就覺得平曠；南面只有一道低低的磚欄，下邊是一片平原，平原盡處才是山，與眾山屏蔽的潭柘氣象便不同。進二門，更覺得空闊疏朗，仰看正殿前的平台，彷彿汪洋千頃。這平台東西很長，是戒壇最勝處，眼界最寬，教人想起「振衣千仞岡」的詩句。三株名松都在這裏。「臥龍松」與「抱塔松」同是偃仆的姿勢，身軀奇偉，鱗甲蒼然，有飛動之意。「九龍松」老幹槎枒，如張牙舞爪一般。若在月光底下，森森然的松影當更有可看。此

地最宜低徊流連，不是匆匆一覽所可領略。潭柘以層折勝，戒
壇以開朗勝；但潭柘似乎更幽靜些。戒壇的和尚，春風滿面，
卻遠勝於潭柘的；我們之中頗有悔不該在潭柘的。戒壇後山
上也有個觀音洞。洞寬大而深，大家點了火把嚷嚷鬧鬧地下
去；半裏光景的洞滿是油煙，滿是聲音。洞裏有石虎，石龜，
上天梯，海眼等等，無非是湊湊人的熱鬧而已。

　　還是騎騾子。回到長辛店的時候，兩條腿幾乎不是我
的了。

1934 年 8 月 3 日作

羅馬

羅馬（Rome）是歷史上大帝國的都城，想像起來，總是氣象萬千似的。現在它的光榮雖然早過去了，但是從七零八落的廢墟裏，後人還可彷彿於百一。這些廢墟，舊有的加上新發掘的，幾乎隨處可見，像特意點綴這座古城的一般。這邊幾根石柱子，那邊幾段破牆，帶着當年的塵土，寂寞地陷在大坑裏；雖然在夏天中午的太陽，照上去也黯黯淡淡，沒有多少勁兒。就中羅馬市場（forum Romanum）規模最大。這裏是古羅馬城的中心，有法庭、神廟，與住宅的殘跡。卡司多和波魯斯廟的三根哥林斯式的柱子，頂上還有片石相連着；在全場中最為秀拔，像三個丰姿飄灑的少年用手橫遮着額角，正在眺望這一片古市場。想當年這裏終日擠擠鬧鬧的也不知有多少人，各有各的心思，各有各的手法；現在只剩三兩起遊客指手畫腳地在死一般的寂靜裏。犄角上有一所住宅，情形還好；一面是三間住屋，有壁畫，已模糊了，地是嵌石鋪成的；旁廂是飯廳，壁畫極講究，畫的都是正大的題目，他們是很看重飯廳的。市場上面便是巴拉丁山，是飽歷興衰的地方。最早是一個村落，只有些茅草屋子；羅馬共和末期，一姓貴族聚居在這裏；帝國時代，更是繁華。遊人走上山去，兩旁

宏壯的住屋還留下完整的黃土坯子，可以見出當時闊人家的氣局。屋頂一片平場，原是許多花園，總名法內塞園子，也是四百年前的舊跡；現在點綴些花木，一角上還有一座小噴泉。在這園子裏看腳底下的古市場，全景都在望中了。

　　市場東邊是鬥獅場，還可以看見大概的規模；在許多宏壯的廢墟裏，這個算是情形最好的。外牆是一個大圓圈兒，分四層，要仰起頭才能看到頂上。下三層都是一色的圓拱門和柱子，上一層只有小長方窗戶和楞子，這種單純的對照教人覺得這座建築是整整的一塊，好像直上雲霄的松柏，老幹亭亭，沒有一些繁枝細節。裏面中間原是大平場；中古時在這兒築起堡壘，現在滿是一道道頹毀的牆基，倒成了四不像。這場子便是鬥獅場；環繞着的是觀眾的坐位。下兩層是包廂，皇帝與外賓的在最下層，上層是貴族的；第三層公務員坐；最上層平民坐：共可容四五萬人。獅子洞還在下一層，有口直通場中。鬥獅是一種刑罰，也可以說是一種裁判：罪囚放在獅子面前，讓獅子去搏他；他若居然制死了獅子，便是直道在他一邊，他就可自由了。但自然是讓獅子吃掉的多；這些人大約就算活該。想到臨場的罪囚和他親族的悲苦與恐怖，他的仇人的痛快，皇帝的威風，與一般觀眾好奇的緊張的面目，真好比一場惡夢。這個場子建築在一世紀，原是戲園子，後來才改作鬥獅之用。

　　鬥獅場南面不遠是卡拉卡拉浴場。古羅馬人頗講究洗澡，浴場都造得好，這一所更其華麗。全場用大理石砌成，用嵌石鋪地；有壁畫，有雕像，用具也不尋常。房子高大，分兩

層，都用圓拱門，走進去覺得穩穩的；裏面金碧輝煌，與壁畫雕像相得益彰。居中是大健身房，有噴泉兩座。場子佔地六英畝，可容一千六百人洗浴。洗浴分冷熱水蒸氣三種，各佔一所屋子。古羅馬人上浴場來，不單是為洗澡；他們可以在這兒商量買賣，和解訟事等等，正和我們上茶店上飯店一般作用。這兒還有好些遊藝，他們公餘或倦後來洗一個澡，找幾個朋友到遊藝室去消遣一回，要不然，到客廳去談談話，都是很「寫意」的。現在卻只剩下一大堆遺蹟。大理石本來還有不少，早給搬去造聖彼得等教堂去了；零星的物件陳列在博物院裏。我們所看見的只是些巍巍峨峨參參差差的黃土骨子，站在太陽裏，還有學者們精心研究出來的《卡拉卡拉浴場圖》的照片，都只是所謂過屠門大嚼而已。

羅馬從中古以來便以教堂著名。康南海《羅馬游紀》中引杜牧的詩「南朝四百八十寺，多少樓台煙雨中」，光景大約有些相像的；只可惜初夏去的人無從領略那煙雨罷了。聖彼得堂最精妙，在城北尼羅圓場的舊址上。尼羅在此地殺了許多基督教徒。據說聖彼得上十字架後也便葬在這裏。這教堂幾經興廢，現在的房屋是十六世紀初年動工，經了許多建築師的手。密凱安傑羅七十二歲時，受保羅第三的命，在這兒工作了十七年。後人以為天使保羅第三假手於這一個大藝術家，給這座大建築定下了規模；以後雖有增改，但大體總是依着他的。教堂內部參照卡拉卡拉浴場的式樣，許多高大的圓拱門穩穩地支着那座穹隆頂。教堂長六百九十六英呎，寬四百五十英呎，穹隆頂高四百○三英呎，可是乍看不覺得是

這麼大。因為平常看屋子大小，總以屋內飾物等為標準，飾物等的尺寸無形中是有譜子的。聖彼得堂裏的卻大得離了譜子，「天使像巨人，鴿子像老鷹」；所以教堂真正的大小，一下倒不容易看出了。但是你若看裏面走動着的人，便漸漸覺得不同。教堂用彩色大理石砌牆，加上好些嵌石的大幅的名畫，大都是亮藍與朱紅二色；鮮明豐麗，不像普通教堂一味陰沉沉的。密凱安傑羅雕的彼得像，溫和光潔，別是一格，在教堂的犄角上。

聖彼得堂兩邊的列柱迴廊像兩隻胳膊擁抱着聖彼得圓場；留下一個口子，卻又像個块。場中央是一座埃及的紀功方尖柱，左右各有大噴泉。那兩道迴廊是十七世紀時亞歷山大第三所造，成於倍里尼（Pernini）之手。廊子裏有四排多力克式石柱，共二百八十四根；頂上前後都有欄杆，前面欄杆上並有許多小雕像。場左右地上有兩塊圓石頭，站在上面看同一邊的廊子，覺得只有一排柱子，氣魄更雄偉了。這個圓場外有一道彎彎的白石線，便是梵蒂岡與意大利的分界。教皇每年復活節站在聖彼得堂的露台上為人民祝福，這個場子內外據說是擁擠不堪的。

聖保羅堂在南城外，相傳是聖保羅葬地的遺址，也是柱子好。門前一個方院子，四面廊子裏都是些整塊石頭鑿出來的大柱子，比聖彼得的兩道廊子卻質樸得多。教堂裏面也簡單空廓，沒有甚麼東西。但中間那八十根花崗石的柱子，和盡頭處那六根蠟石的柱子，縱橫地排着，看上去彷彿到了人跡罕至的遠古的森林裏。柱子上頭牆上，周圍安着嵌石的歷代

教皇像，一律圓框子。教堂旁邊另有一個小柱廊，是十二世紀造的。這座廊子圍着一所方院子，在低低的牆基上排着兩層各色各樣的細柱子——有些還嵌着金色玻璃塊兒。這座廊子精工可以説像湘繡，秀美卻又像王羲之的書法。

在城中心的威尼斯方場上巍然蹯踞着的，是也馬奴兒第二的紀功廊。這是近代意大利的建築，不缺少力量。一道彎彎的長廊，在高大的石基上。前面三層石級：第一層在中間，第二三層分開左右兩道，通到廊子兩頭。這座廊子左右上下都勻稱，中間又有那一彎，便兼有動靜之美了。從廊前列柱間看到暮色中的羅馬全城，覺得幽遠無窮。

羅馬藝術的寶藏自然在梵蒂岡宮；卡辟多林博物院中也有一些，但比起梵蒂岡來就太少了。梵蒂岡有好幾個雕刻院，收藏約有四千件，著名的《拉奧孔》（Laocooen）便在這裏。畫院藏畫五十幅，都是精品，拉飛爾的《基督現身圖》是其中之一，現在卻因修理關着。梵蒂岡的壁畫極精彩，多是拉飛爾和他門徒的手筆，為別處所不及。有四間拉飛爾室和一些廊子，裏面滿是他們的東西。拉飛爾由此得名。他是烏爾比奴人，父親是詩人兼畫家。他到羅馬後，極為人所愛重，大家都要教他畫；他忙不過來，只好收些門徒作助手。他的特長在畫人體。這是實在的人，肢體圓滿而結實，有肉有骨頭。這自然受了些佛羅倫司派的影響，但大半還是他的天才。他對於氣韻、遠近、大小與顏色也都有敏鋭的感覺，所以成為大家。他在羅馬住的屋子還在，墳在國葬院裏。歇司丁堂與拉飛爾室齊名，也在宮內。這個神堂是十五世紀時歇司土司第四造

的，第一百三十三英呎，寬四十五英呎。兩旁牆的上部，都由佛羅倫司派畫家裝飾，有波鐵乞利在內。屋頂的畫滿都是密凱安傑羅的，歇司丁堂著名在此。密凱安傑羅是佛羅倫司派的極峰。他不多作畫，一生精華都在這裏。他畫這屋頂時候，以深沉蕭穆的心情滲入畫中。他的構圖裏氣韻流動着，形體的勾勒也自然靈妙，還有那雄偉出塵的風度，都是他獨具的好處。堂中祭壇的牆上也是他的大畫，叫做《最後的審判》。這幅壁畫是以後多年畫的，費了他七年工夫。

羅馬城外有好幾處隧道，是一世紀到五世紀時候基督教徒挖下來做墓穴的，但也用作敬神的地方。尼羅搜殺基督教徒，他們往往避難於此。最值得看的是聖卡里斯多隧道。那兒還有一種熱誠花，十二瓣，據説是代表十二使徒的。我們看的是聖賽巴司提亞堂底下的那一處，大家點了小蠟燭下去。曲曲折折的狹路，兩旁是大大小小深深淺淺的墓穴；現在自然是空的，可是有時還看見些零星的白骨。有一處據説聖彼得住過，成了龕堂，壁上畫得很好。另處也還有些壁畫的殘跡。這個隧道似乎有四層，佔的地方也不小。聖賽巴司提亞堂裏保存着一塊石頭，上有大腳印兩個；他們説是耶穌基督的，現在供養在神龕裏。另一個教堂也供着這麼一塊石頭，據説是仿本。

縲絏堂建於第五世紀，專為供養拴過聖彼得的一條鐵鏈子。現在這條鏈子還好好的在一個精美的龕子裏。堂中周理烏司第二紀念碑上有密凱安傑羅雕的幾座像；摩西像尤為著名。那種原始的堅定的精神和勇猛的力量從眉目上，鬍鬚上，

胳膊上，手上，腿上，處處透露出來，教你覺得見着了一個偉大的人。又有個阿拉古里堂，中有聖嬰像。這個聖嬰自然便是耶穌基督；是十五世紀耶路撒冷一個教徒用橄欖木雕的。他帶它到羅馬，供養在這個堂裏。四方來許願的很多，據說非常靈驗；它身上密層層地掛着許多金銀飾器都是人家還願的。還有好些信寫給它，表示敬慕的意思。

　　羅馬城西南角上，挨着古城牆，是英國墳場或叫做新教墳場。這裏邊葬的大都是藝術家與詩人，所以來參謁來憑弔的意大利人和別國的人終日不絕。就中最有名的自然是十九世紀英國浪漫詩人雪萊與濟茲的墓。雪萊的心葬在英國，他的遺灰在這兒。墓在古城牆下斜坡上，蓋有一塊長方的白石；第一行刻着「心中心」，下面兩行是生卒年月，再下三行是莎士比亞《風暴》中的仙歌。

　　彼無毫毛損，
　　海濤變化之，
　　從此更神奇。

好在恰恰關合雪萊的死和他的為人。濟茲墓相去不遠，有墓碑，上面刻着道：

　　這座墳裏是
　　英國一位少年詩人的遺體；
　　他臨死時候，

想着他仇人們的惡勢力，

痛心極了，叫將下面這一句話

刻在他的墓碑上：

「這兒躺着一個人，

他的名字是用水寫的。」

末一行是速朽的意思；但他的名字正所謂「不廢江河萬古流」，又豈是當時人所料得到的。後來有人別作新解，根據這一行話做了一首詩，連濟茲的小像一塊兒刻銅嵌在他墓旁牆上。這首詩的原文是很有風趣的。

濟茲名字好，

説是水寫成；

一點一滴水，

後人的淚痕——

英雄枯萬骨，

難如此感人。

安睡吧，

陳詞雖掛漏，

高風自崢嶸。

這座墳場是羅馬富有詩意的一角；有些愛羅馬的人雖不死在意大利，也會遺囑葬在這座「永遠的城」的永遠的一角裏。

柏林

　　柏林的街道寬大，乾淨，倫敦巴黎都趕不上的；又因為不景氣，來往的車輛也顯得稀些。在這兒走路，盡可以從容自在地呼吸空氣，不用張張望望躲躲閃閃。找路也頂容易，因為街道大概是縱橫交切，少有「旁逸斜出」的。最大最闊的一條叫菩提樹下，柏林大學、國家圖書館、新國家畫院、國家歌劇院都在這條街上。東頭接着博物院洲、大教堂、故宮；西邊到著名的勃朗登堡門為止，長不到二里。過了那座門便是梯爾園，街道還是直伸下去 —— 這一下可長了，三十七八里。勃朗登堡門和巴黎凱旋門一樣，也是紀功的。建築在十八世紀末年，有點仿雅典奈昔克里司門的式樣。高六十六英呎，寬六十八碼半；兩邊各有六根多力克式石柱子。頂上是站在駟馬車裏的勝利神像，雄偉莊嚴，表現出德意志國都的神采。那神像在一八零七年被拿破崙當作勝利品帶走，但七年後便又讓德國的隊伍帶回來了。

　　從菩提樹下西去，一出這座門，立刻神氣清爽，眼前別有天地；那空闊，那望不到頭的綠樹，便是梯爾園。這是柏林最大的公園，東西六里，南北約二里。地勢天然生得好，加上樹種得非常巧妙，小湖小溪，或隱或顯，也安排的是地方。大

道像輪子的輻，湊向軸心去。道旁齊齊地排着蔥鬱的高樹；樹下有時候排着些白石雕像，在深綠的背景上越顯得潔白。小道像樹葉上的脈絡，不知有多少。跟着道走，總有好地方，不辜負你。園子裏花壇也不少。羅森花壇是出名的一個，玫瑰最好。一座天然的圍牆，圓圓地繞着，上面密密地厚厚地長着綠的小圓葉子；牆頂參差不齊。壇中有兩個小方池，滿飄着雪白的水蓮花，玲瓏地托在葉子上，像惺忪的星眼。兩池之間是一個皇后的雕像；四周的花香花色好像她的供養。梯爾園人工勝於天然。真正的天然卻又是一番境界。曾走過市外「新西區」的一座林子。稀疏的樹，高而瘦的幹子，樹下隨意彎曲的路，簡直教人想到倪雲林的畫本。看着沒有多大，但走了兩點鐘，卻還沒走柏林市內市外常看見運動員風的男人女人。女人大概都光着腳亮着胳膊，雄糾糾地走着，可是並不和男人一樣。她們不像巴黎女人的苗條，也不像倫敦女人的拘謹，卻是自然得好。有人說她們太粗，可是有股勁兒。司勃來河橫貫柏林市，河上有不少划船的人。往往一男一女對坐着，男的只穿着游泳衣，也許赤着膊只穿短褲子。看的人絕不奇怪而且有喝彩的。曾親見一個女大學生指着這樣划着船的人說，「美啊！」讚美身體，讚美運動，已成了他們的道德。星期六星期日上水邊野外看去，男男女女老老少少誰都帶一點運動員風。再進一步，便是所謂「自然運動」。大家索性不要那撈什子衣服，那才真是自然生活了。這有一定地方，當然不會隨處見着。但書籍雜誌是容易買到的。也有這種電影。那些人運動的姿勢很好看，很柔軟，有點兒像太極拳。

在長天大海的背景上來這一套，確是美的，和諧的。日前報上說德國當局要取締他們，看來未免有些個多事。

　　柏林重要的博物院集中在司勃來河中一個小洲上。這就叫做博物院洲。雖然叫做洲，因為周圍陸地太多，河道幾乎擠得沒有了，加上十六道橋，走上去毫不覺得身在洲中。洲上總共七個博物院，六個是通連着的。最奇偉的是勃嘉蒙（Pergamon）與近東古蹟兩個。勃嘉蒙在小亞細亞，是希臘的重要城市，就是現在的貝加瑪。柏林博物院團在那兒發掘，掘出一座大享殿，是祭大神宙斯用的。這座殿是二千二百年前造的，規模宏壯，雕刻精美。掘出的時候已經殘破；經學者苦心研究，知道原來是甚麼樣子，便照着修補起來，安放在一間特建的大屋子裏。屋子之大，讓人要怎麼看這座殿都成。屋頂滿是玻璃，讓光從上面來，最均勻不過；牆是淡藍色，襯出這座白石的殿越發有神兒。殿是方鎖形，周圍都是愛翁匿克式石柱，像是個廊子。當鎖口的地方，是若干層的台階兒。兩頭也有幾層，上面各有殿基；殿基上，柱子下，便是那著名的「壁雕」。壁雕（frieze）是希臘建築裏特別的裝飾；在狹長的石條子上半深淺地雕刻着些故事，嵌在牆壁中間。這種壁雕頗有名作。如現存在不列顛博物院裏的雅典巴昔農神殿的壁雕便是。這裏的是一百三十二碼長，有一部分已經移到殿對面的牆上去。所刻的故事是奧靈匹亞諸神與地之諸子巨人們的戰爭。其中人物精力飽滿，歷劫如生。另一間大屋裏安放着羅馬建築的殘跡。一是大三座門，上下兩層，上層全為裝飾用。兩層各用六對哥林斯式的石柱，與門相間着，隔出

略帶曲折的廊子。上層三座門是實的，裏面各安着一尊雕像，全體整齊秀美之至。一是小神殿。兩樣都在第二世紀的時候。

　　近東古蹟院裏的東西是十九世紀末二十世紀初年德國東方學會在巴比倫和亞述發掘出來的。中間巴比倫的以色他門（Ischtar Gateway）最為壯麗。門建築在二千五百年前奈補卡德乃沙王第二的手裏。門圈兒高三十九英呎，城垛兒四十九英呎，全用藍色琺瑯磚砌成。牆上浮雕着一對對的龍（與中國所謂龍不同）和牛，黃的白的相間着；上下兩端和邊上也是這兩色的花紋。龍是巴比倫城隍馬得的聖物，牛是大神亞達的聖物。這些動物的像稀疏地排列着，一面牆上只有兩行，犄角上只有一行；形狀也單純劃一。色彩在那藍的地子上，卻非常之鮮明。看上去真像大幅緙絲的圖案似的。還有巴比倫王宮裏正殿的面牆，是與以色他門同時做的，顏色鮮麗也一樣，只不過以植物圖案為主罷了。馬得祭道兩旁屈折的牆基也用藍琺瑯磚；上面卻雕着向前走的獅子。這個祭道直通以色他門，現在也修補好了一小段，仍舊安在以色他門前面。另有一件模型，是整個兒的巴比倫城。這也可以慰情聊勝無了。亞述巴先宮的面牆放在以色他門的對面，當然也是修補起來的：周圍正正的拱門，一層層又細又密的柱子，在許多直線裏透出秀氣。

　　新博物院第一層中央是一座廳。兩道寬闊而華麗的樓梯彷彿佔住了那間大屋子，但那間屋子還是照樣地覺得大不可言。屋裏甚麼都高大；迎着樓梯兩座複製的大雕像，兩邊牆上大幅的歷史壁畫，一進門就讓人覺得萬千的氣象。德意志

人的魄力，真有他們的。樓上本是雕版陳列室，今年改作哥德展覽會。有哥德和他朋友們的像，他的畫，他的書的插圖等等。《浮士德》的插圖最多，同一件事各人畫來趣味各別。樓下是埃及古物陳列室，大大小小的「木乃伊」都有；小孩的也有。有些在頭部放着一塊板，板上畫着死者的面相；這是用熔蠟畫的，畫法已失傳。這似乎是古人一件聰明的安排，讓千秋萬歲後，還能辨認他們的面影。另有人種學博物院在別一條街上，分兩院。所藏既豐富，又多罕見的。第一院吐魯番的壁畫最多。那些完好的真是妙莊嚴相；那些零碎的也古色古香。中國日本的東西不少，陳列得有系統極了，中日人自己動手，怕也不過如此。第二院藏的日本的漆器與畫很好。史前的材料都收在這院裏。有三間屋專陳列一八七一到一八九零希利曼（Heinrich Schlieman）發掘特羅衣（Troy）城所得的遺物。

　　故宮在博物院洲之北，一九二一年改為博物院，分歷史的工藝的兩部分。歷史的部分都是王族用過的公私屋子。這些屋子每間一個樣子；屋頂，牆壁，地板，顏色，陳設，各有各的格調。但輝煌精緻，是異曲同工的。有一間屋頂作穹隆形狀，藍地金星，儼然夜天的光景。又一間張着一大塊傘形的綢子，像在遮着太陽。又一間用了「古絡錢」紋做全室的裝飾。壁上或畫畫，或掛畫。地板用細木頭嵌成種種花樣，光滑無比。外國的宮殿外觀常不如中國的宏麗，但裏邊裝飾的精美，我們卻斷乎不及。故宮西頭是皇儲舊邸。一九一九年因為國家畫院的畫擁擠不堪，便將近代的作品挪到這兒，陳列在前

邊的屋子裏。大部分是印象派表現派，也有立體派。表現派是德國自己的畫派。原始的精神，狂熱的色調，粗野模糊的構圖，你像在大野裏大風裏大火裏。有一件立體派的雕刻，是三個人像。雖然多是些三角形，直線，可是一個有一個的神氣，彼此還互相照應，像真會說話一般。表現派的精神現在還多多少少存在：柏林魏坦公司六月間有所謂「民眾藝術展覽會」，出售小件用具和玩物。玩物裏如小動物孩子頭之類，頗有些奇形怪狀，別具風趣的。還有展覽場六月間的展覽裏，有一部是剪貼畫。用顏色紙或布拼湊成形，安排在一塊地子上，一面加上些沙子等，教人有實體之感，一面卻故意改變形體的比例與線條的曲直，力避寫實的手法。有些現代人大約「是」要看了這種手藝才痛快的。

這一回展覽裏有好些小家屋的模型，有大有小。大概造起來省錢；屋子裏空氣，光，太陽都夠現代人用。沒有那些無用的裝飾，只看見橫豎的直線。用顏色，或用對照的顏色，教人看一所屋子是「整個兒」，不零碎，不瑣屑。小家屋如此，「大廈」也如此。德國的建築與荷蘭不同。他們注重實用，以簡單為美，有時候未免太樸素些。近年來柏林這種新房子造得不少。這已不是少數藝術家的試驗而是一般人的需要了。「新西區」一帶便都是的。那一帶住屋小而巧，裏面的裝飾乾淨利落，不顯一點板滯。「大廈」多在東頭亞歷山大場，似乎美觀的少。有些滿用橫線，像夾沙糕，有些滿用直線，這自然說的是窗子。用直線的據說是美國影響。但美國房屋高入雲霄，用直線合式；柏林的低多了，又向橫裏伸張，用直線

便大大地不諧和了。「大廈」之外還有「廣場」，剛才說的展覽場便是其一。這個廣場有八座大展覽廳，連附屬的屋子共佔地十八萬二千平方英呎；空場子合計起來共佔地六十五萬平方英呎。乍走進去的時候，摸不着頭腦，彷彿連自己也會丟掉似的。建築都是新式。整個的場子若在空中看，是一幅圖案，輕靈而不板重。德意志體育場，中央飛機場，也都是這一類新造的廣場。前兩個在西，後一個在南，自然都在市外。此外電影院跳舞場往往得風氣之先，也有些新式樣。如鐵他尼亞宮電影院，那台，那燈，那花樓，不是用圓，用弧線，便是用與弧線相近的曲線，要的也是一個乾淨利落罷了。台上一圈兒一圈兒有些像排簫的是管風琴。管風琴安排起來最累贅，這兒的佈置卻新鮮悅目，也許電影管風琴簡單些，才可以這麼辦。顏色用白銀與淡黃對照，教人常常清醒。祖國舞場也是新式，但多用直線形；顏色似乎多一種黑。這裏面有許多咖啡室。日本室便按日本式陳設，土耳其室便按土耳其式。還有萊茵室，在壁上畫着萊茵河的風景，用好些小電燈點綴在天藍的背景上，看去略得河上的夜的意思──自然，屋裏別處是不用燈的。還有雷電室，壁上畫着雷電的情景，用電光運轉；電射雷鳴，與音樂應和着。愛熱鬧的人都上那兒去。

柏林西南有個波次丹（Potsdam），是佛來德列大帝的城。城外有個無愁園，園裏有個無愁宮，便是大帝常住的地方。大帝迷法國，這座宮，這座園子都仿凡爾賽的樣子。但規模小多了，神兒差遠了。大帝和伏爾泰是好朋友，他請伏爾泰在宮裏住過好些日子，那間屋便在宮西頭。宮西邊有一架大風

車。據說大帝不喜歡那風車日夜轉動的聲音，派人跟那產主說要買它。出乎意外，產主楞不肯。大帝惱了，又派人去說，不賣便要拆。產主也惱了，說，他會拆，我會告他。大帝想不到鄉下人這麼倔強，大加賞識，那風車只好由它響了。因此現在便叫它做「歷史的風車」。隔無愁宮沒多少路，有一座新宮，裏面有一間「貝廳」，牆上地上滿嵌着美麗的貝殼和寶石，雖然奇詭，卻以素雅勝。

吃的

提到歐洲的吃喝，誰總會想到巴黎，倫敦是算不上的。不用說別的，就說煎山藥蛋吧。法國的切成小骨牌塊兒，黃爭爭的，油汪汪的，香噴噴的；英國的「條兒」（chips）卻半黃半黑，不冷不熱，乾乾兒的甚麼味也沒有，只可以當飽罷了。再說英國飯吃來吃去，主菜無非是煎炸牛肉排羊排骨，配上兩樣素菜；記得在一個人家住過四個月，只吃過一回煎小牛肝兒，算是新花樣。可是菜做得簡單，也有好處；材料壞容易見出，像大陸上廚子將壞東西做成好樣子，在英國是不會的。大約他們自己也覺着膩味，所以一九二六那一年有一位華衣脫女士（E · White）組織了一個英國民間烹調社，搜求各市各鄉的食譜，想給英國菜換點兒花樣，讓它好吃些。一九三一年十二月烹調社開了一回晚餐會，從十八世紀以來的食譜中選了五樣菜（湯和點心在內），據說是又好吃，又不費事。這時候正是英國的國貨年，所以報紙上頗為揄揚一番。可是，現在歐洲的風氣，吃飯要少要快，那些陳年的老古董，怕總有些不合時宜吧。

吃飯要快，為的忙，歐洲人不能像咱們那樣慢條斯理兒的，大家知道。幹嗎要少呢？為的衛生，固然不錯，還有別

的：女的男的都怕胖。女的怕胖，胖了難看；男的也愛那股標勁兒，要像個運動家。這個自然說的是中年人少年人；老頭子挺着個大肚子的卻有的是。歐洲人一日三餐，份量頗不一樣。像德國，早晨只有咖啡麵包，晚間常冷食，只有午飯重些。法國早晨是咖啡，月芽餅，午飯晚飯似乎一般份量。英國卻早晚飯並重，午飯輕些。英國講究早飯，和我國成都等處一樣。有麥粥，火腿蛋，麵包，茶，有時還有薰鹹魚，果子。午飯頂簡單的，可以只吃一塊烤麵包，一杯咖啡；有些小飯店裏出賣午飯盒子，是些冷魚冷肉之類，卻沒有賣晚飯盒子的。

倫敦頭等飯店總是法國菜，二等的有意大利菜，法國菜，瑞士菜之分；舊城館子和茶飯店等才是本國味道。茶飯店與煎炸店其實都是小飯店的別稱。茶飯店的「飯」原指的午飯，可是賣的東西並不簡單，吃晚飯滿成；煎炸店除了煎炸牛肉排羊排骨之外，也賣別的。頭等飯店沒去過，意大利的館子卻去過兩家。一家在牛津街，規模很不小，晚飯時有女雜耍和跳舞。只記得那回第一道菜是生蚝之類；一種特製的盤子，邊上圍着七八個圓格子，每格放半個生蚝，吃起來很雅相。另一家在由斯敦路，也是個熱鬧地方。這家卻小小的，通心細粉做得最好；將粉切成半分來長的小圈兒，用黃油煎熟了，平鋪在盤兒裏，灑上乾酪（計司）粉，輕鬆鮮美，妙不可言。還有炸「搦氣蚝」，鮮嫩清香，蟶蚄，瑤柱，都不能及；只有寧波的蠣黃彷彿近之。

茶飯店便宜的有三家：拉衣恩司（Lyons），快車奶房，ABC 麵包房。每家都開了許多店子，遍佈市內外；ABC 比較

少些，也貴些，拉衣恩司最多。快車奶房炸小牛肉小牛肝和紅燒鴨塊都還可口；他們燒鴨塊用木炭火，所以頗有中國風味。ABC 炸牛肝也可吃，但火急肝老，總差點兒事；點心烤得卻好，有幾件比得上北平法國麵包房。拉衣恩司似乎沒甚麼出色的東西；但他家有兩處「角店」，都在鬧市轉角處，那裏卻有好吃的。角店一是上下兩大間，一是三層三大間，都可容一千五百人左右；晚上有樂隊奏樂。一進去只見黑壓壓的坐滿了人，過道處窄得可以，但是氣象頗為闊大（有個英國學生譏為「窮人的宮殿」，也許不錯）；在那裏往往找了半天站了半天才等着空位子。這三家所有的店子都用女侍者，只有兩處角店裏卻用了些男侍者 —— 男侍者工錢貴些。男女侍者都穿了黑制服，女的更戴上白帽子，分層招待客人。也只有在角店裏才要給點小費（雖然門上標明「無小費」字樣），別處這三家開的舖子裏都不用給的。曾去過一處角店，烤雞做得還入味；但是一隻雞腿就合中國一元五角，若吃雞翅還要貴點兒。茶飯店有時備着骨牌等等，供客人消遣，可是向侍者要了玩的極少；客人多的地方，老是有人等位子，乾脆就用不着備了。此外還有一些生蠔店，專吃生蠔，不便宜；一位房東太太告訴我說「不衛生」，但是吃的人也不見少。吃生蠔卻不宜在夏天，所以英國人說月名中沒有「R」（五六七八月），生蠔就不當令了。倫敦中國飯店也有七八家，貴賤差得很大，看地方而定。菜雖也有些高低，可都是變相的廣東味兒，遠不如上海新雅好。在一家廣東樓要過一碗雞肉餛飩，合中國一元六角，也夠貴了。

茶飯店裏可以吃到一種甜燒餅（muffin）和窩兒餅（crumdpet）。甜燒餅彷彿我們的火燒，但是沒餡兒，軟軟的，略有甜味，好像摻了米粉做的。窩兒餅面上有好些小窩窩兒，像蜂房，比較地薄，也像摻了米粉。這兩樣大約都是法國來的；但甜燒餅來的早，至少二百年前就有了。廚師多住在祝來巷（Drury Lane），就是那著名的戲園子的地方；從前用盤子頂在頭上賣，手裏搖着鈴子。那時節人家都愛吃，買了來，多多抹上黃油，在客廳或飯廳壁爐上烤得熱辣辣的，讓油都浸進去，一口咬下來，要不沾到兩邊口角上。這種偷閒的生活是很有意思的。但是後來的窩兒餅浸油更容易，更香，又不太厚，太軟，有咬嚼些，樣式也頗俏；人們漸漸地喜歡它，就少買那甜燒餅了。一位女士看了這種光景，心下難過；便寫信給《泰晤士報》，為甜燒餅抱不平。《泰晤士報》特地做了一篇小社論，勸人吃甜燒餅以存古風；但對於那位女士所說的窩兒餅的壞話，卻寧願存而不論，大約那論者也是愛吃窩兒餅的。

復活節（三月）時候，人家吃煎餅（pancake），茶飯店裏也賣；這原是懺悔節（二月底）懺悔人晚飯後去教堂之前吃了好熬餓的，現在卻在早晨吃了。餅薄而脆，微甜。北平中原公司賣的「胖開克」（煎餅的音譯）卻未免太「胖」，而且軟了。——說到煎餅，想起一件事來：美國麻省勃克夏地方（Berkshire Country）有「吃煎餅競爭」的風俗，據《泰晤士報》說，一九三二的優勝者一氣吃下四十二張餅，還有臘腸熱咖啡。這可算「真正大肚皮」了。

英國人每日下午四時半左右要喝一回茶，就着烤麵包黃油。請茶會時，自然還有別的，如火腿夾麵包，生豌豆苗夾麵包，茶饅頭（tea scone）等等。他們很看重下午茶，幾乎必不可少。又可乘此請客，比請晚飯簡便省錢得多。英國人喜歡喝茶，對於喝咖啡，和法國人相反；他們也煮不好咖啡。喝的茶現在多半是印度茶；茶飯店裏雖賣中國茶，但是主顧寥寥。不讓利權外溢固然也有關係，可是不利於中國茶的宣傳（如説製時不乾淨）和茶味太淡才是主要原因。印度茶色濃味苦，加上牛奶和糖正合式；中國紅茶不夠勁兒，可是香氣好。奇怪的是茶飯店裏賣的，色香味都淡得沒影子。那樣茶怎麼會運出去，真莫名其妙。

街上偶然會碰着提着筐子賣落花生的（巴黎也有），推着四輪車賣炒栗子的，教人有故國之思。花生栗子都裝好一小口袋一小口袋的，栗子車上有炭爐子，一面炒，一面裝，一面賣。這些小本經紀在倫敦街上也頗古色古香，點綴一氣。栗子是乾炒，與我們「糖炒」的差得太多了。——英國人吃飯時也有乾果，如核桃、榛子、榧子，還有巴西烏菱（原名Brazilds，巴西出產，中國通稱「美國烏菱」），烏菱實大而肥，香脆爽口，運到中國的太乾，便不大好。他們專有一種乾果夾，像鉗子，將乾果夾進去，使勁一握夾子柄，「格」的一聲，皮殼碎裂，有些蹦到遠處，也好玩兒的。蘇州有瓜子夾，像剪刀，卻只透着玲瓏小巧，用不上勁兒去。

房東太太

歇卜士太太（Mrs. Hibbs）沒有來過中國，也並不怎樣喜歡中國，可是我們看，她有中國那老味兒。她說人家笑她母女是維多利亞時代的人，那是老古板的意思；但她承認她們是的，她不在乎這個。

真的，聖誕節下午到了她那間黯淡的飯廳裏，那傢具，那人物，那談話，都是古氣盎然，不像在現代。這時候她還住在倫敦北郊芬乞來路（finchley Road）。那是一條闊人家的路；可是她的房子已經抵押滿期，經理人已經在她門口路邊上立了一座木牌，標價招買，不過半年多還沒人過問罷了。那座木牌，和籃球架子差不多大，只是低些；一走到門前，準看見。晚餐桌上，聽見廚房裏尖叫了一聲，她忙去看了，回來說，火雞烤枯了一點，可惜，二十二磅重，還是賣了幾件傢具買的呢。她可惜的是火雞，倒不是傢具；但我們一點沒吃着那烤枯了的地方。

她愛說話，也會說話，一開口滔滔不絕；押房子，賣傢具等等，都會告訴你。但是只高高興興地告訴你，至少也平平淡淡地告訴你，決不垂頭喪氣，決不唉聲嘆氣。她說話是個趣味，我們聽話也是個趣味（在她的話裏，她死了的丈夫和兒

子都是活的，她的一些住客也是活的）；所以後來雖然聽了四個多月，倒並不覺得厭倦。有一回早餐時候，她說有一首詩，忘記是誰的，可以作她的墓銘，詩云：

> 這兒一個可憐的女人，
> 她在世永沒有住過嘴。
> 上帝說她會復活，
> 我們希望她永不會。
> 其實我們倒是希望她會的。

　　道地的賢妻良母，她是；這裏可以看見中國那老味兒。她原是個闊小姐，從小送到比利時受教育，學法文，學鋼琴。鋼琴大約還熟，法文可生疏了。她說街上如有法國人向她問話，她想起答話的時候，那人怕已經拐了彎兒了。結婚時得着她姑母一大筆遺產；靠着這筆遺產，她支持了這個家庭二十多年。歇卜士先生在劍橋大學畢業，一心想作詩人，成天住在雲裏霧裏。他二十年只在家裏待着，偶然教幾個學生。他的詩送到劍橋的刊物上去，原稿卻寄回了，附着一封客氣的信。他又自己花錢印了一小本詩集，封面上註明，希望出版家採納印行，但是並沒有甚麼迴響。太太常勸先生刪詩行，譬如說，四行中可以刪去三行罷；但是他不肯割愛，於是乎只好敝帚自珍了。

　　歇卜士先生卻會說好幾國話。大戰後太太帶了先生小姐，還有一個朋友去逛意大利；住旅館僱船等等，全交給詩人的

先生辦，因為他會說意大利話。幸而沒出錯兒。臨上火車，到了站台上，他卻不見了。眼見車就要開了，太太這一急非同小可，又不會說給別人，只好教小姐去張看，卻不許她遠走。好容易先生鑽出來了，從從容容的，原來他上「更衣室」來着。

太太最傷心她的兒子。他也是大學生，長的一表人才。大戰時去從軍；訓練的時候偶然回家，非常愛惜那莊嚴的制服，從不教它有一個褶兒。大戰快完的時候，卻來了惡消息，他盡了他的職務了。太太最傷心的是這個時候的這種消息，她在舉世慶祝休戰聲中，迷迷糊糊過了好些日子。後來逛意大利，便是解悶兒去的。她那時甚至於該領的恤金，無心也不忍去領——等到限期已過，即使要領，可也不成了。

小姐現在是她唯一的親人；她就為這個女孩子活着。早晨一塊兒拾掇拾掇屋子，吃完了早飯，一塊兒上街散步，回來便坐在飯廳裏，說說話，看看通俗小說，就過了一天。晚上睡在一屋裏。一星期也同出去看一兩回電影。小姐大約有二十四五了，高個兒，總在五英呎十寸左右；蟹殼臉，露牙齒，臉上倒是和和氣氣的。愛笑，說話也天真得像個十二三歲小姑娘。先生死後，他的學生愛利斯（Ellis）很愛歇卜士太太，幾次想和她結婚，她不肯。愛利斯是個傳記家，有點小名氣。那回詩人德拉梅在倫敦大學院講文學的創造，曾經提到他的書。他很高興，在歇卜士太太晚餐桌上特意說起這個。但是太太說他的書乾燥無味，他送來，她們只翻了三五頁就擱在一邊兒了。她說最恨貓怕狗，連書上印的狗都怕，愛利斯卻養着一大堆。她女兒最愛電影，愛利斯卻瞧不起電影。

她的不嫁，怎麼窮也不嫁，一半為了女兒。

　　這房子招徠住客，遠在歇卜士先生在世時候。那時只收一個人，每日供早晚兩餐，連宿費每星期五鎊錢，合八九十元，夠貴的。廣告登出了，第一個來的是日本人，他們答應下了。第二天又來了個西班牙人，卻只好謝絕了。從此住這所房的總是日本人多；先生死了，住客多了，後來竟有「日本房」的名字。這些日本人有一兩個在外邊有女人，有一個還讓女人騙了，他們都回來在飯桌上報告，太太也同情的聽着。有一回，一個人忽然在飯桌上談論自由戀愛，而且似乎是衝着小姐説的。這一來太太可動了氣。飯後就告訴那個人，請他另外找房住。這個人走了，可是日本人有個俱樂部，他大約在俱樂部裏報告了些甚麼，以後日本人來住的便越過越少了。房間老是空着，太太的積蓄早完了；還只能在房子上打主意，這才抵押了出去。那時自然盼望贖回來，可是日子一天一天過去，情形並不見好。房子終於標賣，而且聖誕節後不久，便賣給一個猶太人了。她想着年頭不景氣，房子且沒人要呢，那知猶太人到底有錢，竟要了去，經理人限期讓房。快到期了，她直説來不及。經理人又向法院告訴，法院出傳票教她去。她去了，女兒攙扶着；她從來沒上過堂，法官説欠錢不讓房，是要坐牢的。她又氣又怕，幾乎昏倒在堂上；結果只得答應了加緊找房。這種種也都是為了女兒，她可一點兒不悔。

　　她家裏先後也住過一個意大利人，一個西班牙人，都和小姐做過愛；那西班牙人並且和小姐定過婚，後來不知怎樣解了約。小姐倒還惦着他，説是「身架真好看！」太太卻説，

「那是個壞傢伙！」後來似乎還有個「壞傢伙」，那是太太搬到金樹台的房子裏才來住的。他是英國人，叫凱德，四十多了。先是作公司兜售員，沿門兜售電氣掃除器為生。有一天撞到太太舊宅裏去了，他要表演掃除器給太太看，太太攔住他，說不必，她沒有錢；她正要賣一批傢具，老賣不出去，煩着呢。凱德說可以介紹一家公司來買；那一晚太太很高興，想着他定是個大學畢業生。沒兩天，果然介紹了一家公司，將傢具買去了。他本來住在他姊姊家，卻搬到太太家來了。他沒有薪水，全靠兜售的佣金；而電氣掃除器那東西價錢很大，不容易脫手。所以便乾擱起來了。這個人只是個買賣人，不是大學畢業生。大約窮了不止一天，他有個太太，在法國給人家看孩子，沒錢，接不回來；住在姊姊家，也因為窮，讓人家給請出來了。搬到金樹台來，起初整付了一回房飯錢，後來便零碎的半欠半付，後來索性付不出了。不但不付錢，有時連午飯也要叨光。如是者兩個多月，太太只得將他趕了出去。回國後接着太太的信，才知道小姐卻有點喜歡凱德這個「壞蛋」，大約還跟他來往着。太太最擔心這件事，小姐是她的命，她的命決不能交在一個「壞蛋」手裏。

小姐在芬乞來路時，教着一個日本太太英文。那時這位日本太太似乎非常關心歇卜士家住着的日本先生們，老是問這個問那個的；見了他們，也很親熱似的。歇卜士太太瞧着不大順眼，她想着這女人有點兒輕狂。凱德的外甥女有一回來了，一個摩登少女。她照例將手絹掖在襪帶子上，拿出來用時，讓太太看在眼裏。後來背地裏議論道，「這多不雅相！」

太太在小事情上是很敏銳的。有一晚那愛爾蘭女僕端菜到飯廳，沒有戴白帽簷兒。太太很不高興，告訴我們，這個侮辱了主人，也侮辱了客人。但那女僕是個「社會主義」的貪婪的人，也許匆忙中沒想起戴帽簷兒；壓根兒她怕就覺得戴不戴都是無所謂的。記得那回這女僕帶了男朋友到金樹台來，是個失業的工人。當時剛搬了家，好些零碎事正得一個人。太太便讓這工人幫幫忙，每天給點錢。這原是一舉兩得，各廂情願的。不料女僕卻當面說太太揩了窮小子的油。太太聽說，簡直有點莫名其妙。

太太不上教堂去，可是迷信。她雖是新教徒，可是有一回丟了東西，卻照人家傳給的法子，在家點上一支蠟，一條腿跪着，口誦安東尼聖名，說是這麼着東西就出來了。拜聖者是舊教的花樣，她卻不管。每回作夢，早餐時總翻翻占夢書。她有三本占夢書；有時她笑自己；三本書說的都不一樣，甚至還相反呢。喝碗茶，碗裏的茶葉，她也愛看；看像甚麼字頭，便知是姓甚麼的來了。她並不盼望訪客，她是在盼望住客啊。到金樹台時，前任房東太太介紹一位英國住客繼續住下。但這位半老的住客卻嫌客人太少，女客更少，又嫌飯桌上沒有笑，沒有笑話，只看歇卜士太太的獨角戲，老母親似的嘮嘮叨叨，總是那一套。他終於託故走了，搬到別處去了。我們不久也離開英國，房子於是乎空空的。去年接到歇卜士太太來信，她和女兒已經作了人家管家老媽了；「維多利亞時代」的上流婦人，這世界已經不是她的了。

公園

　　英國是個尊重自由的國家，從倫敦海德公園（Hyde Park）可以看出。學政治的人一定知道這個名字；近年日報的海外電訊裏也偶然有這個公園出現。每逢星期日下午，各黨各派的人都到這兒來宣傳他們的道理。公説公有理，婆説婆有理，井水不犯河水。從耶穌教到共產黨，差不多樣樣有。每一處説話的總是一個人。他站在桌子上，椅子上，或是別的甚麼上，反正在聽眾當中露出那張嘴臉就成；這些桌椅等等可得他們自己預備，公園裏的長椅子是只讓人歇着的。聽的人或多或少。有一回一個講耶穌教的，沒一個人聽，卻還打起精神在講；他盼望來來去去的遊人裏也許有一兩個三四個五六個……愛聽他的，只要有人駐一下腳，他的口舌就算不白費了。

　　見過一回共產黨示威，演説的東也是，西也是；有的站在大車上，頗有點巍巍然。按説那種馬拉的大車平常不讓進園，這回大約辦了個特許。其中有個女的約莫四十上下，嗓子最大，説的也最長；説的是倫敦土話，凡是開口音，總將嘴張到不能再大的地步，一面用胳膊助勢。説到後來，嗓子沙了，還是一字不苟的喊下去。天快黑了，他們整隊出園喊着口號，

標語旗幟也是五光十色的。隊伍兩旁，又高又大的馬巡緩緩跟着，不說話。出的是北門，外面便是熱鬧的牛津街。

北門這裏一片空曠的沙地，最宜於露天演說家，來的最多。也許就在共產黨隊伍走後吧，這裏有人說到中日的事；那時剛過「一二八」不久，他頗為我們抱不平。他又讚美甘地；卻與賈波林相提並論，說賈波林也是為平民打抱不平的。這一比將聽眾引得笑起來了；不止一個人和他辯論，一位老太太甚至嘀咕着掉頭而去。這個演說的即使不是共產黨，大約也不是「高等」英人吧。公園裏也鬧過一回大事：一八六六年國會改革的暴動（勞工爭選舉權），周圍鐵欄杆毀了半里多路長，警察受傷了二百五十名。

公園周圍滿是鐵欄杆，車門九個，遊人出入的門無數，佔地二千二百多畝，繞園九里，是倫敦公園中最大的，來的人也最多。園南北都是鬧市，園中心卻靜靜的。灌木叢裏各色各樣野鳥，清脆的繁碎的語聲，夏天綠草地上，潔白的綿羊的身影，教人像下了鄉，忘記在世界大城裏。那草地一片迷濛的綠，一片芊綿的綠，像水，像煙，像夢；難得的，冬天也這樣。西南角上蜿蜒着一條蛇水，算來也佔地三百畝，養着好些水鳥，如蒼鷺之類。可以搖船，游泳；並有救生會，讓下水的人放心大膽。這條水便是雪萊的情人西河女士（Harriet Westbrook）自沉的地方，那是一百二十年前的事了。

南門內有拜倫立像，是五十年前希臘政府捐款造的；又有座古英雄阿契來斯像，是惠靈頓公爵本鄉人造了來紀念他的，用的是十二尊法國炮的銅，到如今卻有一百多年了。還

有英國現負盛名的雕塑家愛勃司坦（Epstein）的壁雕，是紀念自然學家赫德生的。一個似乎要飛的人，張着臂，仰着頭，散着髮，有原始的樸拙獷悍之氣，表現的是自然精神的化身；左右四隻鳥在飛，大小旁正都不相同，也有股野勁兒。這件雕刻的價值，引起過許多討論。南門內到蛇水邊一帶遊人最盛。夏季每天上午有銅樂隊演奏；在欄外聽算白饒，進欄得花點票錢，但有椅子坐。遊人自然步行的多，也有跑車的，騎馬的；騎馬的另有一條「馬」路。

這園子本來是鹿苑，在裏面行獵；一六三五年英王查理斯一世才將它開放，作賽馬和競走之用。後來變成決鬥場。一八五一年第一次萬國博覽會開在這裏，用玻璃和鐵搭蓋的會場；閉會後拆了蓋在別處，專作展覽的處所，便是那有名的水晶宮了。蛇水本沒有，只有六個池子；是十八世紀初葉才打通的。

海德公園東南差不多毗連着的，是聖詹姆士公園（St. James's Park），約有五百六七十畝。本是沮洳的草地，英王亨利八世抽了水，砌了圍牆，改成鹿苑。查理斯二世擴充園址，鋪了路，改為遊玩的地方；以後一百年裏，便成了倫敦最時髦的散步場。十九世紀初才改造為現在的公園樣子。有湖，有懸橋；湖裏鵜鶘最多，倚在橋欄上看牠們水裏玩兒，可以消遣日子。周圍是白金罕宮，西寺，國會，各部官署，都是最忙碌的所在；倚在橋欄上的人卻能偷閒賞鑑那西寺和國會的戈昔式尖頂的輪廓，也算福氣了。

海德公園東北有攝政公園，原也是鹿苑；十九世紀初「攝

政王」（後為英王喬治四世）才修成現在樣子。也有湖，搖的
船最好；坐位下有小輪子，可以進退自如，滾來滾去頂好玩
兒的。野鴿子野鳥很多，松鼠也不少。松鼠原是動物園那邊
放過來的，只幾對罷了；現在卻繁殖起來了。常見些老頭兒
帶着食物到園裏來餵麻雀、鴿子、松鼠。這些小東西和人混
熟了，大大方方到人手裏來吃食；看去怪親熱的。別的公園
裏也有這種人。這似乎比提鳥籠有意思些。

　　動物園在攝政園東北犄角上，屬於動物學會，也有了百多
年的歷史。蒐集最完備，有動物四千，其中哺乳類八百，鳥類
二千四百。去逛的據說每年超過二百萬人。不用問孩子們去
的一定不少；他們對於動物比成人親近得多，關切得多。只
看見教科書上或字典上的彩色動物圖，就夠捉摸的，不用提實
在的東西了。就是成人，可不也願意開開眼，看看沒看過的，
山裏來的，海裏來的，異域來的，珍禽，奇獸，怪魚？要沒有
動物園，或許一輩子和這些東西都見不着面呢。再說像獅子
老虎，哪能隨便見面！除非打獵或看馬戲班。但打獵遇着這
些，正是拚死活的時候，哪裏來得及玩味牠們的生活狀態？
馬戲班裏的呢，也只表演些扭捏的玩藝兒，時候又短，又隔得
老遠的；哪有動物園裏的自然，得看？這還只說的好奇的人；
藝術家更可仔細觀察研究，成功新創作，如畫和雕塑，十九世
紀以來，用動物為題材的便不少。近些年電影裏的動物趣味，
想來也是這麼培養出來的；不過那卻非動物園所可限了。

　　倫敦人對動物園的趣味很大，有的報館專派有動物園的
訪員，給園中動物作起居注，並報告新來到的東西；他們的

通信有些地方就像童話一樣。去動物園的人最樂意看餵食的時候，也便是動物和人最親近的時候。餵食有時得用外交手腕，譬如魚池吧，若隨手將食撒下去，讓大家來搶，游得快的，厲害的，不用說佔了便宜，剩下的便該活活餓死了。這當然不公道，那一視同仁的管理人一定不願意的。他得想法子，比方說，分批來餵，那些快的，厲害的，吃完了，便用網將牠們攔在一邊，再照料別的。各種動物餵食都有一定鐘點，著名的裴歹克《倫敦指南》便有一節專記這個。孩子們最樂意的還有騎象，騎駱駝（駱駝在倫敦也算異域珍奇）。再有，遊客若能和管理各動物的工人攀談攀談，他們會親切地講這個那個動物的故事給你聽，像傳記的片段一般；那時你再去看他說的那些東西，便更有意思了。

　　園裏最好玩兒的事，黑猩猩茶會，白熊洗澡。茶會夏天每日下午五點半舉行，有茶，有牛油麵包。牠們會用兩隻前足，學人的樣子。有時「生手」加入，卻往往只用一隻前足，牛油也是牠來，麵包也是牠來；這種雖是天然，看的人倒好笑了。白熊就是北極熊，從冰天雪地裏來，卻最喜歡夏天；越熱越高興，赤日炎炎的中午，牠們能整個兒躺在太陽裏。也愛下水洗澡，身上老是雪白。牠們待在熊台上，有深溝為界；台旁有池，洗澡便在池裏。池的一邊，隔着一層玻璃可以看牠們載浮載沉的姿勢。但是一冷到華氏表五十度下，就不肯下水，身上的白雪也便慢慢讓塵土封上了。

　　非洲南部的企鵝也是人們特別樂意看的。牠有一歲半嬰孩這麼大，不會飛，會下水，黑翅膀，灰色胸脯子挺得高高

的，昂首緩步，旁若無人。牠的特別處就在乎直立着。比鵝大不了多少，比鴕鳥、鶴小得多，可是一直立就有人氣，便當另眼相看了。自然，別的鳥也有直立着的，可是太小了，說不上。企鵝又拙得好，現代裝飾圖案有用牠的。只是不耐冷，一到冬天，便沒精打采的了。

　　魚房鳥房也特別值得看。魚房分淡水房海水房熱帶房（也是淡水）。屋內黑洞洞的，壁上嵌着一排鏡框似的玻璃，橫長方。每框裏一種魚，在水裏游來游去，都用電燈光照着，像畫。鳥房有兩處，熱帶房裏顏色聲音最豐富，最新鮮；有種上截脆藍下截褐紅的小鳥，不住地飛上飛下，不住地咭咭呱呱，怪可憐見的。

　　這個動物園各部分空氣光線都不錯，又有冷室溫室，給動物很周到的設計。只是才二百畝地，實在旋展不開，小東西還罷了，像獅子老虎老是關在屋裏，未免委屈英雄，就是白熊等物雖有特備的檯子，還是局蹐得很；這與鳥籠子也就差得有限了。固然，讓這些動物完全自由，那就無所謂動物園；可是若能給牠們較大的自由，讓牠們活得比較自然些，看的人豈不更得看些。所以一九二七年上，動物學會又在倫敦西北惠勃司奈得（Whipsnade, Bedfordshire）地方成立了一所動物園，有三千多畝；據說，那些龐然大物自如多了，遊人看起來也痛快多了。

　　以上幾個園子都在市內，都在泰晤士河北。河南偏西有個大大有名的邱園（Kew Gardens）卻在市外了。邱園正名「王家植物園」，世界最重要，最美麗的植物園之一；大

一千七百五十畝，栽培的植物在二萬四千種以上。這園子現在歸農部所管，原也是王室的產業，一八四一年捐給國家；從此起手研究經濟植物學和園藝學，便漸漸著名了。他們編印大英帝國植物誌。又移種有用的新植物於帝國境內——如西印度羣島的波羅密，印度的金雞納霜，都是他們介紹進去的。園中博物院四所；第二所經濟植物學博物院設於一八四八，是歐洲最早的一個。

　　但是外行人只能賞識花木風景而已。水仙花最多，四月尾有所謂「水仙花禮拜日」，遊人盛極。溫室裏奇異的花也不少。園裏有甚麼好花正開着，門口通告牌上逐日都列着表。暖氣室最大，分三部：喜馬拉耶室養着石楠和山茶，中國石楠也有，小些；中部正面安排着些大鳳尾樹和棕櫚樹；鳳尾樹真大，得仰起脖子看，伸開兩胳膊還不夠它寬的。周圍繞着些時花與灌木之類。另一部是墨西哥室，似乎沒有甚麼特別的東西。

　　東南角上一座塔，可不能上；十層，一百五十五尺，造於十八世紀中，那正是中國文化流行歐洲的時候，也許是中國的影響吧。據說還有座小小的孔子廟，但找了半天，沒找着。不遠兒倒有座彩繪的日本牌坊，所謂「敕使門」的，那卻造了不過二十年。從塔下到一個人工的湖有一條柏樹甬道，也有森森之意；可惜樹太細瘦，比起我們中山公園，真是小巫見大巫了。所謂「竹園」更可憐，又不多，又不大，也不秀，還趕不上西山大悲庵那些。

松堂遊記

　　去年夏天，我們和 S 君夫婦在松堂住了三日。難得這三日得閒，我們約好了甚麼事不管，只玩兒，也帶了兩本書，卻只是預備閒得真沒辦法時消消遣的。

　　出發的前夜，忽然雷雨大作。枕上頗為悵悵，難道天公這麼不做美嗎！第二天清早，一看卻是個大晴天。上了車，一路樹木帶着宿雨，綠得發亮，地下只有一些水塘，沒有一點塵土，行人也不多。又靜，又乾淨。

　　想着到還早呢，過了紅山頭不遠，車卻停下了。兩扇大紅門緊閉着，門額是國立清華大學西山牧場。拍了一會門，沒人出來，我們正在沒奈何，一個過路的孩子說這門上了鎖，得走旁門。旁門上掛着牌子，「內有惡犬」。小時候最怕狗，有點趑趄。門裏有人出來，保護着進去，一面吆喝着汪汪的羣犬，一面只是說，「不礙不礙」。

　　過了兩道小門，真是豁然開朗，別有天地。一眼先是亭亭直上，又剛健又婀娜的白皮松。白皮松不算奇，多得好，你擠着我我擠着你也不算奇，疏得好，要像住宅的院子裏，四角上各來上一棵，疏不是？誰愛看？這兒就是院子大得好，就是四方八面都來得好。中間便是松堂，原是一座石亭子改造的，

這座亭子高大軒敞，對得起那四圍的松樹，大理石柱，大理石欄杆，都還好好的，白，滑，冷。白皮松沒有多少影子，堂中明窗淨几，坐下來清清楚楚覺得自己真太小，在這樣高的屋頂下。樹影子少，可不熱，廊下端詳那些松樹靈秀的姿態，潔白的皮膚，隱隱的一絲兒涼意便襲上心頭。

堂後一座假山，石頭並不好，堆疊得還不算傻瓜。裏頭藏着個小洞，有神龕、石桌、石凳之類。可是外邊看，不仔細看不出。得費點心去發現。假山上滿可以爬過去，不頂容易，也不頂難。後山有座無樑殿，紅牆，各色琉璃磚瓦，屋脊上三個瓶子，太陽裏古豔照人。殿在半山，巋然獨立，有俯視八極氣象。天壇的無樑殿太小，南京靈谷寺的太黯淡，又都在平地上。山上還殘留着些舊碉堡，是乾隆打金川時在西山練健銳雲梯營用的，在陰雨天或斜陽中看最有味。又有座白玉石牌坊，和碧雲寺塔院前那一座一般，不知怎樣，前年春天倒下了，看着怪不好過的。

可惜我們來的還不是時候，晚飯後在廊下黑暗裏等月亮，月亮老不上，我們甚麼都談，又賭背詩詞，有時也沉默一會兒。黑暗也有黑暗的好處，松樹的長影子陰森森的有點像鬼物拿土。但是這麼看的話，松堂的院子還差得遠，白皮松也太秀氣，我想起郭沫若君《夜步十里松原》那首詩，那才夠陰森森的味兒——而且得獨自一個人。好了，月亮上來了，卻又讓雲遮去了一半，老遠的躲在樹縫裏，像個鄉下姑娘，羞答答的。從前人說：「千呼萬喚始出來，猶抱琵琶半遮面。」真有點兒！雲越來越厚，由他罷，懶得去管了。可是想，若是一

個秋夜，颳點西風也好。雖不是真松樹，但那奔騰澎湃的「濤」
聲也該得聽吧。

西風自然是不會來的。臨睡時，我們在堂中點上了兩三
支洋蠟。怯怯的焰子讓大屋頂壓着，喘不出氣來。我們隔着
燭光彼此相看，也像蒙着一層煙霧。外面是連天漫地一片黑，
海似的。只有遠近幾聲犬吠，教我們知道還在人間世裏。

我是揚州人

　　有些國語教科書裏選得有我的文章，註解裏或説我是浙江紹興人，或説我是江蘇江都人——就是揚州人。有人疑心江蘇江都人是錯了，特地老遠的寫信託人來問我。我説兩個籍貫都不算錯，但是若打官話，我得算浙江紹興人。浙江紹興是我的祖籍或原籍，我從進小學就填的這個籍貫；直到現在，在學校裏服務快三十年了，還是報的這個籍貫。不過紹興我只去過兩回，每回只住了一天；而我家裏除先母外，沒一個人會説紹興話。

　　我家是從先祖才到江蘇東海做小官。東海就是海州，現在是隴海路的終點。我就生在海州。四歲的時候先父又到邵伯鎮做小官，將我們接到那裏。海州的情形我全不記得了，只對海州話還有親熱感，因為父親的揚州話裏夾着不少海州口音。在邵伯住了差不多兩年，是住在萬壽宮裏。萬壽宮的院子很大，很靜；門口就是運河。河坎很高，我常向河裏扔瓦片玩兒。邵伯有個鐵牛灣，那兒有一條鐵牛鎮壓着。父親的當差常抱我去看它，騎它，撫摩它。鎮裏的情形我也差不多忘記了。只記住在鎮裏一家人家的私塾裏讀過書，在那裏認識了一個好朋友叫江家振。我常到他家玩兒，傍晚和他坐

在他家荒園裏一根橫倒的枯樹幹上説着話，依依不捨，不想回家。這是我第一個好朋友，可惜他未成年就死了；記得他瘦得很，也許是肺病罷？

　　六歲那一年父親將全家搬到揚州。後來又迎養先祖父和先祖母。父親曾到江西做過幾年官，我和二弟也曾去過江西一年；但是老家一直在揚州住着。我在揚州讀初等小學，沒畢業；讀高等小學，畢了業；讀中學，也畢了業。我的英文得力於高等小學裏一位黃先生，他已經過世了。還有陳春台先生，他現在是北平著名的數學教師。這兩位先生講解英文真清楚，啟發了我學習的興趣；只恨我始終沒有將英文學好，愧對這兩位老師。還有一位戴子秋先生，也早過世了，我的國文是跟他老人家學着做通了的，那是辛亥革命之後在他家夜塾裏的時候。中學畢業，我是十八歲，那年就考進了北京大學預科，從此就不常在揚州了。

　　就在十八歲那年冬天，父親母親給我在揚州完了婚。內人武鐘謙女士是杭州籍，其實也是在揚州長成的。她從不曾去過杭州；後來同我去是第一次。她後來因為肺病死在揚州，我曾為她寫過一篇《給亡婦》。我和她結婚的時候，祖父已死了好幾年了。結婚後一年祖母也死了。他們兩老都葬在揚州，我家於是有祖塋在揚州了。後來亡婦也葬在這祖塋裏。母親在抗戰前，兩年過去，父親在勝利前四個月過去，遺憾的是我都不在揚州；他們也葬在那祖塋裏。這中間叫我痛心的是死了第二個女兒！她性情好，愛讀書，做事負責任，待朋友最好。已經成人了，不知甚麼病，一天半就完了！她也葬在祖

埀裏。我有九個孩子。除第二個女兒外，還有一個男孩不到一歲就死在揚州；其餘亡妻生的四個孩子都曾在揚州老家住過多少年。這個老家直到今年夏初才解散了，但是還留着一位老年的庶母在那裏。

我家跟揚州的關係，大概夠得上古人說的「生於斯，死於斯，歌哭於斯」了。現在亡妻生的四個孩子都已自稱為揚州人了；我比起他們更算是在揚州長成的，天然更該算是揚州人了。但是從前一直馬馬虎虎的騎在牆上，並且自稱浙江人的時候還多些，又為了甚麼呢？這一半因為報的是浙江籍，求其一致；一半也還有些別的道理。這些道理第一樁就是籍貫是無所謂的。那時要做一個世界人，連國籍都覺得狹小，不用說省籍和縣籍了。那時在大學裏覺得同鄉會最沒有意思。我同住的和我來往的自然差不多都是揚州人，自己卻因為浙江籍，不去參加江蘇或揚州同鄉會。可是雖然是浙江紹興籍，卻又沒跟一個道地浙江人來往，因此也就沒人拉我去開浙江同鄉會，更不用說紹興同鄉會了。這也許是兩棲或騎牆的好處罷？然而出了學校以後到底常常會到道地紹興人了。我既然不會說紹興話，並且除了花彫和蘭亭外幾乎不知道紹興的別的情形，於是乎往往只好自己承認是假紹興人。那雖然一半是玩笑，可也有點兒窘的。

還有一樁道理就是我有些討厭揚州人；我討厭揚州人的小氣和虛氣。小是眼光如豆，虛是虛張聲勢，小氣無須舉例。虛氣例如已故的揚州某中央委員，坐包車在街上走，除拉車的外，又跟上四個人在車子邊推着跑着。我曾經寫過一篇短文，

指出揚州人這些毛病。後來要將這篇文收入散文集《你我》裏，商務印書館不肯，怕再鬧出「閒話揚州」的案子。這當然也因為他們總以為我是浙江人，而浙江人罵揚州人是會得罪揚州人的。但是我也並不抹煞揚州的好處，曾經寫過一篇〈揚州的夏日〉，還有在〈看花〉裏也提起揚州福緣庵的桃花。再說現在年紀大些了，覺得小氣和虛氣都可以算是地方氣，絕不止是揚州人如此。從前自己常答應人說自己是紹興人，一半又因為紹興人有些蠻氣，而揚州人似乎太聰明。其實揚州人也未嘗沒蠻氣，我的朋友任中敏（二北）先生，辦了這麼多年漢民中學，不管人家理會不理會，難道還不夠「蠻」的！紹興人固然有蠻氣，但是也許還有別的氣我討厭的，不過我不深知罷了。這也許是阿 Q 的想法罷？然而我對於揚州的確漸漸親熱起來了。

揚州真像有些人說的，不折不扣是個有名的地方。不用遠說，李斗《揚州畫舫錄》裏的揚州就夠羨慕的。可是現在衰落了，經濟上是一日千丈的衰落了，只看那些沒精打采的鹽商家就知道。揚州人在上海被稱為江北佬，這名字總而言之表示低等的人。江北佬在上海是受欺負的，他們於是學些不三不四的上海話來冒充上海人。到了這地步他們可竟會忘其所以的欺負起那些新來的江北佬了。這就養成了揚州人的自卑心理。抗戰以來許多揚州人來到西南，大半都自稱為上海人，就靠着那一點不三不四的上海話；甚至連這一點都沒有，也還自稱為上海人。其實揚州人在本地也有他們的驕傲的。他們稱徐州以北的人為侉子，那些人說的是侉話。他們笑鎮江

人說話土氣，南京人說話大舌頭，儘管這兩個地方都在江南。英語他們稱為蠻話，說這種話的當然是蠻子了。然而這些話只好關着門在家裏說，到上海一看，立刻就會矮上半截，縮起舌頭不敢噴一聲了。揚州真是衰落得可以啊！

　　我也是一個江北佬，一大堆揚州口音就是招牌，但是我卻不願做上海人；上海人太狡猾了。況且上海對我太生疏，生疏的程度跟紹興對我也差不多；因為我知道上海雖然也許比知道紹興多些，但是紹興究竟是我的祖籍，上海是和我水米無干的。然而年紀大起來了，世界人到底做不成，我要一個故鄉。俞平伯先生有一行詩，說「把故鄉掉了」。其實他掉了故鄉又找到了一個故鄉；他詩文裏提到蘇州那一股親熱，是可羨慕的，蘇州就算是他的故鄉了。他在蘇州度過他的童年，所以提起來一點一滴都親親熱熱的，童年的記憶最單純最真切，影響最深最久；種種悲歡離合，回想起來最有意思。「青燈有味是兒時」，其實不止青燈，兒時的一切都是有味的。這樣看，在那兒度過童年，就算那兒是故鄉，大概差不多罷？這樣看，就只有揚州可以算是我的故鄉了。何況我的家又是「生於斯，死於斯，歌哭於斯」呢？所以揚州好也罷，歹也罷，我總該算是揚州人的。

重慶行記

這回暑假到成都看看家裏人和一些朋友，路過陪都，停留了四日。每天真是東遊西走，幾乎車不停輪，腳不停步。重慶真忙，像我這個無事的過客，在那大熱天裏，也不由自主的好比在旋風裏轉，可見那忙的程度。這倒是現代生活現代都市該有的快拍子。忙中所見，自然有限，並且模糊而不真切。但是換了地方，換了眼界，自然總覺得新鮮些，這就乘興記下了一點兒。

飛

我從昆明到重慶是飛的。人們總羨慕海闊天空，以為一片茫茫，無邊無界，必然大有可觀。因此以為坐海船坐飛機是「不亦快哉！」其實也未必然。暈船暈機之苦且不談，就是不暈的人或不暈的時候，所見雖大，也未必可觀。海洋上見的往往是一片汪洋，水，水，水。當然有浪，但是浪小了無可看，大了無法看──那時得躲進艙裏去。船上看浪，遠不如岸上，更不如高處。海洋裏看浪，也不如江湖裏，海洋裏只是水，只是浪，顯不出那大氣力。江湖裏有的是遮遮礙礙的，山哪，城哪，甚麼的，倒容易見出一股勁兒。「江間波浪兼雲湧」

為的是巫峽勒住了江水;「波撼岳陽城」,得有那岳陽城,並且得在那岳陽城樓上看。

不錯,海洋裏可以看日出和日落,但是得有運氣。日出和日落全靠雲霞烘托才有意思。不然,一輪呆呆的日頭簡直是個大傻瓜!雲霞烘托雖也常有,但往往淡淡的,懶懶的,那還是沒意思。得濃,得變,一眨眼一個花樣,層出不窮,才有看頭。這是可遇而不可求的。平生只見過兩回的落日,都在陸上,不在水裏。水裏看見的,日出也罷,日落也罷,只是些傻瓜而已。這種奇觀若是有意為之,大概白費氣力居多。有一次大家在衡山上看日出,起了個大清早等着。出來了,出來了,有些人跳着嚷着。那時一絲雲彩沒有,日光直射,教人睜不開眼,不知那些人看到了些甚麼,那麼跳跳嚷嚷的。許是在自己催眠吧。自然,海洋上也有美麗的日落和日出,見於記載的也有。但是得有運氣,而有運氣的並不多。

讚歎海的文學,描摹海的藝術,創作者似乎是在船裏的少,在岸上的多。海太大太單調,真正偉大的作家也許可以單刀直入,一般離了岸卻掉不出槍花來,像變戲法的離開了道具一樣。這些文學和藝術引起未曾航海的人許多幻想,也給予已經航海的人許多失望。天空跟海一樣,也大也單調。日月星的,雲霞的文學和藝術似乎不少,都是下之視上,說到整個兒天空的卻不多。星空,夜空還見點兒,晝空除了「青天」「明藍的晴天」或「陰沉沉的天」一類詞兒之外,好像再沒有甚麼說的。但是初次坐飛機的人雖無多少文學藝術的背景幫助他的想像,卻總還有那「天寬任鳥飛」的想像;加上別人的經

驗，上之視下，似乎不只是蒼蒼而已，也有那翻騰的雲海，也有那平鋪的錦繡。這就夠揣摩的。

　　但是坐過飛機的人覺得也不過如此，雲海飄飄拂拂的瀰漫了上下四方，的確奇。可是高山上就可以看見；那可以是雲海外看雲海，似乎比飛機上雲海中看雲海還清切些。蘇東坡說得好：「不識廬山真面目，只緣身在此山中。」飛機上看雲，有時卻只像一堆堆破碎的石頭，雖也算得天上人間，可是我們還是願看流雲和停雲，不願看那死雲，那荒原上的亂石堆。至於錦繡平鋪，大概是有的，我卻還未眼見。我只見那「亞洲第一大水揚子江」可憐得像條臭水溝似的。城市像地圖模型，房屋像兒童玩具，也多少給人滑稽感。自己倒並不覺得怎樣藐小，卻只不明白自己是甚麼玩意兒。假如在海船裏有時會覺得自己是傻子，在飛機上有時便會覺得自己是丑角吧。然而飛機快是真的，兩點半鐘，到重慶了，這倒真是個「不亦快哉」！

熱

　　昆明雖然不見得四時皆春，可的確沒有一般所謂夏天。今年直到七月初，晚上我還隨時穿上襯絨袍。飛機在空中走，一直不覺得熱，下了機過渡到岸上，太陽曬着，也還不覺得怎樣熱。在昆明聽到重慶已經很熱。記得兩年前端午節在重慶一間屋裏坐着，甚麼也不做，直出汗，那是一個時雨時晴的日子。想着一下機必然汗流浹背，可是過渡花了半點鐘，滿曬在太陽裏，汗珠兒也沒有沁出一個。後來知道前兩天剛下了

雨，天氣的確清涼些，而感覺既遠不如想像之甚，心裏也的確清涼些。

　　滑竿沿着水邊一線的泥路走，似乎隨時可以滑下江去，然而畢竟上了坡。有一個坡很長，很寬，鋪着大石板。來往的人很多，他們穿着各樣的短衣，搖着各樣的扇子，真夠熱鬧的。片段的顏色和片段的動作混成一幅斑駁陸離的畫面，像出於後期印象派之手。我賞識這幅畫，可是好笑那些人，尤其是那些扇子。那些扇子似乎只是無所謂的機械的搖着，好像一些無事忙的人。當時我和那些人隔着一層扇子，和重慶也隔着一層扇子，也許是在滑竿兒上坐着，有人代為出力出汗，會那樣心地清涼罷。

　　第二天上街一走，感覺果然不同，我分別了重慶的熱了。扇子也買在手裏了。穿着成套的西服在大太陽裏等大汽車，等到了車，在車裏擠着，實在受不住，只好脫了上裝，摺起掛在膀子上。有一兩回勉強穿起上裝站在車裏，頭上臉上直流汗，手帕子簡直揩抹不及，眉毛上，眼鏡架上常有汗偷偷的滴下。這偷偷滴下的汗最教人擔心，擔心它會滴在面前坐着的太太小姐的衣服上，頭臉上，就不是太太小姐，而是紳士先生，也夠那個的。再說若碰到那脾氣躁的人，更是吃不了兜着走。曾在北平一家戲園裏見某甲無意中碰翻了一碗茶，潑些在某乙的竹布長衫上，某甲直說好話，某乙卻一聲不響的拿起茶壺向某甲身上倒下去。碰到這種人，怕會大鬧街車，而且是越鬧越熱，越熱越鬧，非到憲兵出面不止。

　　話雖如此，幸而倒沒有出甚麼岔兒，不過為甚麼偏要白白

的將上裝掛在膀子上，甚至還要勉強穿上呢？大概是為的繃一手兒罷。在重慶人看來，這一手其實可笑，他們的夏威夷短褲兒照樣繃得起，何必要多出汗呢？這兒重慶人和我到底還隔着一個心眼兒。再就說防空洞罷，重慶的防空洞，真是大大有名、死心眼兒的以為防空洞只能防空，想不到也能防熱的，我看沿街的防空洞大半開着，洞口橫七豎八的安些牀鋪、馬札子、椅子、凳子，橫七豎八的坐着、躺着各樣衣着的男人、女人。在街心裏走過，瞧着那懶散的樣子，未免有點兒煩氣。這自然是死心眼兒，但是多出汗又好煩氣，我似乎倒比重慶人更感到重慶的熱了。

行

衣食住行，為甚麼卻從行說起呢？我是行客，寫的是行記，自然以為行第一。到了重慶，得辦事，得看人，非行不可，若是老在屋裏坐着，壓根兒我就不會上重慶來了。再說昆明市區小，可以走路；反正住在那兒，這回辦不完的事，還可以留着下回辦，不妨從從容容的，十分忙或十分懶的時候，才偶爾坐回黃包車、馬車或公共汽車。來到重慶可不能這麼辦，路遠、天熱，日子少、事情多，只靠兩腿怎麼也辦不了。

況這兒的車又相應、又方便，又何樂而不坐坐呢？

前幾年到重慶，似乎坐滑竿最多，其次黃包車，其次才是公共汽車。那時重慶的朋友常勸我坐滑竿，因為重慶東到西長，有一圈兒馬路，南到北短，中間卻隔着無數層坡兒。滑竿可以爬坡，黃包車只能走馬路，往往要兜大圈子。至於公共汽

車，常常擠得水洩不通，半路要上下，得費出九牛二虎之力，所以那時我總是起點上終點下的多，回數自然就少。坐滑竿上下坡，一是腳朝天，一是頭衝地，有些驚人，但不要緊，滑竿夫倒把得穩。從前黃包車下打銅街那個坡，卻真有驚人的着兒，車伕身子向後微仰，兩手緊壓着車把，不拉車而讓車子推着走，腳底下不由自主的忽緊忽慢，看去有時好像不點地似的，但是一個不小心，壓不住車把，車子會翻過去，那時真的是腳不點地了，這夠險的。所以後來黃包車禁止走那條街，滑竿現在也限制了，只准上坡時坐。可是公共汽車卻大進步了。

　　這回坐公共汽車最多，滑竿最少。重慶的公用汽車分三類，一是特別快車，只停幾個大站，一律廿五元，從那兒坐到哪兒都一樣，有些人常揀那候車人少的站口上車，兜個圈子回到原處，再向目的地坐；這樣還比走路省時省力，比僱車省時省力省錢。二是專車，只來往政府區的上清寺和商業區的都郵街之間，也只停大站，廿五元。三是公共汽車，站口多，這回沒有坐，好像一律十五元，這種車比較慢，行客要的是快，所以我沒有坐。慢固然因停的多，更因為等的久。重慶汽車，現在很有秩序了，大家自動的排成單行，依次而進，坐位滿人，賣票人便宣佈還可以擠幾個，意思是還可以「站」幾個。這時願意站的可以上前去，不妨越次，但是還得一個跟一個「擠」滿了，賣票宣佈停止，叫等下次車，便關門吹哨子走了。公共汽車站多價賤，排班老是很長，在腰站上，一次車又往往上不了幾個，因此一等就是二三十分鐘，行客自然不能那麼耐着性兒。

衣

二十七年春初過桂林，看見滿街都是穿灰布制服的，長衫極少，女子也只穿灰衣和裙子。那種整齊、利落、樸素的精神，叫人蕭然起敬；這是有訓練的公眾。後來聽說外面人去得多了，長衫又多起來了。國民革命以來，中山服漸漸流行，短衣日見其多，抗戰後更其盛行。從前看不起軍人，看不慣洋人，短衣不願穿，只有女人才穿兩截衣，哪有堂堂男子漢去穿兩截衣的。可是時世不同了，男子倒以短裝為主，女子反而穿一截衣了。桂林長衫增多，增多的大概是些舊長衫，只算是迴光返照。可是這兩三年各處卻有不少的新長衫出現，這是因為公家發的平價布不能做短服，只能做長衫，是個將就局兒。相信戰後材料方便，還要回到短裝的，這也是一種現代化。

四川民眾苦於多年的省內混戰，對於兵字深惡痛絕，特別稱為「二尺五」和「棒客」，列為一等人。我們向來有「短衣幫」的名目，是泛指，「二尺五」卻是特指，可都是看不起短衣。四川似乎特別看重長衫，鄉下人趕場或入市，往往頭纏白布，腳登草鞋，身上卻穿着青布長衫。是粗布，有時很長，又常東補一塊，西補一塊的，可不含糊是長衫。也許向來是天府之國，衣食足而後知禮義，便特別講究儀表，至今還留着些流風餘韻罷？然而城市中人卻早就在趕時髦改短裝了。短裝原是洋派，但是不必遺憾，趙武靈王不是改了短裝強兵強國嗎？短裝至少有好些方便的地方：夏天穿個襯衫短褲就可以大模大樣的在街上走，長衫就似乎不成。只有廣東天熱，又不像

四川在意小節，短衫褲可以行街。可是所謂短衫褲原是長褲短衫，廣東的短衫又很長，所以還行得通，不過好像不及襯衫短褲的派頭。

不過襯衫短褲似乎到底是便裝，記得北平有個大學開教授會，有一位教授穿襯衫出入，居然就有人提出風紀問題來。三年前的夏季，在重慶我就見到有穿襯衫赴宴的了，這是一位中年的中級公務員，而那宴會是很正式的，座中還有位老年的參政員。可是那晚的確熱，主人自己脫了上裝，又請客人寬衣，於是短衫和襯衫圍着圓桌子，大家也就一樣了。西服的客人大概搭着上裝來，到門口穿上，到屋裏經主人一聲「寬衣」，便又脫下，告辭時還是搭着走。其實真是多此一舉，那麼熱還繃個甚麼呢？不如襯衫入座倒乾脆些。可是中裝的卻得穿着長衫來去，只在室內才能脫下。西服客人累累贅贅帶着上裝，倒可以陪他們受點兒小罪，叫他們不至於因為這點不平而對於世道人心長吁短嘆。

戰時一切從簡，襯衫赴宴正是「從簡」。「從簡」提高了便裝的地位，於是乎造成了短便裝的風氣。先有皮茄克，春秋冬三季（在昆明是四季），大街上到處都見，黃的、黑的、拉鏈的、扣鈕的、收底的、不收底邊的，花樣繁多。穿的人青年中年不分彼此，只除了六十以上的老頭兒。從前穿的人多少帶些個「洋」關係，現在不然，我曾在昆明鄉下見過一個種地的，穿的正是這皮茄克，雖然舊些。不過還是司機穿的最早，這成個司機文化一個重要項目。皮茄克更是哪兒都去，昆明我的一位教授朋友，就穿着一件老皮茄克教書、演

講、赴宴、參加典禮，到重慶開會，差不多是皮茄克為記。這位教授穿皮茄克，似乎在學晏子穿狐裘，三十年就靠那一件衣服，他是不是趕時髦，我不能冤枉人，然而皮茄克上了運是真的。

再就是我要說的這兩年至少在重慶風行的夏威夷襯衫，簡稱夏威夷衫，最簡稱夏威衣。這種襯衫創自夏威夷，就是檀香山，原是一種土風。夏威夷島在熱帶，譯名雖從音，似乎也兼義。夏威夷衣自然只宜於熱天，只宜於有「夏威」的地方，如中國的重慶等。重慶流行夏威衣卻似乎只是近一兩年的事。去年夏天一位朋友從重慶回到昆明，說是曾看見某首長穿着這種衣服在別墅的路上散步，雖然在黃昏時分，我的這位書生朋友總覺得不大像樣子。今年我卻看見滿街都是的，這就是所謂上行下效罷？

夏威衣翻領像西服的上裝，對襟面袖，前後等長，不收底邊，不開岔兒，比襯衫短些。除了翻領，簡直跟中國的短衫或小衫一般無二。但短衫穿不上街，夏威衣即可堂哉皇哉在重慶市中走來走去。那翻領是具體而微的西服，不缺少洋味，至於涼快，也是有的。夏威衣的確比襯衫通風；而看起來飄飄然，心上也爽利。重慶的夏威衣五光十色，好像白綢子黃卡嘰居多，土布也有，綢的便更見其飄飄然，配長褲的好像比配短褲的多一些。在人行道上有時通過持續來了三五件夏威衣，一陣飄過去似的，倒也別有風味，參差零落就差點勁兒。夏威衣在重慶似乎比皮茄克還普遍些，因為便宜得多，但不知也會像皮茄克那樣上品否。到了成都時，宴會上遇見

一位上海新來的青年襯衫短褲入門，卻不喜歡夏威衣（他說上海也有），說是無禮貌。這可是在成都、重慶人大概不會這樣想吧？

南行通信

在北平整整待了三年半，除去年冬天丟了一個親人是一件不可彌補的損失外，別的一切，感謝 —— 照例應該說感謝上蒼或上帝，但現在都不知應該說誰好了，只好姑且從闕吧 —— 總算平平安安過去了。這三年半是中國多事的時候，但是我始終沒離開北平一步，也總算是幸福了，雖然我只想到了個人。

在我，也許可以說在我們這一些人吧，北平實在是意想中中國唯一的好地方。幾年前周啟明先生就寫過，北平是中國最好的居住的地方，孫春台先生也有〈北平乎〉一文，稱頌北平的好處：這幾年時代是大變了，但是我的意見還是和他們一樣。一個地方的好處，也和一個人一件東西的相同，平時不大覺得，到離開或丟失時，便一椿椿一件件分明起來了。我現在來說幾句北平的好話，在你們北平住着的，或者覺得可笑，說我多此一舉吧？

北平第一好在大。從宮殿到住宅的院子，到槐樹柳樹下的道路。一個北方朋友到南方去了回來，說他的感想：「那樣天井我受不了！」其實南方許多地方的逼得人喘不出氣兒的街道，也是北平生人受不了的。至於樹木，不但大得好，而且也

多得好；有人從飛機上看，說北平只是一片綠。一個人到北平來住，不知不覺中眼光會寬起來，心胸就會廣起來；我常想小孩子最宜在北平養大，便是為此。北平之所以大，因為它做了幾百年的首都；它的懷抱裏擁有各地各國的人，各色各樣的人，更因為這些人合力創造或輸入的文化。上海也是五方雜處的都會，但它僅有工商業，我們便只覺得繁囂，惡濁了。上海人有的是聰明，狡猾；但寬大是他們不懂得的。

北平第二好在深。我們都知道北平書多。但是書以外，好東西還多着。如書畫、銅器、石刻、拓片，乃至瓷器、玉器等，公家收藏固已很豐富，私人蒐集，也各有專長；而內閣大庫檔案，是極珍貴的近代史料，也是盡人皆知的。中國歷史、語言、文學、美術的文物薈萃於北平；這幾項的人才也大部分集中在這裏。北平的深，在最近的將來，是還不可測的。胡適之先生說過，北平的圖書館有這麼多，上海卻只有一個，還不是公立的。這也是北平上海重要的不同。

北平第三好在閒。假如上海可說是代表近代的，北平便是代表中古的。北平的一切總有一種悠然不迫的味兒。即如電車吧，在上海是何等地風馳電掣，有許多人上下車都是跳的。北平的車子在寬闊的路上走着，似乎一點也不忙。晚九點以後，確是走得快起來了；但車上已只剩疏朗朗的幾個人，像是乘汽車兜風一般，也還是一點不覺忙的 —— 有時從東長安街槐林旁馳過，茂樹疏燈相掩映着，還有些飄飄然之感呢。北平真正的閒人其實也很少，但大家骨子裏總有些閒味兒。我也喜歡近代的忙，對於中古的閒卻似乎更親近些。但這也

許就因為待在北平太久的緣故吧。

　　寫到這裏看看，覺得自己似乎將時代忘記了。我所稱讚的似乎只是封建的遺存，是「布爾」或小「布爾」的玩意兒；而現在據說非「普羅」起來不可，這可有點兒為難。我實在愛北平，我所愛的北平是如上面說的。我沒有或不能「獲得」「普羅」的「意識形態」，我也不能「克服」我自己；結果怕只該不說話或不說真話。不說話本來沒有甚麼不可以，不過說話大約在現在也還不能就算罪過吧；至於撒謊，則我可以宛轉地說，「我還沒有那種藝術」，或乾脆地說，「我還沒有那種勇氣！」好在我這通信是寫給一些朋友的，讓他們看我的真話，大約是還不要緊的。

　　我現在是一個人在北平，這回是回到老家去。但我一點不覺着是回家，一切都像出門作客似的。北平已成了我精神上的家，沒有走就想着回來；預定去五個禮拜，但想着南方的天井，潮濕，和蚊子，也許一個月就回來了。說到潮濕，我在動身這一天，卻有些恨北平。每年夏季，北平照例是要有幾回大雨的，往往連下幾天不止。前些日子在一個宴會裏，有人問我到甚麼地方避暑去；我回答說要到上海去；他知道上海不是避暑的地方。我卻知道他是需要避暑的，就問，是北戴河麼？他答應了之後，說：北平太熱了，而且照例的雨快要來了，沒有意思！我當時大約說了「是」，但實在並不知道北平夏天的雨究竟怎樣沒有意思！我去年曾坐在一間大屋中看玻璃簾外的夏雨，又走到廊下看院中的流水，覺得也還有些意思的。但這回卻苦壞了我。不先不後，今夏的雨期恰

在我動身這天早晨起頭！那種滂沱不止的雨，對於坐在大屋中的我也許不壞，但對於正要開始已生疏了的旅行生活的我，卻未免是一種虐政了。我這樣從西郊淋進了北平城，在恨恨中睡了一覺。醒來時雨倒住了，我便帶着這些陰鬱的心情搭早車上天津來了。

　　　　　　　　　　　　　　七月十日，天津丸中。

　　某君南去時，我請他寫點通信來，現在以付此「草」，希望「源源」而來。他趁大暑中往江南去，將以受了熱而怪張怪李，卻難說。此文對於北平，雖懷戀的成分多，頗有相當的平允的。惟末段引需要避暑的某君的話，咒詛北平的雨，卻未必盡然。我以為不如咒詛香爐灰式的道路。

　　　　　　　　　　　　　　七月十九日平記。

南行雜記

前些日子回南方去，曾在「天津丸」中寫了一篇通信，登在本《草》上。後來北歸時，又在「天津丸」上寫了一篇，在天津東站親手投入郵筒。但直到現在，一個月了，還不見寄到，怕是永不會寄到的了。我一點不敢怪郵局，在這個年頭兒；我只怪自己太懶，反正要回到北平來，為甚麼不會親手帶給編輯人，卻白費四分票，「送掉」一封雖不關緊要，倒底是親手一個字一個字寫出的信呢？

我現在算是對那封信絕了望，於是乎怪到那「通信」兩個字，而來寫這個「雜記」。那封信彷彿說了一些「天津丸」中的事，這裏是該說青島了。

我來去兩次經過青島。船停的時間雖不算少卻也不算多，所以只看到青島的一角；而我們上岸又都在白天，不曾看到青島的夜 —— 聽說青島夏夜的跳舞很可看，有些人是特地從上海趕來跳舞的。

青島之所以好，在海和海上的山。青島的好在夏天，在夏天的海濱生活；凡是在那一條大胳膊似的海濱上的，多少都有點意思。而在那手腕上，有一間「青島咖啡」。這是一間長方的平屋，半點不稀奇，但和海水隔不幾步，讓你坐着有一種

喜悦。這間屋好在並不像「屋」，說是大露台，也許還貼切些。三面都是半截板欄，便覺得是海闊天空的氣象。一溜兒滿掛着竹簾。這些簾子捲着固然顯得不寂寞，可是放着更好，特別在白天，我想。隔着竹簾的海和山，有些朦朧的味兒；在夏天的太陽裏，只有這樣看，涼味最足。自然，黃昏和月下應該別有境界，可惜我們沒福受用了。在這裏坐着談話，時時聽見海波打在沙灘上的聲音，我們有時便靜聽着，抽着菸捲，瞪着那裊裊的煙兒。謝謝 C 君，他的眼力不壞，第一次是他介紹給我這個好地方。C 君又說那裏的侍者很好，不像北平那一套客氣，也不像上海那一套不客氣。但 C 君大概是熟主顧又是山東人吧，我們第二次去時，他說的那一套好處便滿沒表現了。

我自小就聽人唸「江無底，海無邊」這兩句諺語，後來又讀了些詩文中海的描寫；我很羨慕海，想着見了海定要吃一驚，暗暗叫聲「哎喲」的。哪知並不！在南方北方乘過上十次的海輪，毫無發現海的偉大，只覺得單調無聊，即使在有浪的時候。但有一晚滿滿的月光照在船的一面的海上，海水黑白分明，我們在狹狹一片白光裏，看着船旁浪花熱鬧着，那是不能忘記的。而那晚之好實在月！這兩回到青島，似乎有些喜歡海起來了。可是也喜歡抱着的山，抱着的那隻大胳膊，也喜歡「青島咖啡」，海究竟有限的。海自己給我的好處，只有海水浴，那在我是第一次的。

去時過青島，船才停五點鐘。我問 C 君，「會泉（海浴處）怎樣？」他說，「看『光腚子』？穿了大褂去沒有意思！」從

「青島咖啡」出來時，他掏出錶來看，説：「光腔子給你保留着回來看罷。」但我真想洗個海水澡。一直到回來時才洗了。我和 S 君一齊下去，W 君有點怕這個玩意，在飯店裏坐着喝汽水。S 君會游泳走得遠些，我只有淺處練幾下。海水最宜於初學游泳的，容易浮起多了。更有一椿大大的妙處，便是浪。浪是力量，我站着跟蹌了好幾回；有一回正浮起，它給我個不知道沖過來了，我竟吃了驚，茫然失措了片刻，才站起來。這固然可笑，但是事後真得勁兒！好些外國小孩子在浪來時，被滾滾的白花埋下去，一會兒又笑着昂起頭向前快快游着；他們倒像和浪是好朋友似的。我們在水裏呆了約莫半點鐘，我和 S 君説，「上去吧，W 怕要睡着了。」我們在沙灘上躺着。C 君曾告訴我，浴後仰臥在沙灘上，看着青天白雲，會甚麼都不願想。沙軟而細，躺着確是不錯；可恨我們去的時候不好，太陽正在頭上，不能看青天白雲，只試了一試就算了。

除了海，青島的好處是曲折的長林。德國人真「有根」，長林是長林，專為遊覽，不許造房子。我和 C 君乘着汽車左彎右轉地繞了三四十分鐘，車伕説還只在「第一公園」裏。C 君説，「長着哪！」但是我們終於匆匆出來了。這些林子延綿得好，幽曲得很，低得好，密得好；更好是馬路隨山高下，俯仰不時，與我們常走的「平如砥，直如矢」的迥乎不同。青島的馬路大都如此；這與「向『右』邊走」的馬路規則，是我初到青島時第一個新鮮的印象。

C 君説福山路的住屋，建築安排得最美，但我兩次都未得

走過。至於嶗山，勝景更多，也未得去；只由他指給我看嶗山的尖形的峰。現在想來，頗有「山在虛無縹緲間」之感了。

九月十三日夜

匆匆

　　燕子去了，有再來的時候；楊柳枯了，有再青的時候；桃花謝了，有再開的時候。但是，聰明的，你告訴我，我們的日子為甚麼一去不復返呢？——是有人偷了他們罷：那是誰？又藏在何處呢？是他們自己逃走了罷：現在又到了哪裏呢？

　　我不知道他們給了我多少日子；但我的手確乎是漸漸空虛了。在默默裏算着，八千多日子已經從我手中溜去；像針尖上一滴水滴在大海裏，我的日子滴在時間的流裏，沒有聲音，也沒有影子。我不禁頭涔涔而淚潸潸了。

　　去的儘管去了，來的儘管來着；去來的中間，又怎樣地匆匆呢？早上我起來的時候，小屋裏射進兩三方斜斜的太陽。太陽他有腳啊，輕輕悄悄地挪移了；我也茫茫然跟着旋轉。於是——洗手的時候，日子從水盆裏過去；吃飯的時候，日子從飯碗裏過去；默默時，便從凝然的雙眼前過去。我覺察他去的匆匆了，伸出手遮挽時，他又從遮挽着的手邊過去，天黑時，我躺在牀上，他便伶伶俐俐地從我身上跨過，從我腳邊飛去了。等我睜開眼和太陽再見，這算又溜走了一日。我掩着面嘆息。但是新來的日子的影兒又開始在嘆息裏閃過了。

　　在逃去如飛的日子裏，在千門萬戶的世界裏的我能做些

甚麼呢？只有徘徊罷了，只有匆匆罷了；在八千多日的匆匆裏，除徘徊外，又剩些甚麼呢？過去的日子如輕煙，被微風吹散了，如薄霧，被初陽蒸融了；我留着些甚麼痕跡呢？我何曾留着像游絲樣的痕跡呢？我赤裸裸來到這世界，轉眼間也將赤裸裸的回去罷？但不能平的，為甚麼偏要白白走這一遭啊？

　　你聰明的，告訴我，我們的日子為甚麼一去不復返呢？

溫州的蹤跡

一 「月朦朧，鳥朦朧，簾捲海棠紅」

這是一張尺多寬的小小的橫幅，馬孟容君畫的。上方的左角，斜着一捲綠色的簾子，稀疏而長；當紙的直處三分之一，橫處三分之二。簾子中央，着一黃色的，茶壺嘴似的鈎兒——就是所謂軟金鈎麼？「鈎彎」垂着雙穗，石青色；絲縷微亂，若小曳於輕風中。紙右一圓月，淡淡的青光遍滿紙上；月的純淨，柔軟與平和，如一張睡美人的臉。從簾的上端向右斜伸而下，是一枝交纏的海棠花。花葉扶疏，上下錯落着，共有五叢；或散或密，都玲瓏有致。葉嫩綠色，彷彿掐得出水似的；在月光中掩映着，微微有淺深之別。花正盛開，紅豔欲流；黃色的雄蕊歷歷的，閃閃的。襯托在叢綠之間，格外覺着妖嬈了。枝欹斜而騰挪，如少女的一隻臂膊。枝上歇着一對黑色的八哥，背着月光，向着簾裏。一隻歇得高些，小小的眼兒半睜半閉的，似乎在入夢之前，還有所留戀似的。那低些的一隻別過臉來對着這一隻，已縮着頸兒睡了。簾下是空空的，不着一些痕跡。

試想在圓月朦朧之夜，海棠是這樣的嫵媚而嫣潤；枝頭的好鳥為甚麼卻雙棲而各夢呢？在這夜深人靜的當兒，那高

踞着的一隻八哥兒，又為何盡撐着眼皮兒不肯睡去呢？他到底等甚麼來着？捨不得那淡淡的月兒麼？捨不得那疏疏的簾兒麼？不，不，不，您得到簾下去找，您得向簾中去找——您該找着那捲簾人了？他的情韻風懷，原是這樣這樣的喲！朦朧的豈獨月呢；豈獨鳥呢？但是，咫尺天涯，教我如何耐得？

我拼着千呼萬喚；你能夠出來麼？

這頁畫佈局那樣經濟，設色那樣柔活，故精彩足以動人。雖是區區尺幅，而情韻之厚，已足淪肌浹髓而有餘。我看了這畫。瞿然而驚：留戀之懷，不能自己。故將所感受的印象細細寫出，以志這一段因緣。但我於中西的畫都是門外漢，所說的話不免為內行所笑。——那也只好由他了。

1924 年 2 月 1 日，溫州作。

二　綠

我第二次到仙岩的時候，我驚詫於梅雨潭的綠了。

梅雨潭是一個瀑布潭。仙岩有三個瀑布，梅雨瀑最低。走到山邊，便聽見花花花花的聲音；抬起頭，鑲在兩條濕濕的黑邊兒裏的，一帶白而發亮的水便呈現於眼前了。我們先到梅雨亭。梅雨亭正對着那條瀑布；坐在亭邊，不必仰頭，便可見它的全體了。亭下深深的便是梅雨潭。這個亭踞在突出的一角的岩石上，上下都空空兒的；彷彿一隻蒼鷹展着翼翅浮在天宇中一般。三面都是山，像半個環兒擁着；人如在井底了。這是一個秋季的薄陰的天氣。微微的雲在我們頂上

流着；岩面與草叢都從潤濕中透出幾分油油的綠意。而瀑布也似乎分外的響了。那瀑布從上面沖下，彷彿已被扯成大小的幾綹；不復是一幅整齊而平滑的布。岩上有許多棱角；瀑流經過時，作急劇的撞擊，便飛花碎玉般亂濺着了。那濺着的水花。晶瑩而多芒；遠望去，像一朵朵小小的白梅。微雨似的紛紛落着。據說，這就是梅雨潭之所以得名了。但我覺得像楊花，格外確切些。輕風起來時，點點隨風飄散，那更是楊花了。——這時偶然有幾點送入我們溫暖的懷裏，便倏的鑽了進去，再也尋它不着。

　　梅雨潭閃閃的綠色招引着我們；我們開始追捉她那離合的神光了。揪着草，攀着亂石，小心探身下去，又鞠躬過了一個石穹門，便到了汪汪一碧的潭邊了。瀑布在襟袖之間；但我的心中已沒有瀑布了。我的心隨潭水的綠而搖蕩。那醉人的綠呀！彷彿一張極大極大的荷葉鋪着，滿是奇異的綠呀。我想張開兩臂抱住她；但這是怎樣一個妄想呀。——站在水邊，望到那面，居然覺着有些遠呢！這平鋪着，厚積着的綠，着實可愛。她鬆鬆的皺纈着，像少婦拖着的裙幅；她輕輕的擺弄着，像跳動的初戀的處女的心；她滑滑的明亮着，像塗了「明油」一般，有雞蛋清那樣軟，那樣嫩，令人想着所曾觸過的最嫩的皮膚；她又不雜些兒塵滓，宛然一塊溫潤的碧玉，只清清的一色——但你卻看不透她！我曾見過北京什剎海拂地的綠楊，脫不了鵝黃的底子，似乎太淡了。我又曾見過杭州虎跑寺近旁高峻而深密的「綠壁」，叢疊着無窮的碧草與綠葉的，那又似乎太濃了。其餘呢，西湖的波太明了，秦淮河的也

太暗了。可愛的，我將甚麼來比擬你呢？我怎麼比擬得出呢？大約潭是很深的，故能蘊蓄着這樣奇異的綠；彷彿蔚藍的天融了一塊在裏面似的，這才這般的鮮潤呀。—— 那醉人的綠呀！我若能裁你以為帶，我將贈給那輕盈的舞女；她必能臨風飄舉了。我若能挹你以為眼，我將贈給那善歌的盲妹；她必明眸善睞了。我捨不得你；我怎捨得你呢？我用手拍着你，撫摩着你，如同一個十二三歲的小姑娘。我又掬你入口，便是吻着她了。我送你一個名字，我從此叫你「女兒綠」，好麼？

　　我第二次到仙岩的時候，我不禁驚詫於梅雨潭的綠了。

2 月 8 日，溫州作。

三　白水

　　幾個朋友伴我遊白水漈。

　　這也是個瀑布；但是太薄了，又太細了。有時閃着些須的白光；等你定睛看去，卻又沒有 —— 只剩一片飛煙而已。從前有所謂「霧縠」，大概就是這樣了。所以如此，全由於岩石中間突然空了一段；水到那裏，無可憑依，凌虛飛下，便扯得又薄又細了。當那空處，最是奇蹟。白光嬗為飛煙，已是影子，有時卻連影子也不見。有時微風過來，用纖手挽着那影子，它便裊裊的成了一個軟弧；但她的手才鬆，它又像橡皮帶兒似的，立刻伏伏帖帖的縮回來了。我所以猜疑，或者另有雙不可知的巧手，要將這些影子織成一個幻網。—— 微風想奪了她的，她怎麼肯呢？

幻網裏也許織着誘惑；我的依戀便是個老大的證據。

3 月 16 日，寧波作。

四　生命的價格 —— 七毛錢

生命本來不應該有價格的；而竟有了價格！人販子，老鴇，以至近來的綁票土匪，都就他們的所有物，標上參差的價格，出賣於人；我想將來許還有公開的人市場呢！在種種「人貨」裏，價格最高的，自然是土匪們的票了，少則成千，多則成萬；大約是有歷史以來，「人貨」的最高的行情了。其次是老鴇們所有的妓女，由數百元到數千元，是常常聽到的。最賤的要算是人販子的貨色！他們所有的，只是些男女小孩，只是些「生貨」，所以便賣不起價錢了。

人販子只是「仲買人」，他們還得取給於「廠家」，便是出賣孩子們的人家。「廠家」的價格才真是道地呢！《青光》裏曾有一段記載，說三塊錢買了一個丫頭；那是移讓過來的，但價格之低，也就夠令人驚詫了！「廠家」的價格，卻還有更低的！三百錢，五百錢買一個孩子，在災荒時不算難事！但我不曾見過。我親眼看見的一條最賤的生命，是七毛錢買來的！這是一個五歲的女孩子。一個五歲的「女孩子」賣七毛錢，也許不能算是最賤；但請您細看：將一條生命的自由和七枚小銀元各放在天平的一個盤裏，您將發現，正如九頭牛與一根牛毛一樣，兩個盤兒的重量相差實在太遠了！

我見這個女孩，是在房東家裏。那時我正和孩子們吃飯；

妻走來叫我看一件奇事，七毛錢買來的孩子！孩子端端正正的坐在條凳上；面孔黃黑色，但還豐潤；衣帽也還整潔可看。我看了幾眼，覺得和我們的孩子也沒有甚麼差異；我看不出她的低賤的生命的符記——如我們看低賤的貨色時所容易發見的符記。我回到自己的飯桌上，看看阿九和阿菜，始終覺得和那個女孩沒有甚麼不同！但是，我畢竟發見真理了！我們的孩子所以高貴，正因為我們不曾出賣他們，而那個女孩所以低賤，正因為她是被出賣的；這就是她只值七毛錢的緣故了！呀，聰明的真理！

　　妻告訴我這孩子沒有父母，她哥嫂將她賣給房東家姑爺開的銀匠店裏的伙計，便是帶着她吃飯的那個人。他似乎沒有老婆，手頭很窘的，而且喜歡喝酒，是一個糊塗的人！我想這孩子父母若還在世，或者還捨不得賣她，至少也要遲幾年賣她；因為她究竟是可憐的小羔羊。到了哥嫂的手裏，情形便不同了！家裏總不寬裕，多一張嘴吃飯，多費些布做衣，是顯而易見的。將來人大了，由哥嫂賣出，究竟是為難的；說不定還得找補些兒，才能送出去。這可多麼冤呀！不如趁小的時候，誰也不注意，做個人情，送了乾淨！您想，溫州不算十分窮苦的地方，也沒碰着大荒年，幹甚麼得了七個小毛錢，就心甘情願的將自己的小妹子捧給人家呢？說等錢用？誰也不信！七毛錢了得甚麼急事！溫州又不是沒人買的！大約買賣兩方本來相知；那邊恰要個孩子頑兒，這邊也樂得出脫，便半送半賣的含糊定了交易。我猜想那時伙計向袋裏一摸一股腦兒掏了出來，只有七手錢！哥哥原也不指望着這筆錢用，

也就大大方方收了完事。於是財貨兩交，那女孩便歸伙計管業了！

這一筆交易的將來，自然是在運命手裏；女兒本姓「碰」，由她去碰罷了！但可知的，運命決不加惠於她！第一幕的戲已啟示於我們了！照妻所説，那伙計必無這樣耐心，撫養她成人長大！他將像豢養小豬一樣，等到相當的肥壯的時候，便賣給屠戶，任他宰割去；這其間他得了賺頭，是理所當然的！但屠戶是誰呢？在她賣做丫頭的時候，便是主人！「仁慈的」主人只宰割她相當的勞力，如養羊而剪牠的毛一樣。到了相當的年紀，便將她配人。能夠這樣，她雖然被擲在丫頭坯裏，卻還算不幸中之幸哩！但在目下這錢世界裏，如此大方的人究竟是少的；我們所見的，十有六七是刻薄人！她若賣到這種人手裏，他們必拶搾她過量的勞力。供不應求時，便罵也來了，打也來了！等她成熟時，卻又好轉賣給人家作妾；平常拶搾的不夠，這兒又找補一個尾子！偏生這孩子模樣兒又不好；入門不能得丈夫的歡心，容易遭大婦的凌虐，又是顯然的！她的一生，將消磨於眼淚中了！也有些主人自己收婢作妾的；但紅顏白髮，也只空斷送了她的一生！和前例相較，只是五十步與百步而已。——更可危的，她若被那伙計賣在妓院裏，老鴇才真是個令人肉顫的屠戶呢！我們可以想到：她怎樣逼她學彈學唱，怎樣驅遣她去做粗活！怎樣用藤筋打她，用針刺她！怎樣督責她承歡賣笑！她怎樣吃殘羹冷飯！怎樣打熬着不得睡覺！怎樣終於生了一身毒瘡！她的相貌使她只能做下等妓女；她的淪落風塵是終生的！她的悲劇

也是終生的！——唉！七毛錢竟買了你的全生命——你的血肉之軀竟抵不上區區七個小銀元麼！生命真太賤了！生命真太賤了！

　　因此想到自己的孩子的運命，真有些膽寒！錢世界裏的生命市場存在一日，都是我們孩子的危險！都是我們孩子的侮辱！您有孩子的人呀，想想看，這是誰之罪呢？這是誰之責呢？

4 月 9 日，寧波作

航船中的文明

　　第一次乘夜航船，從紹興府橋到西興渡口。

　　紹興到西興本有汽油船。我因急於來杭，又因年來逐逐於火車輪船之中，也想「回到」航船裏，領略先代生活的異樣的趣味；所以不顧親戚們的堅留和勸説（他們説航船裏是很苦的），毅然決然的於下午六時左右下了船。有了「物質文明」的汽油船，卻又有「精神文明」的航船，使我們徘徊其間，左右顧而樂之，真是二十世紀中國人的幸福了！

　　航船中的乘客大都是小商人；兩個軍弁是例外。滿船沒有一個士大夫；我區區或者可充個數兒，—— 因為我曾讀過幾年書，又忝為大夫之後 —— 但也是例外之例外！真的，那班士大夫到哪裏去了呢？這不消説得，都到了輪船裏去了！士大夫雖也擎着大旗擁護精神文明，但千慮不免一失，竟為那物質文明的孫兒，滿身洋油氣的小頑意兒騙得定定的，忍心害理的撇了那老相好。於是航船雖然照常行駛，而光彩已減少許多！這確是一件可以慨嘆的事；而「國粹將亡」的呼聲，似也不是徒然的了。嗚呼，是誰之咎歟？

　　既然來到這「精神文明」的航船裏，正可將船裏的精神文明考察一番，才不虛此一行。但從哪裏下手呢？這可有些為

難，躊躇之間，恰好來了一個女人。——我說「來了」，彷彿親眼看見，而孰知不然；我知道她「來了」，是在聽見她尖銳的語音的時候。至於她的面貌，我至今還沒有看見呢。這第一要怪我的近視眼，第二要怪那襲人的暮色，第三要怪——哼——要怪那「男女分坐」的精神文明了。女人坐在前面，男人坐在後面；那女人離我至少有兩丈遠，所以便不可見其臉了。且慢，這樣左怪右怪，「其詞若有憾焉」，你們或者猜想那女人怎樣美呢。而孰知又大大的不然！我也曾「約略的」看來，都是鄉下的黃面婆而已。至於尖銳的語音，那是少年的婦女所常有的，倒也不足為奇。然而這一次，那來了的女人的尖銳的語音竟致勞動區區的執筆者，卻又另有緣故。在那語音裏，表示出對於航船裏精神文明的抗議；她說，「男人女人都是人！」她要坐到後面來，（因前面太擠，實無他故，合併聲明，）而航船裏的「規矩」是不許的。船家攔住她，她仗着她不是姑娘了，便老了臉皮，大着膽子，慢慢的說了那句話。她隨即坐在原處，而「批評家」的議論繁然了。一個船家在船沿上走着，隨便的說，「男人女人都是人，是的，不錯。做秤鈎的也是鐵，做秤錘的也是鐵，做鐵錨的也是鐵，都是鐵呀！」這一段批評大約十分巧妙，說出諸位「批評家」所要說的，於是眾喙都息，這便成了定論。至於那女人，事實上早已坐下了；「孤掌難鳴」，或者她飽飫了諸位「批評家」的宏論，也不要鳴了罷。「是非之心」，雖然「人皆有之」，而撐船經商者流，對於名教之大防，竟能剖辨得這樣「詳明」，也着實虧他們了。中國畢竟是禮義之邦，文明之古國呀！——

我悔不該亂怪那「男女分坐」的精神文明了！

「禍不單行」，湊巧又來了一個女人。她是帶着男人來的。──呀，帶着男人！正是；所以才「禍不單行」呀！──說得滿口好紹興的杭州話，在黑暗裏隱隱露着一張白臉；帶着五六分城市氣。船家照他們的「規矩」，要將這一對兒生剌剌的分開；男人不好意思做聲，女的卻搶着說，「我們是『一堆生』[1]的！」太親熱的字眼，竟在「規規矩矩的」航船裏說了！於是船家命令的嚷道：「我們有我們的規矩，不管你『一堆生』不『一堆生』的！」大家都微笑了。有的沉吟的說：「一堆生的？」有的驚奇的說：「一『堆』生的！」有的嘲諷的說：「哼，一堆生的！」在這四面楚歌裏，憑你怎樣伶牙俐齒，也只得服從了！「婦者，服也」，這原是她的本行呀。只看她毫不置辯，毫不懊惱，還是若無其事的和人攀談，便知她確乎是「服也」了。這不能不感謝船家和乘客諸公「衛道」之功；而論功行賞，船家尤當首屈一指。嗚呼，可以風矣！

在黑暗裏征服了兩個女人，這正是我們的光榮；而航船中的精神文明，也粲然可見了──於是乎書。

1　作者註：「一塊兒」也。

女人

　　白水是個老實人，又是個有趣的人。他能在談天的時候，滔滔不絕地發出長篇大論。這回聽勉子說，日本某雜誌上有〈女？〉一文，是幾個文人以「女」為題的桌話的記錄。他說，「這倒有趣，我們何不也來一下？」我們說，「你先來！」他搔了搔頭髮道：「好！就是我先來；你們可別臨陣脫逃才好。」我們知道他照例是開口不能自休的。果然，一番話費了這多時候，以致別人只有補充的工夫，沒有自敍的餘裕。那時我被指定為臨時書記，曾將桌上所說，拉雜寫下。現在整理出來，便是以下一文。因為十之八是白水的意見，便用了第一人稱，作為他自述的模樣；我想，白水大概不至於不承認吧？

　　老實說，我是個歡喜女人的人；從國民學校時代直到現在，我總一貫地歡喜着女人。雖然不曾受着甚麼「女難」，而女人的力量，我確是常常領略到的。女人就是磁石，我就是一塊軟鐵；為了一個虛構的或實際的女人，呆呆的想了一兩點鐘，乃至想了一兩個星期，真有不知肉味光景 —— 這種事是屢屢有的。在路上走，遠遠的有女人來了，我的眼睛便像蜜蜂們嗅着花香一般，直攫過去。但是我很知足，普通的女人，大概看一兩眼也就夠了，至多再掉一回頭。像我的一位

同學那樣，遇見了異性，就立正 —— 向左或向右轉，仔細用他那兩隻近視眼，從眼鏡下面緊緊追出去半日半日，然後看不見，然後開步走 —— 我是用不着的。我們地方有句土話說：「乖子望一眼，呆子望到晚；」我大約總在「乖子」一邊了。我到無論甚麼地方，第一總是用我的眼睛去尋找女人。在火車裏，我必走遍幾輛車去發見女人；在輪船裏，我必走遍全船去發見女人。我若找不到女人時，我便逛遊戲場去，趕廟會去，——我大膽地加一句——參觀女學校去；這些都是女人多的地方。於是我的眼睛更忙了！我拖着兩隻腳跟着她們走，往往直到疲倦為止。

　　我所追尋的女人是甚麼呢？我所發見的女人是甚麼呢？這是藝術的女人。從前人將女人比做花，比做鳥，比做羔羊；他們只是說，女人是自然手裏創造出來的藝術，使人們歡喜讚歎 —— 正如藝術的兒童是自然的創作，使人們歡喜讚歎一樣。不獨男人歡喜讚歎，女人也歡喜讚歎；而「妒」便是歡喜讚歎的另一面，正如「愛」是歡喜讚歎的一面一樣。受歡喜讚歎的，又不獨是女人，男人也有。「此柳風流可愛，似張緒當年，」便是好例；而「美豐儀」一語，尤為「史不絕書」。但男人的藝術氣分，似乎總要少些；賈寶玉說得好：男人的骨頭是泥做的，女人的骨頭是水做的。這是天命呢？還是人事呢？我現在還不得而知；只覺得事實是如此罷了。—— 你看，目下學繪畫的「人體習作」的時候，誰不用了女人做他的模特兒呢？這不是因為女人的曲線更為可愛麼？我們說，自有歷史以來，女人是比男人更具藝術的；這句話總該不會錯吧？所

以我說，藝術的女人。所謂藝術的女人，有三種意思：是女人中最為藝術的，是女人的藝術的一面，是我們以藝術的眼去看女人。我說女人比男人更具藝術的，是一般的說法；說女人中最為藝術的，是個別的說法。——而「藝術」一詞，我用它的狹義，專指眼睛的藝術而言，與繪畫、雕刻、跳舞同其範類。藝術的女人便是有着美好的顏色和輪廓和動作的女人，便是她的容貌、身材、姿態，使我們看了感到「自己圓滿」的女人。這裏有一塊天然的界碑，我所說的只是處女，少婦，中年婦人，那些老太太們，為她們的年歲所侵蝕，已上了凋零與枯萎的路途，在這一件上，已是落伍者了。女人的圓滿相，只是她的「人的諸相」之一；她可以有大才能，大智慧，大仁慈，大勇毅，大貞潔等等，但都無礙於這一相。諸相可以幫助這一相，使其更臻於充實；這一相也可幫助諸相，分其圓滿於它們，有時更能遮蓋它們的缺處。我們之看女人，若被她的圓滿相所吸引，便會不顧自己，不顧她的一切，而只陶醉於其中；這個陶醉是刹那的，無關心的，而且在沉默之中的。

　　我們之看女人，是歡喜而決不是戀愛。戀愛是全般的，歡喜是部分的。戀愛是整個「自我」與整個「自我」的融合，故堅深而久長；歡喜是「自我」間斷片的融合，故輕淺而飄忽。這兩者都是生命的趣味，生命的姿態。但戀愛是對人的，歡喜卻兼人與物而言。——此外本還有「仁愛」，便是「民胞物與」之懷；再進一步，「天地與我並生，萬物與我為一」，便是「神愛」，「大愛」了。這種無分物我的愛，非我所要論；但在此又須立一界碑，凡偉大莊嚴之像，無論屬人屬物，足以吸引

人心者，必為這種愛；而優美豔麗的光景則始在「歡喜」的閾中。至於戀愛，以人格的吸引為骨子，有極強的佔有性，又與二者不同。Y君以人與物平分戀愛與歡喜，以為「喜」僅屬物，「愛」乃屬人；若對人言「喜」，便是蔑視他的人格了。現在有許多人也以為將女人比花，比鳥，比羔羊，便是侮辱女人；讚頌女人的體態，也是侮辱女人。所以者何？便是蔑視她們的人格了！但我覺得我們若不能將「體態的美」排斥於人格之外，我們便要慢慢的說這句話！而美若是一種價值，人格若是建築於價值的基石上，我們又何能排斥那「體態的美」呢？所以我以為只須將女人的藝術的一面作為藝術而鑑賞它，與鑑賞其他優美的自然一樣；藝術與自然是「非人格」的，當然便說不上「蔑視」與否。在這樣的立場上，將人比物，歡喜讚歎，自與因襲的玩弄的態度相差十萬八千里，當可告無罪於天下。——只有將女人看作「玩物」，才真是蔑視呢；即使是在所謂的「戀愛」之中。藝術的女人，是的，藝術的女人！我們要用驚異的眼去看她，那是一種奇蹟！

　　我之看女人，十六年於茲了，我發見了一件事，就是將女人作為藝術而鑑賞時，切不可使她知道；無論是生疏的，是較熟悉的。因為這要引起她性的自衛的羞恥心或他種嫌噁心，她的藝術味便要變稀薄了；而我們因她的羞恥或嫌惡而關心，也就不能靜觀自得了。所以我們只好秘密地鑑賞；藝術原來是秘密的呀，自然的創作原來是秘密的呀。但是我所歡喜的藝術的女人，究竟是怎樣的呢？您得問了。讓我告訴您：我見過西洋女人，日本女人，江南江北兩個女人，城內的女人，

名聞浙東西的女人；但我的眼光究竟太狹了，我只見過不到半打的藝術的女人！而且其中只有一個西洋人，沒有一個日本人！那西洋的處女是在 Y 城裏一條僻巷的拐角上遇着的，驚鴻一瞥似地便過去了。其餘有兩個是在兩次火車裏遇着的，一個看了半天，一個看了兩天；還有一個是在鄉村裏遇着的，足足看了三個月。── 我以為藝術的女人第一是有她的溫柔的空氣；使人如聽着簫管的悠揚，如嗅着玫瑰花的芬芳，如躺着在天鵝絨的厚毯上。她是如水的密，如煙的輕，籠罩着我們；我們怎能不歡喜讚歎呢？這是由她的動作而來的；她的一舉步，一伸腰，一掠鬢，一轉眼，一低頭，乃至衣袂的微揚，裙幅的輕舞，都如蜜的流，風的微漾；我們怎能不歡喜讚歎呢？最可愛的是那軟軟的腰兒；從前人說臨風的垂柳，《紅樓夢》裏說晴雯的「水蛇腰兒」，都是說腰肢的細軟的；但我所歡喜的腰呀，簡直和蘇州的牛皮糖一樣，使我滿舌頭的甜，滿牙齒的軟呀。腰是這般軟了，手足自也有飄逸不凡之慨。你瞧她的足脛多麼豐滿呀！從膝關節以下，漸漸的隆起，像新蒸的麵包一樣；後來又漸漸漸漸地緩下去了。這足脛上正罩着絲襪，淡青的？或者白的？拉得緊緊的，一些兒縐紋沒有，更將那豐滿的曲線顯得豐滿了；而那閃閃的鮮嫩的光，簡直可以照出人的影子。你再往上瞧，她的兩肩又多麼亭勻呢！像雙生的小羊似的，又像兩座玉峰似的；正是秋山那般瘦，秋水那般平呀。肩以上，便到了一般人謳歌頌讚所集的「面目」了。我最不能忘記的，是她那雙鴿子般的眼睛，伶俐到像要立刻和人說話。在惺忪微倦的時候，尤其可喜，因為正像

一對睡了的褐色小鴿子。和那潤澤而微紅的雙頰，蘋果般照耀着的，恰如曙色之與夕陽，巧妙的相映襯着。再加上那覆額的，稠密而蓬鬆的髮，像天空的亂雲一般，點綴得更有情趣了。而她那甜蜜的微笑也是可愛的東西；微笑是半開的花朵，裏面流溢着詩與畫與無聲的音樂。是的，我說的已多了；我不必將我所見的，一個人一個人分別說給你，我只將她們融合成一個 Sketch 給你看 —— 這就是我的驚異的型，就是我所謂藝術的女子的型。但我的眼光究竟太狹了！我的眼光究竟太狹了！

　　在女人的聚會裏，有時也有一種溫柔的空氣；但只是籠統的空氣，沒有詳細的節目。所以這是要由遠觀而鑑賞的，與個別的看法不同；若近觀時，那籠統的空氣也許會消失了的。說起這藝術的「女人的聚會」，我卻想着數年前的事了，雲煙一般，好惹人悵惘的。在 P 城一個禮拜日的早晨，我到一所宏大的教堂裏去做禮拜；聽說那邊女人多，我是禮拜女人去的。那教堂是男女分坐的。我去的時候，女坐還空着，似乎頗遙遙的；我的遐想便去充滿了每個空坐裏。忽然眼睛有些花了，在薄薄的香澤當中，一羣白上衣，黑背心，黑裙子的女人，默默的，遠遠的走進來了。我現在不曾看見上帝，卻看見了帶着翼子的這些安琪兒了！另一回在傍晚的湖上，暮靄四合的時候，一隻插着小紅花的遊艇裏，坐着八九個雪白雪白的白衣的姑娘；湖風舞弄着她們的衣裳，便成一片渾然的白。我想她們是湖之女神，以遊戲三昧，暫現色相於人間的呢！第三回在湖中的一座橋上，淡月微雲之下，倚着十來個，也是

姑娘，矇矇朧朧的與月一齊白着。在抖蕩的歌喉裏，我又遇着月姊兒的化身了！——這些是我所發見的又一型。

是的，藝術的女人，那是一種奇蹟！

白種人 —— 上帝的驕子！

　　去年暑假到上海，在一路電車的頭等裏，見一個大西洋人帶着一個小西洋人，相並地坐着。我不能確說他倆是英國人或美國人；我只猜他們是父與子。那小西洋人，那白種的孩子，不過十一二歲光景，看去是個可愛的小孩，引我久長的注意。他戴着平頂硬草帽，帽簷下端正地露着長圓的小臉。白中透紅的面頰，眼睛上有着金黃的長睫毛，顯出和平與秀美。我向來有種癖氣：見了有趣的小孩，總想和他親熱，做好同伴；若不能親熱，便隨時親近親近也好。在高等小學時，附設的初等裏，有一個養着烏黑的西髮的劉君，真是依人的小鳥一般；牽着他的手問他的話時，他只靜靜地微仰着頭，小聲兒回答 —— 我不常看見他的笑容，他的臉老是那麼幽靜和真誠，皮下卻燒着親熱的火把。我屢次讓他到我家來，他總不肯；後來兩年不見，他便死了。我不能忘記他！我牽過他的小手，又摸過他的圓下巴。但若遇着蕘生的小孩，我自然不能這麼做，那可有些窘了；不過也不要緊，我可用我的眼睛看他 —— 一回，兩回，十回，幾十回！孩子大概不很注意人的眼睛，所以盡可自由地看，和看女人要遮遮掩掩的不同。我凝視過許多初會面的孩子，他們都不曾向我抗議；至多拉

着同在的母親的手，或倚着她的膝頭，將眼看她兩看罷了。
所以我膽子很大。這回在電車裏又發了老癖氣，我兩次三番
地看那白種的孩子，小西洋人！

　　初時他不注意或者不理會我，讓我自由地看他。但看了
不幾回，那父親站起來了，兒子也站起來了，他們將到站了。
這時意外的事來了。那小西洋人本坐在我的對面；走近我時，
突然將臉盡力地伸過來了，兩隻藍眼睛大大地睜着，那好看
的睫毛已看不見了；兩頰的紅也已褪了不少了。和平，秀美
的臉一變而為粗俗，兇惡的臉了！他的眼睛裏有話：「咄！黃
種人，黃種的支那人，你 —— 你看吧！你配看我！」他已失了
天真的稚氣，臉上滿佈着橫秋的老氣了！我因此寧願稱他為
「小西洋人」。他伸着臉向我足有兩秒鐘；電車停了，這才勝
利地掉過頭，牽着那大西洋人的手走了。大西洋人比兒子似
乎要高出一半；這時正注目窗外，不曾看見下面的事。兒子
也不去告訴他，只獨斷獨行地伸他的臉；伸了臉之後，便又
若無其事的，始終不發一言 —— 在沉默中得着勝利，凱旋而
去。不用説，這在我自然是一種襲擊，「出其不意，攻其不備」
的襲擊！

　　這突然的襲擊使我張惶失措；我的心空虛了，四面的壓
迫很嚴重，使我呼吸不能自由。我曾在 N 城的一座橋上，遇
見一個女人；我偶然地看她時，她卻垂下了長長的黑睫毛，露
出老練和鄙夷的神色。那時我也感着壓迫和空虛，但比起這
一次，就稀薄多了：我在那小西洋人兩顆槍彈似的眼光之下，
茫然地覺着有被吞食的危險，於是身子不知不覺地縮小 ——

大有在奇境中的阿麗思的勁兒！我木木然目送那父與子下了電車，在馬路上開步走；那小西洋人竟未一回頭，斷然地去了。我這時有了迫切的國家之感！我做着黃種的中國人，而現在還是白種人的世界，他們的驕傲與踐踏當然會來的；我所以張惶失措而覺着恐怖者，因為那驕傲我的，踐踏我的，不是別人，只是一個十來歲的「白種的」孩子，竟是一個十來歲的白種的「孩子」！我向來總覺得孩子應該是世界的，不應該是一種，一國，一鄉，一家的。我因此不能容忍中國的孩子叫西洋人為「洋鬼子」。但這個十來歲的白種的孩子，竟已被擠入人種與國家的兩種定型裏了。他已懂得憑着人種的優勢和國家的強力，伸着臉襲擊我了。這一次襲擊實是許多次襲擊的小影，他的臉上便縮印着一部中國的外交史。他之來上海，或無多日，或已長久，耳濡目染，他的父親，親長，先生，父執，乃至同國，同種，都以驕傲踐踏對付中國人；而他的讀物也推波助瀾，將中國編排得一無是處，以長他自己的威風。所以他向我伸臉，決非偶然而已。

這是襲擊，也是侮蔑，大大的侮蔑！我因了自尊，一面感着空虛，一面卻又感着憤怒；於是有了迫切的國家之念。我要詛咒這小小的人！但我立刻恐怖起來了：這到底只是十來歲的孩子呢，卻已被傳統所埋葬；我們所日夜想望着的「赤子之心」，世界之世界（非某種人的世界，更非某國人的世界！），眼見得在正來的一代，還是毫無信息的！這是你的損失，我的損失，他的損失，世界的損失；雖然是怎樣渺小的一個孩子！但這孩子卻也有可敬的地方：他的從容，他的沉默，

他的獨斷獨行，他的一去不回頭，都是力的表現，都是強者適者的表現。決不婆婆媽媽的，決不黏黏搭搭的，一針見血，一刀兩斷，這正是白種人之所以為白種人。

　　我真是一個矛盾的人。無論如何，我們最要緊的還是看看自己，看看自己的孩子！誰也是上帝之驕子；這和昔日的王侯將相一樣，是沒有種的！

背影

　　我與父親不相見已二年餘了,我最不能忘記的是他的背影。那年冬天,祖母死了,父親的差使也交卸了,正是禍不單行的日子,我從北京到徐州,打算跟着父親奔喪回家。到徐州見着父親,看見滿院狼藉的東西,又想起祖母,不禁簌簌地流下眼淚。父親説,「事已如此,不必難過,好在天無絕人之路!」

　　回家變賣典質,父親還了虧空;又借錢辦了喪事。這些日子,家中光景很是慘澹,一半為了喪事,一半為了父親賦閒。喪事完畢,父親要到南京謀事,我也要回北京唸書,我們便同行。

　　到南京時,有朋友約去遊逛,勾留了一日;第二日上午便須渡江到浦口,下午上車北去。父親因為事忙,本已説定不送我,叫旅館裏一個熟識的茶房陪我同去。他再三囑咐茶房,甚是仔細。但他終於不放心,怕茶房不妥帖;頗躊躇了一會。其實我那年已二十歲,北京已來往過兩三次,是沒有甚麼要緊的了。他躊躇了一會,終於決定還是自己送我去。我兩三回勸他不必去;他只説,「不要緊,他們去不好!」

　　我們過了江,進了車站。我買票,他忙着照看行李。行李

太多了，得向腳夫行些小費，才可過去。他便又忙着和他們講價錢。我那時真是聰明過分，總覺他說話不大漂亮，非自己插嘴不可。但他終於講定了價錢；就送我上車。他給我揀定了靠車門的一張椅子；我將他給我做的紫毛大衣鋪好坐位。他囑我路上小心，夜裏要警醒些，不要受涼。又囑託茶房好好照應我。我心裏暗笑他的迂；他們只認得錢，託他們直是白託！而且我這樣大年紀的人，難道還不能料理自己麼？唉，我現在想想，那時真是太聰明了！

　　我說道，「爸爸，你走吧。」他望車外看了看，說，「我買幾個橘子去。你就在此地，不要走動。」我看那邊月台的柵欄外有幾個賣東西的等着顧客。走到那邊月台，須穿過鐵道，須跳下去又爬上去。父親是一個胖子，走過去自然要費事些。我本來要去的，他不肯，只好讓他去。我看見他戴着黑布小帽，穿着黑布大馬褂，深青布棉袍，蹣跚地走到鐵道邊，慢慢探身下去，尚不大難。可是他穿過鐵道，要爬上那邊月台，就不容易了。他用兩手攀着上面，兩腳再向上縮；他肥胖的身子向左微傾，顯出努力的樣子。這時我看見他的背影，我的淚很快地流下來了。我趕緊拭乾了淚，怕他看見，也怕別人看見。我再向外看時，他已抱了朱紅的橘子望回走了。過鐵道時，他先將橘子散放在地上，自己慢慢爬下，再抱起橘子走。到這邊時，我趕緊去攙他。他和我走到車上，將橘子一股腦兒放在我的皮大衣上。於是撲撲衣上的泥土，心裏很輕鬆似的，過一會說，「我走了；到那邊來信！」我望着他走出去。他走了幾步，回過頭看見我，說，「進去吧，裏邊沒人。」等

他的背影混入來來往往的人裏，再找不着了，我便進來坐下，我的眼淚又來了。

近幾年來，父親和我都是東奔西走，家中光景是一日不如一日。他少年出外謀生，獨力支持，做了許多大事。那知老境卻如此頹唐！他觸目傷懷，自然情不能自已。情鬱於中，自然要發之於外；家庭瑣屑便往往觸他之怒。他待我漸漸不同往日。但最近兩年的不見，他終於忘卻我的不好，只是惦記着我，惦記着我的兒子。我北來後，他寫了一信給我，信中說道，「我身體平安，惟膀子疼痛利害，舉箸提筆，諸多不便，大約大去之期不遠矣。」我讀到此處，在晶瑩的淚光中，又看見那肥胖的，青布棉袍，黑布馬褂的背影。唉！我不知何時再能與他相見！

兒女

　　我現在已是五個兒女的父親了。想起聖陶喜歡用的「蝸牛背了殼」的比喻，便覺得不自在。新近一位親戚嘲笑我說，「要剝層皮呢！」更有些悚然了。十年前剛結婚的時候，在胡適之先生的《藏暉室札記》裏，見過一條，說世界上有許多偉大的人物是不結婚的；文中並引培根的話，「有妻子者，其命定矣。」當時確吃了一驚，彷彿夢醒一般；但是家裏已是不由分說給娶了媳婦，又有甚麼可說？現在是一個媳婦，跟着來了五個孩子；兩個肩頭上，加上這麼重一副擔子，真不知怎樣走才好。「命定」是不用說了；從孩子們那一面說，他們該怎樣長大，也正是可以憂慮的事。我是個徹頭徹尾自私的人，做丈夫已是勉強，做父親更是不成。自然，「子孫崇拜」，「兒童本位」的哲理或倫理，我也有些知道；既做着父親，閉了眼抹殺孩子們的權利，知道是不行的。可惜這只是理論，實際上我是仍舊按照古老的傳統，在野蠻地對付着，和普通的父親一樣。近來差不多是中年的人了，才漸漸覺得自己的殘酷；想着孩子們受過的體罰和叱責，始終不能辯解 —— 像撫摩着舊創痕那樣，我的心酸溜溜的。有一回，讀了有島武郎《與幼小者》的譯文，對了那種偉大的，沉摯的態度，我竟流下淚來

了。去年父親來信，問起阿九，那時阿九還在白馬湖呢；信上說，「我沒有耽誤你，你也不要耽誤他才好。」我為這句話哭了一場；我為甚麼不像父親的仁慈？我不該忘記，父親怎樣待我們來着！人性許真是二元的，我是這樣地矛盾；我的心像鐘擺似的來去。

你讀過魯迅先生的〈幸福的家庭〉麼？我的便是那一類的「幸福的家庭」！每天午飯和晚飯，就如兩次潮水一般。先是孩子們你來他去地在廚房與飯間裏查看，一面催我或妻發「開飯」的命令。急促繁碎的腳步，夾着笑和嚷，一陣陣襲來，直到命令發出為止。他們一遞一個地跑着喊着，將命令傳給廚房裏傭人；便立刻搶着回來搬凳子。於是這個說，「我坐這兒！」那個說，「大哥不讓我！」大哥卻說，「小妹打我！」我給他們調解，說好話。但是他們有時候很固執，我有時候也不耐煩，這便用着叱責了；叱責還不行，不由自主地，我的沉重的手掌便到他們身上了。於是哭的哭，坐的坐，局面才算定了。接着可又你要大碗，他要小碗，你說紅筷子好，他說黑筷子好；這個要乾飯，那個要稀飯，要茶要湯，要魚要肉，要豆腐，要蘿蔔；你說他菜多，他說你菜好。妻是照例安慰着他們，但這顯然是太迂緩了。我是個暴躁的人，怎麼等得及？不用說，用老法子將他們立刻征服了；雖然有哭的，不久也就抹着淚捧起碗了。吃完了，紛紛爬下凳子，桌上是飯粒呀，湯汁呀，骨頭呀，渣滓呀，加上縱橫的筷子，欹斜的匙子，就如一塊花花綠綠的地圖模型。吃飯而外，他們的大事便是遊戲。遊戲時，大的有大主意，小的有小主意，各自堅持不下，於是

爭執起來；或者大的欺負了小的，或者小的竟欺負了大的，被欺負的哭着嚷着，到我或妻的面前訴苦；我大抵仍舊要用老法子來判斷的，但不理的時候也有。最為難的，是爭奪玩具的時候：這一個的與那一個的是同樣的東西，卻偏要那一個的；而那一個便偏不答應。在這種情形之下，不論如何，終於是非哭了不可的。這些事件自然不至於天天全有，但大致總有好些起。我若坐在家裏看書或寫甚麼東西，管保一點鐘裏要分幾回心，或站起來一兩次的。若是雨天或禮拜日，孩子們在家的多，那麼，攤開書竟看不下一行，提起筆也寫不出一個字的事，也有過的。我常和妻說，「我們家真是成日的千軍萬馬呀！」有時是不但「成日」，連夜裏也有兵馬在進行着，在有吃乳或生病的孩子的時候！

　　我結婚那一年，才十九歲。二十一歲，有了阿九；二十三歲，又有了阿菜。那時我正像一匹野馬，那能容忍這些累贅的鞍轡，嚼頭，和韁繩？擺脫也知是不行的，但不自覺地時時在擺脫着。現在回想起來，那些日子，真苦了這兩個孩子；真是難以寬宥的種種暴行呢！阿九才兩歲半的樣子，我們住在杭州的學校裏。不知怎地，這孩子特別愛哭，又特別怕生人。一不見了母親，或來了客，就哇哇地哭起來了。學校裏住着許多人，我不能讓他擾着他們，而客人也總是常有的；我懊惱極了，有一回，特地騙出了妻，關了門，將他按在地下打了一頓。這件事，妻到現在說起來，還覺得有些不忍；她說我的手太辣了，到底還是兩歲半的孩子！我近年常想着那時的光景，也覺黯然。阿菜在台州，那是更小了；才過了週歲，還

不大會走路。也是為了纏着母親的緣故吧，我將她緊緊地按
在牆角裏，直哭喊了三四分鐘；因此生了好幾天病。妻説，
那時真寒心呢！但我的苦痛也是真的。我曾給聖陶寫信，説
孩子們的折磨，實在無法奈何；有時竟覺着還是自殺的好。
這雖是氣憤的話，但這樣的心情，確也有過的。後來孩子是
多起來了，磨折也磨折得久了，少年的鋒棱漸漸地鈍起來了；
加以增長的年歲增長了理性的裁制力，我能夠忍耐了 —— 覺
得從前真是一個「不成材的父親」，如我給另一個朋友信裏所
説。但我的孩子們在幼小時，確比別人的特別不安靜，我至
今還覺如此。我想這大約還是由於我們撫育不得法；從前只
一味地責備孩子，讓他們代我們負起責任，卻未免是可恥的
殘酷了！

　　正面意義的「幸福」，其實也未嘗沒有。正如誰所説，小
的總是可愛，孩子們的小模樣，小心眼兒，確有些教人捨不得
的。阿毛現在五個月了，你用手指去撥弄她的下巴，或向她
做趣臉，她便會張開沒牙的嘴格格地笑，笑得像一朵正開的
花。她不願在屋裏待着；待久了，便大聲兒嚷。妻常説，「姑
娘又要出去溜躂了。」她説她像鳥兒般，每天總得到外面溜一
些時候。閏兒上個月剛過了三歲，笨得很，話還沒有學好呢。
他只能説三四個字的短語或句子，文法錯誤，發音模糊，又得
費氣力説出；我們老是要笑他的。他説「好」字，總變成「小」
字；問他「好不好？」他便説「小」，或「不小」。我們常常逗
着他説這個字玩兒；他似乎有些覺得，近來偶然也能説出正
確的「好」字了 —— 特別在我們故意説成「小」字的時候。他

有一隻搪瓷碗，是一毛來錢買的；買來時，老媽子教給他，「這
是一毛錢。」他便記住「一毛」兩個字，管那隻碗叫「一毛」，
有時竟省稱為「毛」。這在新來的老媽子，是必需翻譯了才懂
的。他不好意思，或見着生客時，便咧着嘴痴笑；我們常用
了土話，叫他做「呆瓜」。他是個小胖子，短短的腿，走起路
來，蹣跚可笑；若快走或跑，便更「好看」了。他有時學我，
將兩手疊在背後，一搖一擺的；那是他自己和我們都要樂的。
他的大姊便是阿菜，已是七歲多了，在小學校裏唸着書。在
飯桌上，一定得囉囉唆唆地報告些同學或他們父母的事情；
氣喘喘地說着，不管你愛聽不愛聽。說完了總問我：「爸爸認
識麼？」「爸爸知道麼？」妻常禁止她吃飯時說話，所以她總
是問我。她的問題真多：看電影便問電影裏的是不是人？是
不是真人？怎麼不說話？看照相也是一樣。不知誰告訴她，
兵是要打人的。她回來便問，兵是人麼？為甚麼打人？近來
大約聽了先生的話，回來又問張作霖的兵是幫誰的？蔣介石
的兵是不是幫我們的？諸如此類的問題，每天短不了，常常
鬧得我不知怎樣答才行。她和閏兒在一處玩兒，一大一小，
不很合式，老是吵着哭着。但合式的時候也有：臂如這個往
牀底下躲，那個便鑽進去追着；這個鑽出來，那個也跟着──
從這個牀到那個牀，只聽見笑着，嚷着，喘着，真如妻所說，
像小狗似的。現在在京的，便只有這三個孩子；阿九和轉兒
是去年北來時，讓母親暫時帶回揚州去了。阿九是歡喜書的
孩子。他愛看《水滸》、《西遊記》、《三俠五義》、《小朋友》等；
沒有事便捧着書坐着或躺着看。只不歡喜《紅樓夢》，說是沒

有味兒。是的，《紅樓夢》的味兒，一個十歲的孩子，哪裏能領略呢？去年我們事實上只能帶兩個孩子來；因為他大些，而轉兒是一直跟着祖母的，便在上海將他倆丟下。我清清楚楚記得那分別的一個早上。我領着阿九從二洋涇橋的旅館出來，送他到母親和轉兒住着的親戚家去。妻囑咐說，「買點吃的給他們吧。」我們走過四馬路，到一家茶食舖裏。阿九說要燻魚，我給買了；又買了餅乾，是給轉兒的。便乘電車到海寧路。下車時，看着他的害怕與累贅，很覺惻然。到親戚家，因為就要回旅館收拾上船，只說了一兩句話便出來；轉兒望望我，沒說甚麼，阿九是和祖母說甚麼去了。我回頭看了他們一眼，硬着頭皮走了。後來妻告訴我，阿九背地裏向她說：「我知道爸爸歡喜小妹，不帶我上北京去。」其實這是冤枉的。他又曾和我們說，「暑假時一定來接我啊！」我們當時答應着；但現在已是第二個暑假了，他們還在迢迢的揚州待着。他們是恨着我們呢？還是惦着我們呢？妻是一年來老放不下這兩個，常常獨自暗中流淚；但我有甚麼法子呢！想到「只為家貧成聚散」一句無名的詩，不禁有些淒然。轉兒與我較生疏些。但去年離開白馬湖時，她也曾用了生硬的揚州話（那時她還沒有到過揚州呢），和那特別尖的小嗓子向着我：「我要到北京去。」她曉得甚麼北京，只跟着大孩子們說罷了；但當時聽着，現在想着的我，卻真是抱歉呢。這兄妹倆離開我，原是常事，離開母親，雖也有過一回，這回可是太長了；小小的心兒，知道是怎樣忍耐那寂寞來着！

　　我的朋友大概都是愛孩子的。少谷有一回寫信責備我，

說兒女的吵鬧，也是很有趣的，何至可厭到如我所說；他說他真不解。子愷為他家華瞻寫的文章，真是「藹然仁者之言」。聖陶也常常為孩子操心：小學畢業了，到甚麼中學好呢？──這樣的話，他和我說過兩三回了。我對他們只有慚愧！可是近來我也漸漸覺着自己的責任。我想，第一該將孩子們團聚起來，其次便該給他們些力量。我親眼見過一個愛兒女的人，因為不曾好好地教育他們，便將他們荒廢了。他並不是溺愛，只是沒有耐心去料理他們，他們便不能成材了。我想我若照現在這樣下去，孩子們也便危險了。我得計畫着，讓他們漸漸知道怎樣去做人才行。但是要不要他們像我自己呢？這一層，我在白馬湖教初中學生時，也曾從師生的立場上問過丏尊，他毫不躊躇地說，「自然囉。」近來與平伯談起教子，他卻答得妙，「總不希望比自己壞囉。」是的，只要不「比自己壞」就行，「像」不「像」倒是不在乎的。職業，人生觀等，還是由他們自己去定的好；自己頂可貴，只要指導，幫助他們去發展自己，便是極賢明的辦法。

　　予同說，「我們得讓子女在大學畢了業，才算盡了責任。」SK 說，「不然，要看我們的經濟，他們的材質與志願；若是中學畢了業，不能或不願升學，便去做別的事，譬如做工人吧，那也並非不行的。」自然，人的好壞與成敗，也不盡靠學校教育；說是非大學畢業不可，也許只是我們的偏見。在這件事上，我現在毫不能有一定的主意；特別是這個變動不居的時代，知道將來怎樣？好在孩子們還小，將來的事且等將來吧。目前所能做的，只是培養他們基本的力量──胸襟與

眼光；孩子們還是孩子們，自然說不上高的遠的，慢慢從近處小處下手便了。這自然也只能先按照我自己的樣子：「神而明之，存乎其人，」光輝也罷，倒楣也罷，平凡也罷，讓他們各盡各的力去。我只希望如我所想的，從此好好地做一回父親，便自稱心滿意。──想到那「狂人」「救救孩子」的呼聲，我怎敢不悚然自勉呢？

1928 年 6 月 24 日晚寫畢，北京清華園。

給亡婦

　　謙，日子真快，一眨眼你已經死了三個年頭了。這三年裏世事不知變化了多少回，但你未必注意這些個，我知道。你第一惦記的是你幾個孩子，第二便輪着我。孩子和我平分你的世界，你在日如此；你死後若還有知，想來還如此的。告訴你，我夏天回家來着：邁兒長得結實極了，比我高一個頭。閏兒父親說是最乖，可是沒有先前胖了。采芷和轉子都好。五兒全家誇她長得好看；卻在腿上生了濕瘡，整天坐在竹牀上不能下來，看了怪可憐的。六兒，我怎麼說好，你明白，你臨終時也和母親談過，這孩子是只可以養着玩兒的，他左挨右挨，去年春天，到底沒有挨過去。這孩子生了幾個月，你的肺病就重起來了。我勸你少親近他，只監督着老媽子照管就行。你總是忍不住，一會兒提，一會兒抱的。可是你病中為他操的那一份兒心也夠瞧的。那一個夏天他病的時候多，你成天兒忙着，湯呀，藥呀，冷呀，暖呀，連覺也沒有好好兒睡過。那裏有一分一毫想着你自己。瞧着他硬朗點兒你就樂，乾枯的笑容在黃蠟般的臉上，我只有暗中嘆氣而已。

　　從來想不到做母親的要像你這樣。從邁兒起，你總是自己餵乳，一連四個都這樣。你起初不知道按鐘點兒餵，後來知

道了，卻又弄不慣；孩子們每夜裏幾次將你哭醒了，特別是悶熱的夏季。我瞧你的覺老沒睡足。白天裏還得做菜，照料孩子，很少得空兒。你的身子本來壞，四個孩子就累你七八年。到了第五個，你自己實在不成了，又沒乳，只好自己餵奶粉，另僱老媽子專管她。但孩子跟老媽子睡，你就沒有放過心；夜裏一聽見哭，就豎起耳朵聽，工夫一大就得過去看。十六年初，和你到北京來，將邁兒、轉子留在家裏；三年多還不能去接他們，可真把你惦記苦了。你並不常提，我卻明白。你後來說你的病就是惦記出來的；那個自然也有份兒，不過大半還是養育孩子累的。你的短短的十二年結婚生活，有十一年耗費在孩子們身上；而你一點不厭倦，有多少力量用多少，一直到自己毀滅為止。你對孩子一般兒愛，不問男的女的，大的小的。也不想到甚麼「養兒防老，積穀防饑」，只拼命的愛去。你對於教育老實說有些外行，孩子們只要吃得好玩得好就成了。這也難怪你，你自己便是這樣長大的。況且孩子們原都還小，吃和玩本來也要緊的。你病重的時候最放不下的還是孩子。病的只剩皮包着骨頭了，總不信自己不會好；老說：「我死了，這一大羣孩子可苦了。」後來說送你回家，你想着可以看見邁兒和轉子，也願意；你萬不想到會一走不返的。我送車的時候，你忍不住哭了，說：「還不知能不能再見？」可憐，你的心我知道，你滿想着好好兒帶着六個孩子回來見我的。謙，你那時一定這樣想，一定的。

　　除了孩子，你心裏只有我。不錯，那時你父親還在；可是你母親死了，他另有個女人，你老早就覺得隔了一層似的。

出嫁後第一年你雖還一心一意依戀着他老人家，到第二年上我和孩子可就將你的心佔住，你再沒有多少工夫惦記他了。你還記得第一年我在北京，你在家裏。家裏來信說你待不住，常回娘家去。我動氣了，馬上寫信責備你。你教人寫了一封覆信，說家裏有事，不能不回去。這是你第一次也可以說第末次的抗議，我從此就沒給你寫信。暑假時帶了一肚子主意回去，但見了面，看你一臉笑，也就拉倒了。打這時候起，你漸漸從你父親的懷裏跑到我這兒。你換了金鐲子幫助我的學費，叫我以後還你；但直到你死，我沒有還你。你在我家受了許多氣，又因為我家的緣故受你家裏的氣，你都忍着。這全為的是我，我知道。那回我從家鄉一個中學半途辭職出走。家裏人諷你也走。哪裏走！只得硬着頭皮往你家去。那時你家像個冰窖子，你們在窖裏足足住了三個月。好容易我才將你們領出來了，一同上外省去。小家庭這樣組織起來了。你雖不是甚麼闊小姐，可也是自小嬌生慣養的，做起主婦來，甚麼都得幹一兩手；你居然做下去了，而且高高興興地做下去了。菜照例滿是你做，可是吃的都是我們；你至多夾上兩三筷子就算了。你的菜做得不壞，有一位老在行大大地誇獎過你。你洗衣服也不錯，夏天我的綢大褂大概總是你親自動手。你在家老不樂意閒着；坐前幾個「月子」，老是四五天就起牀，說是躺着家裏事沒條沒理的。其實你起來也還不是沒條理；咱們家那麼多孩子，哪兒來條理？在浙江住的時候，逃過兩回兵難，我都在北平。真虧你領着母親和一羣孩子東藏西躲的；末一回還要走多少里路，翻一道大嶺。這兩回差不多只

靠你一個人。你不但帶了母親和孩子們，還帶了我一箱箱的書；你知道我是最愛書的。在短短的十二年裏，你操的心比人家一輩子還多；謙，你那樣身子怎麼經得住！你將我的責任一股腦兒擔負了去，壓死了你；我如何對得起你！

你為我的撈什子書也費了不少神；第一回讓你父親的男傭人從家鄉捎到上海去。他說了幾句閒話，你氣得在你父親面前哭了。第二回是帶着逃難，別人都說你傻子。你有你的想頭：「沒有書怎麼教書？況且他又愛這個玩意兒。」其實你沒有曉得，那些書丟了也並不可惜；不過教你怎麼曉得，我平常從來沒和你談過這些個！總而言之，你的心是可感謝的。這十二年裏你為我吃的苦真不少，可是沒有過幾天好日子。我們在一起住，算來也還不到五個年頭。無論日子怎麼壞，無論是離是合，你從來沒對我發過脾氣，連一句怨言也沒有。——別說怨我，就是怨命也沒有過。老實說，我的脾氣可不大好，遷怒的事兒有的是。那些時候你往往抽噎着流眼淚，從不回嘴，也不號啕。不過我也只信得過你一個人，有些話我只和你一個人說，因為世界上只你一個人真關心我，真同情我。你不但為我吃苦，更為我分苦；我之有我現在的精神，大半是你給我培養着的。這些年來我很少生病。但我最不耐煩生病，生了病就呻吟不絕，鬧那伺候病的人。你是領教過一回的，那回只一兩點鐘，可是也夠麻煩了。你常生病，卻總不開口，掙扎着起來；一來怕攪我，二來怕沒人做你那份兒事。我有一個壞脾氣，怕聽人生病，也是真的。後來你天天發燒，自己還以為南方帶來的瘧疾，一直瞞着我。明明躺着，聽見

我的腳步，一骨碌就坐起來。我漸漸有些奇怪，讓大夫一瞧，這可糟了，你的一個肺已爛了一個大窟窿了！大夫勸你到西山去靜養，你丟不下孩子，又捨不得錢；勸你在家裏躺着，你也丟不下那份兒家務。越看越不行了，這才送你回去。明知凶多吉少，想不到只一個月工夫你就完了！本來盼望還見得着你，這一來可拉倒了。你也何嘗想到這個？父親告訴我，你回家獨住着一所小住宅，還嫌沒有客廳，怕我回去不便哪。

　前年夏天回家，上你墳上去了。你睡在祖父母的下首，想來還不孤單的。只是當年祖父母的墳太小了，你正睡在壙底下。這叫做「抗壙」，在生人看來是不安心的；等着想辦法哪。那時壙上壙下密密地長着青草，朝露浸濕了我的布鞋。你剛埋了半年多，只有壙下多出一塊土，別的全然看不出新墳的樣子。我和隱今夏回去，本想到你的墳上來；因為她病了沒來成。我們想告訴你，五個孩子都好，我們一定盡心教養他們，讓他們對得起死了的母親 —— 你！謙，好好兒放心安睡吧，你。

冬天

　　説起冬天，忽然想到豆腐。是一「小洋鍋」（鋁鍋）白煮豆腐，熱騰騰的。水滾着，像好些魚眼睛，一小塊一小塊豆腐養在裏面，嫩而滑，彷彿反穿的白狐大衣。鍋在「洋爐子」（煤油不打氣爐）上，和爐子都熏得烏黑烏黑，越顯出豆腐的白。這是晚上，屋子老了，雖點着「洋燈」，也還是陰暗。圍着桌子坐的是父親跟我們哥兒三個。「洋爐子」太高了，父親得常常站起來，微微地仰着臉，虭着眼睛，從氤氳的熱氣裏伸進筷子，夾起豆腐，一一地放在我們的醬油碟裏。我們有時也自己動手，但爐子實在太高了，總還是坐享其成的多。這並不是吃飯，只是玩兒。父親説晚上冷，吃了大家暖和些。我們都喜歡這種白水豆腐；一上桌就眼巴巴望着那鍋，等着那熱氣，等着熱氣裏從父親筷子上掉下來的豆腐。

　　又是冬天，記得是陰曆十一月十六晚上，跟 S 君 P 君在西湖裏坐小划子。S 君剛到杭州教書，事先來信説：「我們要遊西湖，不管它是冬天。」那晚月色真好，現在想起來還像照在身上。本來前一晚是「月當頭」；也許十一月的月亮真有些特別吧。那時九點多了，湖上似乎只有我們一隻划子。有點風，月光照着軟軟的水波；當間那一溜兒反光，像新研

的銀子。湖上的山只剩了淡淡的影子。山下偶爾有一兩星燈火。S君口占兩句詩道：「數星燈火認漁村，淡墨輕描遠黛痕。」我們都不大說話，只有均勻的槳聲。我漸漸地快睡着了。P君「喂」了一下，才抬起眼皮，看見他在微笑。船伕問要不要上淨寺去；是阿彌陀佛生日，那邊蠻熱鬧的。到了寺裏，殿上燈燭輝煌，滿是佛婆唸佛的聲音，好像醒了一場夢。這已是十多年前的事了，S君還常常通着信，P君聽說轉變了好幾次，前年是在一個特稅局裏收特稅了，以後便沒有消息。

　　在台州過了一個冬天，一家四口子。台州是個山城，可以說在一個大谷裏。只有一條二里長的大街。別的路上白天簡直不大見人；晚上一片漆黑。偶爾人家窗戶裏透出一點燈光，還有走路的拿着的火把；但那是少極了。我們住在山腳下。有的是山上松林裏的風聲，跟天上一隻兩隻的鳥影。夏末到那裏，春初便走，卻好像老在過着冬天似的；可是即便真冬天也並不冷。我們住在樓上，書房臨着大路；路上有人說話，可以清清楚楚地聽見。但因為走路的人太少了，間或有點說話的聲音，聽起來還只當遠風送來的，想不到就在窗外。我們是外路人，除上學校去之外，常只在家裏坐着。妻也慣了那寂寞，只和我們爺兒們守着。外邊雖老是冬天，家裏卻老是春天。有一回我上街去，回來的時候，樓下廚房的大方窗開着，並排地挨着她們母子三個；三張臉都帶着天真微笑地向着我。似乎台州空空的，只有我們四人；天地空空的，也只有我們四人。那時是民國十年，妻剛從家裏出來，

滿自在。現在她死了快四年了，我卻還老記着她那微笑的影子。

　　無論怎麼冷，大風大雪，想到這些，我心上總是溫暖的。

擇偶記

　　自己是長子長孫，所以不到十一歲就說起媳婦來了。那時對於媳婦這件事簡直茫然，不知怎麼一來，就已經說上了。是曾祖母娘家人，在江蘇北部一個小縣份的鄉下住着。家裏人都在那裏住過很久，大概也帶着我；只是太笨了，記憶裏沒有留下一點影子。祖母常常躺在煙榻上講那邊的事，提着這個那個鄉下人的名字。起初一切都像只在那白騰騰的煙氣裏。日子久了，不知不覺熟悉起來了，親暱起來了。除了住的地方，當時覺得那叫做「花園莊」的鄉下實在是最有趣的地方了。因此聽說媳婦就定在那裏，倒也彷彿理所當然，毫無意見。每年那邊田上有人來，藍布短打扮，銜着旱煙管，帶好些大麥粉，白薯乾兒之類。他們偶然也和家裏人提到那位小姐，大概比我大四歲，個兒高，小腳；但是那時我熱心的其實還是那些大麥粉和白薯乾兒。

　　記得是十二歲上，那邊捎信來，說小姐癆病死了。家裏並沒有人嘆惜；大約他們看見她時她還小，年代一多，也就想不清是怎樣一個人了。父親其時在外省做官，母親頗為我親事着急，便託了常來做衣服的裁縫做媒。為的是裁縫走的人家多，而且可以看見太太小姐。主意並沒有錯，裁縫來說一

家人家，有錢，兩位小姐，一位是姨太太生的；他給說的是正太太生的大小姐。他說那邊要相親。母親答應了，定下日子，由裁縫帶我上茶館。記得那是冬天，到日子母親讓我穿上棗紅寧綢袍子，黑寧綢馬褂，戴上紅帽結兒的黑緞瓜皮小帽，又叮囑自己留心些。茶館裏遇見那位相親的先生，方面大耳，同我現在年紀差不多，布袍布馬褂，像是給誰穿着孝。這個人倒是慈祥的樣子，不住地打量我，也問了些唸甚麼書一類的話。回來裁縫說人家看得很細：說我的「人中」長，不是短壽的樣子，又看我走路，怕腳上有毛病。總算讓人家看中了，該我們看人家了。母親派親信的老媽子去。老媽子的報告是，大小姐個兒比我大得多，坐下去滿滿一圈椅；二小姐倒苗苗條條的，母親說胖了不能生育，像親戚裏誰誰誰；教裁縫說二小姐。那邊似乎生了氣，不答應，事情就擱了。

母親在牌桌上遇見一位太太，她有個女兒，透着聰明伶俐。母親有了心，回家說那姑娘和我同年，跳來跳去的，還是個孩子。隔了些日子，便託人探探那邊口氣。那邊做的官似乎比父親的更小，那時正是光復的前年，還講究這些，所以他們樂意做這門親。事情已到九成九，忽然出了岔子。本家叔祖母用的一個寡婦老媽子熟悉這家子的事，不知怎麼教母親打聽着了。叫她來問，她的話遮遮掩掩的。到底問出來了，原來那小姑娘是抱來的，可是她一家很寵她，和親生的一樣。母親心冷了。過了兩年，聽說她已生了癆病，吸上鴉片煙了。母親說，幸虧當時沒有定下來。我已懂得一些事了，也這末想着。

　　光復那年，父親生傷寒病，請了許多醫生看。最後請着一位武先生，那便是我後來的岳父。有一天，常去請醫生的聽差回來說，醫生家有位小姐。父親既然病着，母親自然更該擔心我的事。一聽這話，便追問下去。聽差原只順口談天，也說不出個所以然。母親便在醫生來時，教人問他轎伕，那位小姐是不是他家的。轎伕說是的。母親便和父親商量，託舅舅問醫生的意思。那天我正在父親病榻旁，聽見他們的對話。舅舅問明了小姐還沒有人家，便說，像 × 翁這樣人家怎末樣？醫生說，很好呀。話到此為止，接着便是相親；還是母親那個親信的老媽子去。這回報告不壞，說就是腳大些。事情這樣定局，母親教轎伕回去說，讓小姐裹上點兒腳。妻嫁過來後，說相親的時候早躲開了，看見的是另一個人。至於轎伕捎的信兒，卻引起了一段小小風波。岳父對岳母說，早教你給她裹腳，你不信；瞧，人家怎末說來着！岳母說，偏偏不裹，看他家怎末樣！可是到底採取了折衷的辦法，直到妻嫁過來的時候。

阿河

　　我這一回寒假，因為養病，住到一家親戚的別墅裏去。那別墅是在鄉下。前面偏左的地方，是一片淡藍的湖水，對岸環擁着不盡的青山。山的影子倒映在水裏，越顯得清清朗朗的。水面常如鏡子一般。風起時，微有皺痕；像少女們皺她們的眉頭，過一會子就好了。湖的餘勢束成一條小港，緩緩地不聲不響地流過別墅的門前。門前有一條小石橋，橋那邊盡是田畝。這邊沿岸一帶，相間地栽着桃樹和柳樹，春來當有一番熱鬧的夢。別墅外面繚繞着短短的竹籬，籬外是小小的路。裏邊一座向南的樓，背後便倚着山。西邊是三間平屋，我便住在這裏。院子裏有兩塊草地，上面隨便放着兩三塊石頭。另外的隙地上，或羅列着盆栽，或種蒔着花草。籬邊還有幾株枝幹蟠曲的大樹，有一株幾乎要伸到水裏去了。

　　我的親戚韋君只有夫婦二人和一個女兒。她在外邊唸書，這時也剛回到家裏。她邀來三位同學，同到她家過這個寒假；兩位是親戚，一位是朋友。她們住着樓上的兩間屋子。韋君夫婦也住在樓上。樓下正中是客廳，常是閒着，西間是喫飯的地方；東間便是韋君的書房，我們談天、喝茶、看報，都在這裏。我喫了飯，便是一個人，也要到這裏來閒坐一回。

我來的第二天，韋小姐告訴我，她母親要給她們找一個好好的女用人；長工阿齊說有一個表妹，母親叫他明天就帶來做做看呢。她似乎很高興的樣子，我只是不經意地答應。

平屋與樓屋之間，是一個小小的廚房。我住的是東面的屋子，從窗子裏可以看見廚房裏人的來往。這一天午飯前，我偶然向外看看，見一個面生的女用人，兩手提着兩把白鐵壺，正望廚房裏走；韋家的李媽在她前面領着，不知在和她說甚麼話。她的頭髮亂蓬蓬的，像冬天的枯草一樣。身上穿着鑲邊的黑布棉襖和夾褲，黑裏已泛出黃色；棉襖長與膝齊，夾褲也直拖到腳背上。腳倒是雙天足，穿着尖頭的黑布鞋，後跟還帶着兩片同色的「葉拔兒」。想這就是阿齊帶來的女用人了；想完了就坐下看書。晚飯後，韋小姐告訴我，女用人來了，她的名字叫「阿河」。我說：「名字很好，只是人土些；還能做麼？」她說：「別看她土，很聰明呢。」我說：「哦。」便接着看手中的報了。

以後每天早上，中上，晚上，我常常看見阿河挈着水壺來往；她的眼似乎總是望前看的。兩個禮拜匆匆地過去了。韋小姐忽然和我說：「你別看阿河土，她的志氣很好，她是個可憐的人。我和娘說，把我前年在家穿的那身棉襖褲給了她吧。我嫌那兩件衣服太花，給了她正好。娘先不肯，說她來了沒有幾天；後來也肯了。今天拿出來讓她穿，正合式呢。我們教給她打絨繩鞋，她真聰明，一學就會了。她說拿到工錢，也要打一雙穿呢。我等幾天再和娘說去。」

「她這樣愛好！怪不得頭髮光得多了，原來都是你們教她

的。好！你們儘管教她講究，她將來怕不願回家去呢。」大家都笑了。

舊新年是過去了。因為江浙的兵事，我們的學校一時還不能開學。我們大家都樂得在別墅裏多住些日子。這時阿河如換了一個人。她穿着寶藍色挑着小花兒的布棉襖褲；腳下是嫩藍色毛繩鞋，鞋口還綴着兩個半藍半白的小絨球兒。我想這一定是她的小姐們給幫忙的。古語說得好，「人要衣裳馬要鞍」，阿河這一打扮，真有些楚楚可憐了。她的頭髮早已是刷得光光的，覆額的留海也梳得十分伏貼。一張小小的圓臉，如正開的桃李花；臉上並沒有笑，卻隱隱地含着春日的光輝，像花房裏充了蜜一般。這在我幾乎是一個奇跡；我現在是常站在窗前看她了。我覺得在深山裏發見了一粒貓兒眼；這樣精純的貓兒眼，是我生平所僅見！我覺得我們相識已太長久，極願和她說一句話 —— 極平淡的話，一句也好。但我怎好平白地和她攀談呢？這樣鬱鬱了一禮拜。

這是元宵節的前一晚上。我喫了飯，在屋裏坐了一會，覺得有些無聊，便信步走到那書房裏。拿起報來，想再細看一回。忽然門鈕一響，阿河進來了。她手裏拿着三四枝顏色鉛筆；出乎意料地走近了我。她站在我面前了，靜靜地微笑着說：「白先生，你知道鉛筆刨在哪裏？」一面將拿着的鉛筆給我看。我不自主地立起來，匆匆地應道：「在這裏」；我用手指着南邊柱子。但我立刻覺得這是不夠的。我領她走近柱子。這時我像閃電似的躊躇了一下，便說：「我……我……」她一聲不響地已將一枝鉛筆交給我。我放進刨子裏刨給她看。刨

了兩下，便想交給她；但終於刨完了一枝，交還了她。她接了筆略看一看，仍仰着臉向我。我窘極了。剎那間念頭轉了好幾個圈子；到底硬着頭皮搭訕着說：「就這樣刨好了。」我趕緊向門外一瞥，就走回原處看報去。但我的頭剛低下，我的眼已抬起來了。於是遠遠地從容地問道：「你會麼？」她不曾掉過頭來，只「嚶」了一聲，也不說話。我看了她背影一會，覺得應該低下頭了。等我再抬起頭來時，她已默默地向外走了。她似乎總是望前看的；我想再問她一句話，但終於不曾出口。我撇下了報，站起來走了一會，便回到自己屋裏。我一直想着些甚麼，但甚麼也沒有想出。

　　第二天早上看見她往廚房裏走時，我發現我的眼老跟着她的影子！她的影子真好。她那幾步路走得又敏捷，又勻稱，又苗條，正如一隻可愛的小貓。她兩手各提着一隻水壺，又令我想到在一條細細的索兒上抖擻精神走着的女子。這全由於她的腰；她的腰真太軟了，用白水的話說，真是軟到使我如喫蘇州的牛皮糖一樣。不止她的腰，我的日記裏說得好：「她有一套和雲霞比美，水月爭靈的曲線，織成大大的一張迷惑的網！」而那兩頰的曲線，尤其甜蜜可人。她兩頰是白中透着微紅，潤澤如玉。她的皮膚，嫩得可以掐出水來；我的日記裏說：「我很想去掐她一下呀！」她的眼像一雙小燕子，老是在灩灩的春水上打着圈兒。她的笑最使我記住，像一朵花漂浮在我的腦海裏。我不是說過，她的小圓臉像正開的桃花麼？那麼，她微笑的時候，便是盛開的時候了：花房裏充滿了蜜，真如要流出來的樣子。她的髮不甚厚，但黑而有光，柔軟而

滑，如純絲一般。只可惜我不曾聞着一些兒香。唉！從前我在窗前看她好多次，所得的真太少了；若不是昨晚一見，——雖只幾分鐘——我真太對不起這樣一個人兒了。

午飯後，韋君照例地睡午覺去了，只有我，韋小姐和其他三位小姐在書房裏。我有意無意地談起阿河的事。我說：

「你們怎知道她的志氣好呢？」

「那天我們教給她打絨繩鞋；」一位蔡小姐便答道，「看她很聰明，就問她為甚麼不唸書？她被我們一問，就傷心起來了。……」

「是的，」韋小姐笑着搶了說，「後來還哭了呢；還有一位傻子陪她淌眼淚呢。」

那邊黃小姐可急了，走過來推了她一下。蔡小姐忙攔住道：「人家說正經話，你們儘鬧着頑兒！讓我說完了呀——」

「我代你說啵，」韋小姐仍搶着說，「——她說她只有一個爹，沒有娘。嫁了一個男人，倒有三十多歲，土頭土腦的，臉上滿是疱！他是李媽的鄰舍，我還看見過呢。……」

「好了，底下我說吧。」蔡小姐接着道，「她男人又不要好，儘愛賭錢；她一氣，就住到娘家來，有一年多不回去了。」

「她今年幾歲？」我問。

「十七不知十八？前年出嫁的，幾個月就回家了。」蔡小姐說。

「不，十八，我知道。」韋小姐改正道。

「哦。你們可曾勸她離婚？」

「怎麼不勸？」韋小姐應道，「她說十八回去喫她表哥的喜

酒，要和她的爹去說呢。」

「你們教她的好事，該當何罪！」我笑了。

她們也都笑了。

十九的早上，我正在屋裏看書，聽見外面有嚷嚷的聲音；這是從來沒有的。我立刻走出來看；只見門外有兩個鄉下人要走進來，卻給阿齊攔住。他們只是央告，阿齊只是不肯。這時韋君已走出院中，向他們道：

「你們回去吧。人在我這裏，不要緊的。快回去，不要瞎吵！」

兩個人面面相覷，說不出一句話；俄延了一會，只好走了。我問韋君甚麼事？他說：

「阿河囉！還不是瞎吵一回子。」

我想他於男女的事向來是懶得說的，還是回頭問他小姐的好；我們便談到別的事情上去。

喫了飯，我趕緊問韋小姐，她說：

「她是告訴娘的，你問娘去。」

我想這件事有些尷尬，便到西間裏問韋太太；她正看着李媽收拾碗碟呢。她見我問，便笑着說：

「你要問這些事做甚麼？她昨天回去，原是借了阿桂的衣裳穿了去的，打扮得嬌滴滴的，也難怪，被她男人看見了，便約了些不相幹的人，將她搶回去過了一夜。今天早上，她騙她男人，說要到此地來拿行李。她男人就會信她，派了兩個人跟着。那知她到了這裏，便叫阿齊攔着那跟來的人；她自己便跪在我面前哭訴，說死也不願回她男人家去。你說我有

甚麼法子。只好讓那跟來的人先回去再説。好在沒有幾天，她們要上學了，我將來交給她的爹吧。唉，現在的人，心眼兒真是越過越大了；一個鄉下女人，也會鬧出這樣驚天動地的事了！」

「可不是，」李媽在旁插嘴道，「太太你不知道；我家三叔前兒來，我還聽他説呢。我本不該説的，阿彌陀佛！太太，你想她不願意回婆家，老願意住在娘家，是甚麼道理？家裏只有一個單身的老子；你想那該死的老畜生！他捨不得放她回去呀！」

「低些，真的麼？」韋太太驚詫地問。

「他們説得千真萬確的。我早就想告訴太太了，總有些疑心；今天看她的樣子，真有幾分對呢。太太，你想現在還成甚麼世界！」

「這該不至於吧。」我淡淡地插了一句。

「少爺，你那裏知道！」韋太太嘆了一口氣，「 —— 好在沒有幾天了，讓她快些走吧；別將我們的運氣帶壞了。她的事，我們以後也別談吧。」

開學的通告來了，我定在二十八走。二十六的晚上，阿河忽然不到廚房裏挈水了。韋小姐跑來低低地告訴我：「娘叫阿齊將阿河送回去了；我在樓上，都不知道呢。」我應了一聲，一句話也沒有説。正如每日有三頓飽飯喫的人，忽然絕了糧；卻又不能告訴一個人！而且我覺得她的前面是黑洞洞的，此去不定有甚麼好歹！那一夜我是沒有好好地睡，只翻來覆去地做夢，醒來卻又一例茫然。這樣昏昏沉沉地到了二十八早

上，懶懶地向韋君夫婦和韋小姐告別而行，韋君夫婦堅約春假再來住，我只得含糊答應着。出門時，我很想回望廚房幾眼；但許多人都站在門口送我，我怎好回頭呢？

到校一打聽，老友陸已來了。我不及料理行李，便找着他，將阿河的事一五一十告訴他。他本是個好事的人；聽我說時，時而皺眉，時而嘆氣，時而擦掌。聽到她只十八歲時，他突然將舌頭一伸，跳起來道：

「可惜我早有了我那太太！要不然，我準得想法子娶她！」

「你娶她就好了；現在不知鹿死誰手呢？」

我倆默默相對了一會，陸忽然拍着桌子道：

「有了，老汪不是去年失了戀麼？他現在還沒有主兒，何不給他倆撮合一下。」

我正要答說，他已出去了。過了一會子，他和汪來了，進門就嚷着說：

「我和他說，他不信；要問你呢！」

「事是有的，人呢，也真不錯。只是人家的事，我們憑甚麼去管！」我說。

「想法子呀！」陸嚷着。

「甚麼法子？你說！」

「好，你們儘和我開玩笑，我才不理會你們呢！」汪笑了。

我們幾乎每天都要談到阿河，但誰也不曾認真去「想法子」。

一轉眼已到了春假。我再到韋君別墅的時候，水是綠綠

的，桃腮柳眼，着意引人。我卻只惦着阿河，不知她怎麼樣了。那時韋小姐已回來兩天。我背地裏問她，她説：

「奇得很！阿齊告訴我，説她二月間來求娘來了。她説她男人已死了心，不想她回去；只不肯白白地放掉她。他教她的爹拿出八十塊錢來，人就是她的爹的了；他自己也好另娶一房人。可是阿河説她的爹那有這些錢？她求娘可憐可憐她！娘的脾氣你知道。她是個古板的人；她數説了阿河一頓，一個錢也不給！我現在和阿齊説，讓他上鎮去時，帶個信兒給她，我可以給她五塊錢。我想你也可以幫她些，我教阿齊一塊兒告訴她吧。只可惜她未必肯再上我們這兒來囉！」

「我拿十塊錢吧，你告訴阿齊就是。」

我看阿齊空閒了，便又去問阿河的事。他説：

「她的爹正給她東找西找地找主兒呢。只怕難吧，八十塊大洋呢！」

我忽然覺得不自在起來，不願再問下去。

過了兩天，阿齊從鎮上回來，説：

「今天見着阿河了。娘的，齊整起來了。穿起了裙子，做老闆娘娘了！據説是自己揀中的；這種年頭！」

我立刻覺得，這一來全完了！只怔怔地看着阿齊，似乎想在他臉上找出阿河的影子。咳，我説甚麼好呢？願命運之神長遠庇護着她吧！

第二天我便託故離開了那別墅；我不願再見那湖光山色，更不願再見那間小小的廚房！

春

盼望着，盼望着，東風來了，春天的腳步近了。

一切都像剛睡醒的樣子，欣欣然張開了眼。山朗潤起來了，水長起來了，太陽的臉紅起來了。

小草偷偷地從土裏鑽出來，嫩嫩的，綠綠的。園子裏，田野裏，瞧去，一大片一大片滿是的。坐着，躺着，打兩個滾，踢幾腳球，賽幾趟跑，捉幾回迷藏。風輕悄悄的，草綿軟軟的。

桃樹、杏樹、梨樹，你不讓我，我不讓你，都開滿了花趕趟兒。紅的像火，粉的像霞，白的像雪。花裏帶着甜味，閉了眼，樹上彷彿已經滿是桃兒、杏兒、梨兒！花下成千成百的蜜蜂嗡嗡地鬧着，大小的蝴蝶飛來飛去。野花遍地是：雜樣兒，有名字的，沒名字的，散在草叢裏，像眼睛，像星星，還眨呀眨的。

「吹面不寒楊柳風」，不錯的，像母親的手撫摸着你。風裏帶來些新翻的泥土的氣息，混着青草味，還有各種花的香，都在微微潤濕的空氣裏醞釀。鳥兒將窠巢安在繁花嫩葉當中，高興起來了，呼朋引伴地賣弄清脆的喉嚨，唱出宛轉的曲子，與輕風流水應和着。牛背上牧童的短笛，這時候也成天在嘹喨地響。

雨是最尋常的，一下就是三兩天。可別惱，看，像牛毛，像花針，像細絲，密密地斜織着，人家屋頂上全籠着一層薄煙。樹葉子卻綠得發亮，小草也青得逼你的眼。傍晚時候，上燈了，一點點黃暈的光，烘托出一片安靜而和平的夜。鄉下去，小路上，石橋邊，撐起傘慢慢走着的人；還有地裏工作的農夫，披着蓑，戴着笠的。他們的草屋，稀稀疏疏的在雨裏靜默着。

天上風箏漸漸多了，地上孩子也多了。城裏鄉下，家家戶戶，老老小小，他們也趕趟兒似的，一個個都出來了。舒活舒活筋骨，抖擻抖擻精神，各做各的一份事去。「一年之計在於春」；剛起頭兒，有的是工夫，有的是希望。

春天像剛落地的娃娃，從頭到腳都是新的，它生長着。

春天像小姑娘，花枝招展的，笑着，走着。

春天像健壯的青年，有鐵一般的胳膊和腰腳，他領着我們上前去。

剎那

我所謂「剎那」，指「極短的現在」而言。在這個題目下面，我想略略說明我對於人生的態度。

現在人說到人生，總要談它的意義與價值；我覺得這種「談」是沒有意義與價值的。且看古今多少哲人，他們對於人生，都曾試作解人，議論紛紛，莫衷一是；他們「各思以其道易天下」，但是誰肯真個信從呢？——他們只有自慰自驅吧了！我覺得人生的意義與價值橫豎是尋不着的；——至少現在的我們是如此——而求生的意志卻是人人都有的。既然求生，當然要求好好的生。如何求好好的生，是我們各人「眼前的」最大的問題；而全人生的意義與價值卻反是大而無當的東西，盡可擱在一旁，存而不論。因為要求好好的生，斷不能用總解決的辦法；若用總解決的辦法，便是「好好的」三個字的意義，也儘夠你一生的研究了，而「好好的生」終於不能努力去求的！這不是走入牛角灣裏去了麼？要求好好的生，須零碎解決，須隨時隨地去體會我生「相當的」意義與價值；我們所要體會的是剎那間的人生，不是上下古今東西南北的全人生！

着眼於全人生的人，往往忘記了他自己現在的生活。他

們或以為人生的意義與價值在於過去；時時回顧着從前的黃金時代，涎垂三尺！而不知他們所回顧的黃金時代，實是傳說的黃金時代！── 就是真有黃金時代；區區的回顧又豈能將它招回來呢？他們又因為念舊的情懷，往往將自己的過去任情擴大，加以點染，作為回顧的資料，惆悵的因由。這種人將在惆悵，惋惜之中度了一生，永沒有滿足的現在 ── 一刹那也沒有！惆悵惋惜常與……徨相伴；他們將……徨一生而無一刹那的成功的安息！這是何等的空虛呀。着眼於全人生的，或以為人生的意義與價值在於將來；時時等待着將來的奇蹟。而將來的奇蹟真成了奇蹟，永不降臨於籠着手，墊着腳，伸着頸，只知道「等待」的人！他們事事都等待「明天」去做，「今天」卻專作為等待之用；自然的，到了明天，又須等待明天的明天了。這種人到了死的一日，將還留着許許多多明天「要」做的事 ── 只好來生再做了吧！他們以將來自驅，在徒然的盼望裏送了一生，成功的安慰不用説是沒有的，於是也沒有滿足的一刹那！「虛空的虛空」便是他們的運命了！這兩種人的毛病，都在遠離了現在 ── 尤其是眼前的一刹那。

　　着眼於現在的人未嘗沒有。自古所謂「及時行樂」，正是此種。但重在行樂，容易流於縱慾；結果偏向一端，仍不能得着健全的，諧和的發展 ── 仍不能得着好好的生！況且所謂「及時行樂」，往往「醉翁之意不在酒」；不過借此掩蓋悲哀，並非真正在行樂。楊惲説，「及時行樂耳；須富貴何時！」明明是不得志時的牢騷語。「遇飲酒時須飲酒，得高歌處且高歌」，明明是哀時事不可為而厭世的話。這都是消極的！消極

的行樂，雖屬及時，而意別有所寄；所以便不能認真做去，所以便不能體會行樂的一剎那的意義與價值——雖然行樂，不滿足還是依然，甚至變本加厲呢！歐洲的頹廢派，自荒於酒色，以求得剎那間官能的享樂為滿足；在這些時候，他們見着美麗的幻像，認識了自己。他們的官能雖較從前人敏銳多多，但心情與縱慾的及時行樂的人正是大同小異。他們覺到現世的苦痛，已至忍無可忍的時候，才用頹廢的方法，以求暫時的遺忘；正如糖面金雞納霜丸一般，面子上一點甜，裏面卻到心都是苦呀！友人某君說，頹廢便是慢性的自殺，實能道出這一派的精微處。總之，無論行樂派，頹廢派，深淺雖有不同，卻都是「傷心人別有懷抱」；他們有意的或無意的企圖「生之毀滅」。這是求生意志的消極的表現；這種表現當然不能算是好好的生了。他們面前的滿足安慰他們的力量，決不抵他們背後的不滿足壓迫他們的力量；他們終於不能解脫自己，僅足使自己沉淪得更深而已！他們所認識的自己，只是被苦痛壓得變形了的，虛空的自己；決不是充實的生命，決不是的！所以他們雖着眼於現在，而實未體會現在一剎那的生活的真味；他們不曾體會着一剎那的意義與價值，仍只是白辜負他們的剎那的現在！

我們目下第一不可離開現在，第二還應執着現在。我們應該深入現在的裏面，用兩隻手撅牢它，愈牢愈好！已往的人生如何的美好，或如何的乏味而可憎；已往的我生如何的可珍惜，或如何的可厭棄，「現在」都可不必去管它，因為過去的已「過去」了。——孔子豈不說：「往者不可諫」麼？將

來的人生與我生，也應作如是觀；無論是有望，是無望，是絕望，都還是未來的事，何必空空的操心呢？要曉得「現在」是最容易明白的；「現在」雖不是最好，卻是最可努力的地方，就是我們最能管的地方。因為是最能管的，所以是最可愛的。古爾孟曾以葡萄喻人生：說早晨還酸，傍晚又太熟了，最可口的是正午時摘下的。這正午的一剎那，是最可愛的一剎那，便是現在。事情已過，追想是無用的；事情未來，預想也是無用的；只有在事情正來的時候，我們可以把捉它，發展它，改正它，補充它：使它健全，諧和，成為完滿的一段落，一歷程。歷程的滿足，給我們相當的歡喜。譬如我來此演講，在講的一剎那，我只專心致志的講；決不想及演講以前吃飯，看書等事，也不想及演講以後發表講稿，毀譽等事。—— 我說我所愛說的，說一句是一句，都是我心裏的話。我說完一句時，心裏便輕鬆了一些，這就是相當的快樂了。這種歷程的滿足，便是我所謂「我生相當的意義與價值」，便是「我們所能體會的剎那間的人生」。無論您對於全人生有如何的見解，這剎那間的意義與價值總是不可埋沒的。您若說人生如電光泡影，則剎那便是光的一閃，影的一現。這光影雖是暫時的存在，但是有不是無，是實在不是空虛；這一閃一現便是實現，也便是發展 —— 也便是歷程的滿足。您若說人生是不朽的，剎那的生當然也是不朽的。您若說人生向着死之路，那麼，未死前的一剎那總是生，總值得好好的體會一番的；何況未死前還有無量數的剎那呢？您若說人生是無限的，好，剎那也可說是無限的。無論怎樣說，剎那總是有的，總是真的；剎

那間好好的生總可以體會的。好了，不要思前想後的了，耽
誤了「現在」，又是後來惋惜的資料，向誰去追索呀？你們「正
在」做甚麼，就盡力做甚麼吧；最好的是 -ing，可寶貴的 -ing
呀！你們要努力滿足「此時此地此我」！—— 這叫做「三此」，
又叫做剎那。

　　言盡於此，相信我的，不要再想，趕快去做你今晚的事
吧；不相信的，也不要再想，趕快去做你今晚的事吧！

《粵東之風》序

從民國六年，北京大學徵集歌謠以來，歌謠的蒐集成為一種風氣，直到現在。梁實秋先生說，這是我們現今中國文學趨於浪漫的一個憑據。他說：

歌謠在文學裏並不佔最高的位置。中國現今有人極熱心的蒐集歌謠，這是對中國歷來因襲的文學一個反抗，也是……「皈依自然」的精神的表現。（《浪漫的與古典的》三十七頁。）

我想，不管他的論旨如何，他說的是實在情形；看了下面的劉半農先生的話，便可明白：

我以為若然文藝可以比作花的香，那麼民歌的文藝，就可以比作野花的香。要是有時候，我們被纖麗的芝蘭的香味熏得有些膩了，或者尤其不幸，被戴春林的香粉香，或者是 Coty 公司的香水香，熏得頭痛得可以，那麼，且讓我們走到野外去，吸一點永遠清新的野花香來醒醒神罷。（《瓦釜集》八十九頁。）

這不但說明了那「反抗」是怎樣的，並且將歌謠的文學的價值，也具體地估計出來。我們現在說起歌謠，是容易聯想到新詩上去。這兩者的關係，我想不宜誇張地說；劉先生的話，固然很有分寸，但周啟明先生的所論，似乎更具體些：他以

為歌謠「可以供詩的變遷的研究，或做新詩創作的參考」——從文藝方面看。

　　嚴格地説，我以為在文藝方面，歌謠只可以「供詩的變遷的研究」；我們將它看作原始的詩而加以衡量，是最公平的辦法。因為是原始的「幼稚的文體」，「缺乏細膩的表現力」，如周先生在另一文裏所説，所以「做新詩創作的參考」，我以為還當附帶相當的條件才行。歌謠以聲音的表現為主，意義的表現是不大重要的，所以除了曾經文人潤色的以外，真正的民歌，字句大致很單調，描寫也極簡略，直致，若不用耳朵去聽而用眼睛去看，有些竟是淺薄無聊之至。固然用耳朵去聽，也只是那一套靡靡的調子，但究竟是一件完成的東西；從文字上看，卻有時粗糙得不成東西。我也承認歌謠流行中有民眾的修正，但這是沒計畫，沒把握的；我也承認歌謠也有本來精練的，但這也只是偶然一見，不能常常如此。歌謠的好處卻有一椿，就是率真，就是自然。這個境界，是詩裏所不易有；即有，也已加過一番烹煉，與此只相近而不相同。劉半農先生比作「野花的香」，很是確當。但他説的「清新」，應是對詩而言，因為歌謠的自然是詩中所無，故説是「清新」；就歌謠的本身説，「清」是有的，「新」卻很難説，—— 我寧可説，它的材料與思想，大都是有一定的類型的。

　　在淺陋的我看來，「唸」過的歌謠裏，北京的和客家的，藝術上比較要精美些。北京歌謠的風格是爽快簡煉，唸起來脆生生的；客家歌謠的風格是纏綿曲折，唸起來裊裊有餘情，這自然只是大體的區別。其他各處的未免鬆懈或平庸，無甚

特色；就是吳歌，佳處也怕在聲音而不在文字。

　　不過歌謠的研究，文藝只是一方面，此外還有民俗學，言語學，教育，音樂等方面。我所以單從文藝方面說，只是性之所近的緣故。歌謠在文藝裏，誠然「不佔最高的位置」，如梁先生所說；但並不因此失去研究的價值。在學術裏，只要可以研究，喜歡研究的東西，我們不妨隨便選擇；若必計較高低，估量大小，那未免是勢利的見解。從研究方面論，學術總應是平等的；這是我的相信。所以歌謠無論如何，該有它獨立的價值，只要不誇張地，恰如其分地看去便好。

　　這冊《粵東之風》，是羅香林先生幾年來蒐集的結果，便是上文說過的客家歌謠。近年來蒐集客家歌謠的很多，羅先生的比較是最後的，最完備的，只看他〈前經採集的成績〉一節，便可知道。他是歌謠流行最少的興寧地方的人，居然有這樣成績，真是難能可貴。他除排比歌謠之外，還做了一個系統的研究。他將客家歌謠的各方面，一一論到；雖然其中有些處還待補充材料，但規模已具。就中論客家歌謠的背景，及其與客家詩人的關係，最可注意；〈前經採集的成績〉一節裏羅列的書目，也頗有用。

　　就書中所錄的歌謠看來，約有二種特色：一是比體極多，二是諧音的雙關語極多。這兩種都是六朝時「吳聲歌曲」的風格，當時是很普遍的。現在吳歌裏卻少此種，反盛行於客家歌謠裏，正是可以研究的事。「吳聲歌曲」的「纏綿宛轉」是我們所共賞；客家歌謠的妙處，也正在此。這種風格，在戀歌裏尤多，——其實歌謠裏，戀歌總是佔大多數——也與「吳

聲歌曲」一樣。這與北京歌謠之多用賦體，措語灑落，恰是一個很好的對比，各有各的勝境。

我所見的葉聖陶

　　我第一次與聖陶見面是在民國十年的秋天。那時劉延陵兄介紹我到吳淞炮台灣中國公學教書。到了那邊，他就和我說：「葉聖陶也在這兒。」我們都唸過聖陶的小說，所以他這樣告我。我好奇地問道：「怎樣一個人？」出乎我的意外，他回答我：「一位老先生哩。」但是延陵和我去訪問聖陶的時候，我覺得他的年紀並不老，只那樸實的服色和沉默的風度與我們平日所想像的蘇州少年文人葉聖陶不甚符合罷了。

　　記得見面的那一天是一個陰天。我見了生人照例說不出話；聖陶似乎也如此。我們只談了幾句關於作品的泛泛的意見，便告辭了。延陵告訴我每星期六聖陶總回甪直去；他很愛他的家。他在校時常邀延陵出去散步；我因與他不熟，只獨自坐在屋裏。不久，中國公學忽然起了風潮。我向延陵說起一個強硬的辦法；—— 實在是一個笨而無聊的辦法！—— 我說只怕葉聖陶未必贊成。但是出乎我的意外，他居然贊成了！後來細想他許是有意優容我們吧；這真是老大哥的態度呢。我們的辦法自然是失敗了，風潮延宕下去；於是大家都住到上海來。我和聖陶差不多天天見面；同時又認識了西諦，予同諸兄。這樣經過了一個月；這一個月實在是

我的很好的日子。

　　我看出聖陶始終是個寡言的人。大家聚談的時候，他總是坐在那裏聽着。他卻並不是喜歡孤獨，他似乎老是那麼有味地聽着。至於與人獨對的時候，自然多少要説些話；但辯論是不來的。他覺得辯論要開始了，往往微笑着説：「這個弄不大清楚了。」這樣就過去了。他又是個極和易的人，輕易看不見他的怒色。他辛辛苦苦保存着的《晨報》副張，上面有他自己的文字的，特地從家裏捎來給我看；讓我隨便放在一個書架上，給散失了。當他和我同時發見這件事時，他只略露惋惜的顏色，隨即説：「由他去末哉，由他去末哉！」我是至今慚愧着，因為我知道他作文是不留稿的。他的和易出於天性，並非閱歷世故，矯揉造作而成。他對於世間妥協的精神是極厭恨的。在這一月中，我看見他發過一次怒；—— 始終我只看見他發過這一次怒 —— 那便是對於風潮的妥協論者的蔑視。

　　風潮結束了，我到杭州教書。那邊學校當局要我約聖陶去。聖陶來信説：「我們要痛痛快快遊西湖，不管這是冬天。」他來了，教我上車站去接。我知道他到了車站這一類地方，是會覺得寂寞的。他的家實在太好了，他的衣着，一向都是家裏管。我常想，他好像一個小孩子；像小孩子的天真，也像小孩子的離不開家裏人。必須離開家裏人時，他也得找些熟朋友伴着；孤獨在他簡直是有些可怕的。所以他到校時，本來是獨住一屋的，卻願意將那間屋做我們兩人的臥室，而將我那間做書室。這樣可以常常相伴；我自然也樂意，我們不時到西湖邊去；有時下湖，有時只喝喝酒。在校時各據一

桌，我只預備功課，他卻老是寫小說和童話。初到時，學校當局來看過他。第二天，我問他，「要不要去看看他們？」他皺眉道：「一定要去麼？等一天吧。」後來始終沒有去。他是最反對形式主義的。

那時他小說的材料，是舊日的儲積；童話的材料有時卻是片刻的感興。如《稻草人》中〈大喉嚨〉一篇便是。那天早上，我們都醒在牀上，聽見工廠的汽笛；他便說：「今天又有一篇了，我已經想好了，來的真快呵。」那篇的藝術很巧，誰想他只是片刻的構思呢！他寫文字時，往往拈筆伸紙，便手不停揮地寫下去，開始及中間，停筆躊躇時絕少。他的稿子極清楚，每頁至多只有三五個塗改的字。他說他從來是這樣的。每篇寫畢，我自然先睹為快；他往往稱述結尾的適宜，他說對於結尾是有些把握的。看完，他立即封寄《小說月報》；照例用平信寄。我總勸他掛號；但他說：「我老是這樣的。」他在杭州不過兩個月，寫的真不少，教人羨慕不已。《火災》裏從〈飯〉起到〈風潮〉這七篇，還有《稻草人》中一部分，都是那時我親眼看他寫的。

在杭州待了兩個月，放寒假前，他便匆匆地回去了；他實在離不開家，臨去時讓我告訴學校當局，無論如何不回來了。但他卻到北平住了半年，也是朋友拉去的。我前些日子偶翻十一年的《晨報副刊》，看見他那時途中思家的小詩，重唸了兩遍，覺得怪有意思。北平回去不久，便入了商務印書館編譯部，家也搬到上海。從此在上海待下去，直到現在 —— 中間又被朋友拉到福州一次，有一篇〈將離〉抒寫那回的別恨，

是纏綿悱惻的文字。這些日子，我在浙江亂跑，有時到上海小住，他常請了假和我各處玩兒或喝酒。有一回，我便住在他家，但我到上海，總愛出門，因此他老說沒有能暢談；

他寫信給我，老說這回來要暢談幾天才行。

十六年一月，我接眷北來，路過上海，許多熟朋友和我餞行，聖陶也在。那晚我們痛快地喝酒，發議論；他是照例地默着。酒喝完了，又去亂走，他也跟着。到了一處，朋友們和他開了個小玩笑；他臉上略露窘意，但仍微笑地默着。聖陶不是個浪漫的人；在一種意義上，他正是延陵所說的「老先生」。但他能了解別人，能諒解別人，他自己也能「作達」，所以仍然 —— 也許格外 —— 是可親的。那晚快夜半了，走過愛多亞路，他向我誦周美成的詞，「酒已都醒，如何消夜永！」我沒有說甚麼；那時的心情，大約也不能說甚麼的。我們到一品香又消磨了半夜。這一回特別對不起聖陶；他是不能少睡覺的人。他家雖住在上海，而起居還依着鄉居的日子；早七點起，晚九點睡。有一回我九點十分去，他家已熄了燈，關好門了。這種自然的，有秩序的生活是對的。那晚上伯祥說：「聖兄明天要不舒服了。」想起來真是不知要怎樣感謝才好。

第二天我便上船走了，一眨眼三年半，沒有上南方去。信也很少，卻全是我的懶。我只能從聖陶的小說裏看出他心境的遷變；這個我要留在另一文中說。聖陶這幾年裏似乎到十字街頭走過一趟，但現在怎麼樣呢？我卻不甚了然。他從前晚飯時總喝點酒，「以半醺為度」；近來不大能喝酒了，卻學了吹笛 —— 前些日子說已會一出《八陽》，現在該又會了別

的了吧。他本來喜歡看看電影，現在又喜歡聽聽崑曲了。但這些都不是「厭世」，如或人所說的；聖陶是不會厭世的，我知道。又，他雖會喝酒，加上吹笛，卻不曾抽甚麼「上等的紙煙」，也不曾住過甚麼「小小別墅」，如或人所想的，這個我也知道。

1930 年 7 月，北平清華園。

中國學術界的大損失
——悼聞一多先生

一

聞一多先生在昆明慘遭暗殺，激起全國的悲憤。這是民主運動的大損失，又是中國學術的大損失。關於後一方面，作者知道的比較多，現在且說個大概，來追悼這一位多年敬佩的老朋友。

大家都知道聞先生是一位詩人。他的《紅燭》，尤其他的《死水》，讀過的人很多。這些集子的特色之一，是那些愛國詩。在抗戰以前他也許是唯一的愛國新詩人。這裏可以看出他對文學的態度。新文學運動以來，許多作者都認識了文學的政治性和社會性而有所表現，可是聞先生認識得特別親切，表現得特別強調。他在過去的詩人中最敬愛杜甫，就因為杜詩政治性和社會性最濃厚。後來他更進一步，注意原始人的歌舞：這是集團的藝術，也是與生活打成一片的藝術。他要的是熱情，是力量，是火一樣的生命。

但是他並不忽略語言的技巧，大家都記得他是提倡詩的新格律的人，也是創造詩的新格律的人。他創造自己的詩的語言，並且創造自己的散文的語言。詩大家都知道，不必細

說；散文如《唐詩雜論》，可惜只有五篇，那經濟的字句，那
完密而短小的篇幅，簡直是詩。我聽他近來的演說，有兩三回
也是這麼精悍，字字句句好似稱量而出，卻又那麼自然流暢。
他因此也特別能夠體會古代語言的曲折處。當然，以上這些
都得靠學力，但是更得靠才氣，也就是想像。單就讀古書而
論，固然得先通文字聲韻之學；可是還不夠，要沒有活潑的
想像力，就只能做出點滴的餖飣的工作，決不能融會貫通的。
這裏需要細心，更需要大膽。聞先生能夠體會到古代語言的
表現方式，他的校勘古書，有些地方膽大得嚇人，但卻得細心
吟味所得；平心靜氣讀下去，不由人不信。校書本有死校活
校之分；他自然是活校，而因為知識和技術的一般進步，他
的成就駸駸乎駕活校的高郵王氏父子而上之。

　　他研究中國古代，可是他要使局部化了石的古代復活在
現代人的心目中。因為這古代與現代究竟屬於一個社會，一
個國家，而歷史是聯貫的。我們要客觀的認識古代；可是，
是「我們」在客觀的認識古代，現代的我們要能夠在心目中想
像古代的生活，要能夠在心目中分享古代的生活，才能認識
那活的古代，也許才是那真的古代 —— 這也才是客觀的認識
古代。聞先生研究伏羲的故事或神話，是將這神話跟人們的
生活打成一片；神話不是空想，不是娛樂，而是人民的生命
慾和生活力的表現。這是死活存亡的消息，是人與自然斗爭
的紀錄，非同小可。他研究《楚辭》的神話，也是一樣的態度。
他看屈原，也將他放在整個時代整個社會裏看。他承認屈原
是偉大的天才；但天才是活人，不是偶像，只有這麼看，屈

原的真面目也許才能再現在我們心中。他研究《周易》裏的故事，也是先有一整個社會的影像在心裏。研究《詩經》也如此，他看出那些情詩裏不少歌詠性生活的句子；他常說笑話，說他研究《詩經》，越來越「形而下」了──其實這正表現着生命的力量。

他是有幽默感的人；他的認識古代，有時也靠着這種幽默感。看《匡齋尺牘》裏〈狼跋〉一篇，便知道他能夠體會到別人從不曾體會到的古人的幽默感。而所謂「匡齋」本於匡衡說詩解人頤那句話，正是幽默的意思。他的《死水》裏〈聞一多先生的書桌〉，也是一首難得的幽默的詩。他有着強大的生命力，常跟我們說要活到八十歲，現在還不滿四十八歲，竟慘死在那卑鄙惡毒的槍下！有個學生曾瞻仰他的遺體，見他「遍身血跡，雙手抱頭，全身痙攣」。唉！他是不甘心的，我們也是不甘心的！

（原載 1946 年《文藝復興》）

二

聞先生的慘死尤其是中國文學方面一個不容易補償的損失。

聞先生的專門研究是《周易》、《詩經》、《莊子》、《楚辭》、唐詩，許多人都知道。他的研究工作至少有了二十年，發表的文字雖然不算太多，但積存的稿子卻很多。這些並非零散的稿子，大都是成篇的，而且他親手抄寫得很工整。只是他

總覺得還不夠完密，要再加些工夫才願意編篇成書。這可見
他對於學術忠實而謹慎的態度。

　　他最初在唐詩上多用力量。那時已見出他是個考據家，
並已見出他的考據的本領。他注重詩人的年代和詩的年代。
關於唐詩的許多錯誤的解釋與錯誤的批評，都緣於錯誤的年
代。他曾將唐代一部分詩人生卒年代可考者製成一幅圖表，
誰看了都會一目了然。他是學過圖案畫的，這幫助他在考據
上發現了一種新技術；這技術是值得發展的。但如一般所知，
他又是個詩人，並且是個在領導地位的新詩人，他親自經過
創作的甘苦，所以更能欣賞詩人與詩。他的《唐詩雜論》雖然
只有五篇，但都是精彩逼人之作。這些不但將欣賞和考據融
化得恰到好處，並且創造了一種詩樣精粹的風格，讀起來句
句耐人尋味。

　　後來他在《詩經》、《楚辭》上多用力量。我們知道要了解
古代文學，必須從語言下手，就是從文字聲韻下手。但必須能
夠活用文字聲韻的種種條例，才能有所創獲。聞先生最佩服
王念孫父子，常將《讀書雜誌》、《經義述聞》當作消閒的書讀
着。他在古書通讀上有許多驚人而確切的發明。對於甲骨文
和金文，也往往有獨到之見。他研究《詩經》，注重那時代的
風俗和信仰等等；這幾年更利用弗洛依德以及人類學的理論
得到一些深入的解釋。他對《楚辭》的興趣似乎更大，而尤集
中於其中的神話。他的研究神話，實在給我們學術界開闢了
一條新的大路。關於伏羲的故事，他曾將許多神話綜合起來，
頭頭是道，創見最多，關係極大。曾聽他談過大概，可惜寫出

來的還只是一小部分。他研究《周易》，是愛其中的片段的故事，注重的是社會生活經濟生活的表現。近三四年他又專力研究《莊子》，探求原始道教的面目，並發見莊子一派政治上不合作的態度。以上種種都跟傳統的研究不同：眼光擴大了，深入了，技術也更進步了，更周密了。所以貢獻特別多，特別大。近年他又注意整個的中國文學史，打算根據經濟史觀去研究一番，可惜還沒有動手就殉了道。

　　這真是我們一個不容易補償的損失啊！

白采

　　盛暑中寫〈白采的詩〉一文，剛滿一頁，便因病擱下。這時候薰宇來了一封信，說白采死了，死在香港到上海的船中。他只有一個人；他的遺物暫存在立達學園裏。有文稿、舊體詩詞稿、筆記稿，有朋友和女人的通信，還有四包女人的頭髮！我將薰宇的信唸了好幾遍，茫然若失了一會；覺得白采雖於生死無所容心，但這樣的死在將到吳淞口了的船中，也未免太慘酷了些——這是我們後死者所難堪的。

　　白采是一個不可捉摸的人。他的歷史，他的性格，現在雖從遺物中略知梗概，但在他生前，是絕少人知道的；他也絕口不向人說，你問他他只支吾而已。他賦性既這樣遺世絕俗，自然是落落寡合了；但我們卻能夠看出他是一個好朋友，他是一個有真心的人。

　　「不打不成相識」，我是這樣的知道了白采的。這是為學生李芳詩集的事。李芳將他的詩集交我刪改，並囑我作序。那時我在溫州，他在上海。我因事忙，一擱就是半年；而李芳已因不知名的急病死在上海。我很懊悔我的需緩，趕緊抽了空給他工作。正在這時，平伯轉來白采的信，短短的兩行，催我設法將李芳的詩出版；又附了登在《覺悟》上的小說〈作詩的兒子〉，

讓我看看——裏面頗有譏諷我的話。我當時覺得不應得這種譏諷，便寫了一封近兩千字的長信，詳述事件首尾，向他辯解。信去了便等回信；但是杳無消息。等到我已不希望了，他才來了一張明信片；在我看來，只是幾句半冷半熱的話而已。我只能以「豈能盡如人意？但求無愧我心！」自解，聽之而已。

　　但平伯因轉信的關係，卻和他常通函札。平伯來信，屢屢說起他，說是一個有趣的人。有一回平伯到白馬湖看我。我和他同往寧波的時候，他在火車中將白采的詩稿〈羸疾者的愛〉給我看。我在車身不住的動搖中，讀了一遍。覺得大有意思。我於是承認平伯的話，他是一個有趣的人。我又和平伯說，他這篇詩似乎是受了尼采的影響。後來平伯來信，說已將此語函告白采，他頗以為然。我當時還和平伯說，關於這篇詩，我想寫一篇評論；平伯大約也告訴了他。有一回他突然來信說起此事；他盼望早些見着我的文字，讓他知道在我眼中的他的詩究竟是怎樣的。我回信答應他，就要做的。以後我們常常通信，他常常提及此事。但現在是三年以後了，我才算將此文完篇；他卻已經死了，看不見了！他暑假前最後給我的信還說起他的盼望。天啊！我怎樣對得起這樣一個朋友，我怎樣挽回我的過錯呢？

　　平伯和我都不曾見過白采，大家覺得是一件缺憾。有一回我到上海，和平伯到西門林蔭路新正興里五號去訪他：這是按着他給我們的通信地址去的。但不幸得很，他已經搬到附近甚麼地方去了；我們只好嗒然而歸。新正興里五號是朋友延陵君住過的；有一次談起白采，他說他姓童，在美術專

門學校唸書；他的夫人和延陵夫人是朋友，延陵夫婦曾借住他們所賃的一間亭子間。那是我看延陵時去過的，牀和桌椅都是白漆的；是一間雖小而極潔淨的房子，幾乎使我忘記了是在上海的西門地方。現在他存着的攝影裏，據我看，有好幾張是在那間房裏照的。又從他的遺札裏，推想他那時還未離婚；他離開新正興里五號，或是正為離婚的緣故，也未可知。這卻使我們事後追想，多少感着些悲劇味了。但平伯終於未見着白采，我竟得和他見了一面。那是在立達學園我預備上火車去上海前的五分鐘。這一天，學園的朋友說白采要搬來了；我從早上等了好久，還沒有音信。正預備上車站，白采從門口進來了。他說着江西話，似乎很老成了，是飽經世變的樣子。我因上海還有約會，只匆匆一談，便握手作別。他後來有信給平伯說我「短小精悍」，卻是一句有趣的話。這是我們最初的一面，但誰知也就是最後的一面呢！

去年年底，我在北京時，他要去集美作教；他聽說我有南歸之意，因不能等我一面，便寄了一張小影給我。這是他立在露台上遠望的背影，他說是聊寄佇盼之意。我得此小影，反覆把玩而不忍釋，覺得他真是一個好朋友。這回來到立達學園，偶然翻閱《白采的小說》，〈作詩的兒子〉一篇中譏諷我的話，已經刪改；而薰宇告我，我最初給他的那封長信，他還留在箱子裏。這使我慚愧從前的猜想，我真是小器的人哪！但是他現在死了，我又能怎樣呢？我只相信，如愛墨生的話，他在許多朋友的心裏是不死的！

上海，江灣，立達學園。

飄零

一個秋夜，我和 P 坐在他的小書房裏，在暈黃的電燈光下，談到 W 的小說。

「他還在河南吧？C 大學那邊很好吧？」我隨便問着。

「不，他上美國去了。」

「美國？做甚麼去？」

「你覺得很奇怪吧？──波定謨約翰郝勃金醫院打電報約他做助手去。」

「哦！就是他研究心理學的地方！他在那邊成績總很好？──這回去他很願意吧？」

「不見得願意。他動身前到北京來過，我請他在啟新吃飯；他很不高興的樣子。」

「這又為甚麼呢？」

「他覺得中國沒有他做事的地方。」

「他回來才一年呢。C 大學那邊沒有錢吧？」

「不但沒有錢，他們說他是瘋子！」

「瘋子！」

我們默然相對，暫時無話可說。

我想起第一回認識 W 的名字，是在《新生》雜誌上。那

時我在 P 大學讀書，W 也在那裏。我在《新生》上看見的是他的小說；但一個朋友告訴我，他心理學的書讀得真多；P 大學圖書館裏所有的，他都讀了。文學書他也讀得不少。他說他是無一刻不讀書的。我第一次見他的面，是在 P 大學宿舍的走道上；他正和朋友走着。有人告訴我，這就是 W 了。微曲的背，小而黑的臉，長頭髮和近視眼，這就是 W 了。以後我常常看他的文字，記起他這樣一個人。有一回我拿一篇心理學的譯文，託一個朋友請他看看。他逐一給我改正了好幾十條，不曾放鬆一個字。永遠的慚愧和感謝留在我心裏。

我又想到杭州那一晚上。他突然來看我了。他說和 P 遊了三日，明早就要到上海去。他原是山東人；這回來上海，是要上美國去的。我問起哥倫比亞大學的《心理學，哲學，與科學方法》雜誌，我知道那是有名的雜誌。但他說裏面往往一年沒有一篇好文章，沒有甚麼意思。他說近來各心理學家在英國開了一個會，有幾個人的話有味。他又用鉛筆隨便的在桌上一本簿子的後面，寫了《哲學的科學》一個書名與其出版處，說是新書，可以看看。他說要走了。我送他到旅館裏。見他牀上攤着一本《人生與地理》，隨便拿過來翻着。他說這本小書很著名，很好的。我們在暈黃的電燈光下，默然相對了一會，又問答了幾句簡單的話；我就走了。直到現在，還不曾見過他。

他到美國去後，初時還寫了些文字，後來就沒有了。他的名字，在一般人心裏，已如遠處的雲煙了。我倒還記着他。兩三年以後，才又在《文學日報》上見到他一篇詩，是寫一種清

趣的。我只唸過他這一篇詩。他的小說我卻唸過不少；最使
我不能忘記的是那篇〈雨夜〉，是寫北京人力車伕的生活的。
W 是學科學的人，應該很冷靜，但他的小說卻又很熱很熱的。

　　這就是 W 了。

　　P 也上美國去，但不久就回來了。他在波定謨住了些日
子，W 是常常見着的。他回國後，有一個熱天，和我在南京
清涼山上談起 W 的事。他說 W 在研究行為派的心理學。他
幾乎終日在實驗室裏；他解剖過許多老鼠，研究牠們的行為。
P 說自己本來也願意學心理學的；但看了老鼠臨終的顫動，他
執刀的手便戰戰的放不下去了。因此只好改行。而 W 是「奏
刀騞然」，「躊躇滿志」，P 覺得那是不可及的。P 又說 W 研
究動物行為既久，看明牠們所有的生活，只是那幾種生理的
慾望，如食慾，性慾，所玩的把戲，毫無甚麼大道理存乎其
間。因而推想人的生活，也未必別有何種高貴的動機；我們
第一要承認我們是動物，這便是真人。W 的確是如此做人的。
P 說他也相信 W 的話；真的，P 回國後的態度是大大的不同
了。W 只管做他自己的人，卻得着 P 這樣一個信徒，他自己
也未必料得着的。

　　P 又告訴我 W 戀愛的故事。是的，戀愛的故事！P 說這
是一個日本人，和 W 一同研究的，但後來走了，這件事也就
完了。P 說得如此冷淡，毫不像我們所想的戀愛的故事！P
又曾指出《來日》上 W 的一篇〈月光〉給我看。這是一篇小說，
敘述一對男女趁着月光在河邊一隻空船裏密談。那女的是個
有夫之婦。這時四無人跡，他倆談得親熱極了。但 P 說 W 的

膽子太小了，所以這一回密談之後，便撒了手。這篇文字是
W 自己寫的，雖沒有如火如荼的熱鬧，但卻別有一種意思。
科學與文學，科學與戀愛，這就是 W 了。

「『瘋子』！」我這時忽然似乎徹悟了説，「也許是的吧？
我想。一個人冷而又熱，是會變瘋子的。」

「唔，」P 點頭。

「他其實大可以不必管甚麼中國不中國了；偏偏又戀戀不
捨的！」

「是囉。W 這回真不高興。K 在美國借了他的錢。這回
他到北京，特地老遠的跑去和 K 要錢。K 的沒錢，他也知道；
他也並不指望這筆錢用。只想借此去罵他一頓罷了，據説拍
了桌子大罵呢！」

「這與他的寫小説一樣的道理呀！唉，這就是 W 了。」

P 無語，我卻想起一件事：

「W 到美國後有信來麼？」

「長遠了，沒有信。」

我們於是都又默然。

1926 年 7 月 20 日，白馬湖。

論氣節

　　氣節是我國固有的道德標準，現代還用着這個標準來衡量人們的行為，主要的是所謂讀書人或士人的立身處世之道。但這似乎只在中年一代如此，青年代倒像不大理會這種傳統的標準，他們在用着正在建立的新的標準，也可以叫做新的尺度。中年代一般的接受這傳統，青年代卻不理會它，這種脫節的現象是這種變的時代或動亂時代常有的。因此就引不起甚麼討論。直到近年，馮雪峰先生才將這標準這傳統作為問題提出，加以分析和批判：這是在他的《鄉風與市風》那本雜文集裏。

　　馮先生指出「士節」的兩種典型：一是忠臣，一是清高之士。他說後者往往因為脫離了現實，成為「為節而節」的虛無主義者，結果往往會變了節。他卻又說「士節」是對人生的一種堅定的態度，是個人意志獨立的表現。因此也可以成就接近人民的叛逆者或革命家，但是這種人物的造就或完成，只有在後來的時代，例如我們的時代。馮先生的分析，筆者大體同意；對這個問題筆者近來也常常加以思索，現在寫出自己的一些意見，也許可以補充馮先生所沒有說到的。

　　氣和節似乎原是兩個各自獨立的意念。《左傳》上有「一

鼓作氣」的話，是說戰鬥的。後來所謂「士氣」就是這個氣，也就是「鬥志」；這個「士」指的是武士。孟子提倡的「浩然之氣」，似乎就是這個氣的轉變與擴充。他說「至大至剛」，說「養勇」，都是帶有戰鬥性的。「浩然之氣」是「集義所生」，「義」就是「有理」或「公道」。後來所謂「義氣」，意思要狹隘些，可也算是「浩然之氣」的分支。現在我們常說的「正義感」，雖然特別強調現實，似乎也還可以算是跟「浩然之氣」聯繫着的。至於文天祥所歌詠的「正氣」，更顯然跟「浩然之氣」一脈相承。不過在筆者看來兩者卻並不完全相同，文氏似乎在強調那消極的節。

節的意念也在先秦時代就有了，《左傳》裏有「聖達節，次守節，下失節」的話。古代注重禮樂，樂的精神是「和」，禮的精神是「節」。禮樂是貴族生活的手段，也可以說是目的。

他們要定等級，明分際，要有穩固的社會秩序，所以要「節」，但是他們要統治，要上統下，所以也要「和」。禮以「節」為主，可也得跟「和」配合着；樂以「和」為主，可也得跟「節」配合着。節跟和是相反相成的。明白了這個道理，我們可以說所謂「聖達節」等等的「節」，是從禮樂裏引申出來成了行為的標準或做人的標準；而這個節其實也就是傳統的「中道」。按說「和」也是中道，不同的是「和」重在合，「節」重在分；重在分所以重在不犯不亂，這就帶上消極性了。

向來論氣節的，大概總從東漢末年的黨禍起頭。那是所謂處士橫議的時代。在野的士人紛紛的批評和攻擊宦官們的貪污政治，中心似乎在太學。這些在野的士人雖然沒有嚴密

的組織，卻已經在聯合起來，並且博得了人民的同情。宦官們害怕了，於是乎逮捕拘禁那些領導人。這就是所謂「黨錮」或「鈎黨」，「鈎」是「鈎連」的意思。從這兩個名稱上可以見出這是一種羣眾的力量。那時逃亡的黨人，家家願意收容着，所謂「望門投止」，也可以見出人民的態度，這種黨人，大家尊為氣節之士。氣是敢作敢為，節是有所不為——有所不為也就是不合作。這敢作敢為是以集體的力量為基礎的，跟孟子的「浩然之氣」與世俗所謂「義氣」只注重領導者的個人不一樣。後來宋朝幾千太學生請願罷免奸臣，以及明朝東林黨的攻擊宦官，都是集體運動，也都是氣節的表現。

但是這種表現裏似乎積極的「氣」更重於消極的「節」。

在專制時代的種種社會條件之下，集體的行動是不容易表現的，於是士人的立身處世就偏向了「節」這個標準。在朝的要做忠臣。這種忠節或是表現在冒犯君主尊嚴的直諫上，有時因此犧牲性命；或是表現在不做新朝的官甚至以身殉國上。忠而至於死，那是忠而又烈了。在野的要做清高之士，這種人表示不願和在朝的人合作，因而游離於現實之外；或者更逃避到山林之中，那就是隱逸之士了。這兩種節，忠節與高節，都是個人的消極的表現。忠節至多造就一些失敗的英雄，高節更只能造就一些明哲保身的自了漢，甚至於一些虛無主義者。原來氣是動的，可以變化。我們常說志氣，志是心之所向，可以在四方，可以在千里，志和氣是配合着的。節卻是靜的，不變的；所以要「守節」，要不「失節」。有時候節甚至於是死的，死的節跟活的現實脫了榫，於是乎自命清

高的人結果變了節，馮雪峰先生論到周作人，就是眼前的例子。從統治階級的立場看，「忠言逆耳利於行」，忠臣到底是衛護着這個階級的，而清高之士消納了叛逆者，也是有利於這個階級的。所以宋朝人說「餓死事小，失節事大」，原先說的是女人，後來也用來說士人，這正是統治階級代言人的口氣，但是也表示着到了那時代士的個人地位的增高和責任的加重。

　　「士」或稱為「讀書人」，是統治階級最下層的單位，並非「幫閒」。他們的利害跟君相是共同的，在朝固然如此，在野也未嘗不如此。固然在野的處士可以不受君臣名分的束縛，可以「不事王侯，高尚其事」，但是他們得吃飯，這飯恐怕還得靠農民耕給他們吃，而這些農民大概是屬於他們做官的祖宗的遺產的。「躬耕」往往是一句門面話，就是偶然有個把真正躬耕的如陶淵明，精神上或意識形態上也還是在負着天下興亡之責的士，陶的《述酒》等詩就是證據。可見處士雖然有時橫議，那只是自家人吵嘴鬧架，他們生活的基礎一般的主要的還是在農民的勞動上，跟君主與在朝的大夫並無兩樣，而一般的主要的意識形態，彼此也是一致的。

　　然而士終於變質了，這可以說是到了民國時代才顯著。從清朝末年開設學校，教員和學生漸漸加多，他們漸漸各自形成一個集團；其中有不少的人參加革新運動或革命運動，而大多數也傾向着這兩種運動。這已是氣重於節了。等到民國成立，理論上人民是主人，事實上是軍閥爭權。這時代的教員和學生意識着自己的主人身份，游離了統治的軍閥；他

們是在野，可是由於軍閥政治的腐敗，卻漸漸獲得了一種領導的地位。他們雖然還不能和民眾打成一片，但是已經在漸漸的接近民眾。五四運動劃出了一個新時代。自由主義建築在自由職業和社會分工的基礎上。教員是自由職業者，不是官，也不是候補的官。學生也可以選擇多元的職業，不是只有做官一路。他們於是從統治階級獨立，不再是「士」或所謂「讀書人」，而變成了「知識分子」，集體的就是「知識階級」。殘餘的「士」或「讀書人」自然也還有，不過只是些殘餘罷了。這種變質是中國現代化的過程的一段，而中國的知識階級在這過程中也曾盡了並且還在想盡他們的任務，跟這時代世界上別處的知識階級一樣，也分享着他們一般的運命。若用氣節的標準來衡量，這些知識分子或這個知識階級開頭是氣重於節，到了現在卻又似乎是節重於氣了。

　　知識階級開頭憑着集團的力量勇猛直前，打倒種種傳統，那時候是敢作敢為一股氣。可是這個集團並不大，在中國尤其如此，力量到底有限，而與民眾打成一片又不容易，於是碰到集中的武力，甚至加上外來的壓力，就抵擋不住。而一方面廣大的民眾抬頭要飯吃，他們也沒法滿足這些飢餓的民眾。他們於是失去了領導的地位，逗留在這夾縫中間，漸漸感覺着不自由，鬧了個「四大金剛懸空八隻腳」。他們於是只能保守着自己，這也算是節罷；也想緩緩的落下地去，可是氣不足，得等着瞧。可是這裏的是偏於中年一代。青年代的知識分子卻不如此，他們無視傳統的「氣節」，特別是那種消極的「節」，替代的是「正義感」，接着「正義感」的是「行動」，其實「正義

感」是合併了「氣」和「節」,「行動」還是「氣」。這是他們的新的做人的尺度。等到這個尺度成為標準,知識階級大概是還要變質的罷?

論吃飯

我們有自古流傳的兩句話：一是「衣食足則知榮辱」，見於《管子‧牧民》篇，一是「民以食為天」，是漢朝酈食其說的。這些都是從實際政治上認出了民食的基本性，也就是說從人民方面看，吃飯第一。另一方面，告子說，「食色，性也」，是從人生哲學上肯定了食是生活的兩大基本要求之一。《禮記‧禮運》篇也說到「飲食男女，人之大欲存焉」，這更明白。照後面這兩句話，吃飯和性慾是同等重要的，可是照這兩句話裏的次序，「食」或「飲食」都在前頭，所以還是吃飯第一。

這吃飯第一的道理，一般社會似乎也都默認。雖然歷史上沒有明白的記載，但是近代的情形，據我們的耳聞目見，似乎足以教我們相信從古如此。例如蘇北的飢民羣到江南就食，差不多年年有。最近天津《大公報》登載的費孝通先生的〈不是崩潰是癱瘓〉一文中就提到這個。這些難民雖然讓人們討厭，可是得給他們飯吃。給他們飯吃固然也有一二成出於慈善心，就是惻隱心，但是八九成是怕他們，怕他們鋌而走險，「小人窮斯濫矣」，甚麼事做不出來！給他們吃飯，江南人算是認了。

可是法律管不着他們嗎？官兒管不着他們嗎？幹嗎要怕

要認呢？可是法律不外乎人情，沒飯吃要吃飯是人情，人情不是法律和官兒壓得下的。沒飯吃會餓死，嚴刑峻罰大不了也只是個死，這是一羣人，羣就是力量：誰怕誰！在怕的倒是那些有飯吃的人們，他們沒奈何只得認點兒。所謂人情，就是自然的需求，就是基本的慾望，其實也就是基本的權利。但是飢民羣還不自覺有這種權利，一般社會也還不會認清他們有這種權利；飢民羣只是衝動的要吃飯，而一般社會給他們飯吃，也只是默認了他們的道理，這道理就是吃飯第一。

　　三十年夏天筆者在成都住家，知道了所謂「吃大戶」的情形。那正是青黃不接的時候，天又乾，米糧大漲價，並且不容易買到手。於是乎一羣一羣的貧民一面搶米倉，一面「吃大戶」。他們開進大戶人家，讓他們煮出飯來吃了就走。這叫做「吃大戶」。「吃大戶」是和平的手段，照慣例是不能拒絕的，雖然被吃的人家不樂意。當然真正有勢力的尤其有槍桿的大戶，窮人們也識相，是不敢去吃的。敢去吃的那些大戶，被吃了也只好認了。那回一直這樣吃了兩三天，地面上一面趕辦平糶，一面嚴令禁止，才打住了。據說這「吃大戶」是古風；那麼上文說的飢民就食，該更是古風罷。

　　但是儒家對於吃飯卻另有標準。孔子認為政治的信用比民食更重，孟子倒是以民食為仁政的根本；這因為春秋時代不必爭取人民，戰國時代就非爭取人民不可。然而他們論到士人，卻都將吃飯看做一個不足重輕的項目。孔子說，「君子固窮」，說吃粗飯，喝冷水、「樂在其中」，又稱讚顏回吃喝不夠，「不改其樂」。道學家稱這種樂處為「孔顏樂處」，他們教

人「尋孔顏樂處」，學習這種為理想而忍飢挨餓的精神。這理想就是孟子說的「窮則獨善其身，達則兼善天下」，也就是所謂「節」和「道」。孟子一方面不讚成告子說的「食色，性也」，一方面在論「大丈夫」的時候列入了「貧賤不能移」一個條件。戰國時代的「大丈夫」，相當於春秋時的「君子」，都是治人的勞心的人。這些人雖然也有餓飯的時候，但是一朝得了時，吃飯是不成問題的，不像小民往往一輩子為了吃飯而掙扎着。因此士人就不難將道和節放在第一，而認為吃飯好像是一個不足重輕的項目了。

伯夷、叔齊據說反對周武王伐紂，認為以臣伐君，因此不食周粟，餓死在首陽山。這也是只顧理想的節而不顧吃飯的。配合着儒家的理論，伯夷、叔齊成為士人立身的一種特殊的標準。所謂特殊的標準就是理想的最高的標準；士人雖然不一定人人都要做到這地步，但是能夠做到這地步最好。

經過宋朝道學家的提倡，這標準更成了一般的標準，士人連婦女都要做到這地步。這就是所謂「餓死事小，失節事大」。這句話原來是論婦女的，後來卻擴而充之普遍應用起來，造成了無數的慘酷的愚蠢的殉節事件。這正是「吃人的禮教」。人不吃飯，禮教吃人，到了這地步總是不合理的。

士人對於吃飯卻還有另一種實際的看法。北宋的宋郊、宋祁兄弟倆都做了大官，住宅挨着。宋祁那邊常常宴會歌舞，宋郊聽不下去，教人和他弟弟說，問他還記得當年在和尚廟裏咬菜根否？宋祁卻答得妙：請問當年咬菜根是為甚麼來着！這正是所謂「吃得苦中苦，方為人上人」。做了「人上人」，吃

得好，穿得好，玩兒得好；「兼善天下」於是成了個幌子。照這個看法，忍飢挨餓或者吃粗飯、喝冷水，只是為了有朝一日可以大吃大喝，痛快的玩兒。吃飯第一原是人情，大多數士人恐怕正是這麼在想。不過宋郊、宋祁的時代，道學剛起頭，所以宋祁還敢公然表示他的享樂主義；後來士人的地位增進，責任加重，道學的嚴格的標準掩護着也約束着在治者地位的士人，他們大多數心裏儘管那麼在想，嘴裏卻就不敢説出。嘴裏雖然不敢説出，可是實際上往往還是在享樂着。於是他們多吃多喝，就有了少吃少喝的人；這少吃少喝的自然是被治的廣大的民眾。

民眾，尤其農民，大多數是聽天由命安分安己的，他們慣於忍飢挨餓，幾千年來都如此。除非到了最後關頭，他們是不會行動的。他們到別處就食，搶米，吃大戶，甚至於造反，都是被逼得無路可走才如此。這裏可以注意的是他們不説話；「不得了」就行動，忍得住就沉默。他們要飯吃，卻不知道自己應該有飯吃；他們行動，卻覺得這種行動是不合法的，所以就索性不説甚麼話。説話的還是士人。他們由於印刷的發明和教育的發展等等，人數加多了，吃飯的機會可並不加多，於是許多人也感到吃飯難了。這就有了「世上無如吃飯難」的慨嘆。雖然難，比起小民來還是容易。因為他們究竟屬於治者，「百足之蟲，死而不僵」，有的是做官的本家和親戚朋友，總得給口飯吃；這飯並且總比小民吃的好。孟子説做官可以讓「所識窮乏者得我」，自古以來做了官就有引用窮本家窮親戚窮朋友的義務。到了民國，黎元洪總統更提出了「有飯大家吃」的

話。這真是「菩薩」心腸，可是當時只當作笑話。原來這句話說在一位總統嘴裏，就是賢愚不分，賞罰不明，就是糊塗。然而到了那時候，這句話卻已經藏在差不多每一個士人的心裏。難得的倒是這糊塗！

第一次世界大戰加上五四運動，帶來了一連串的變化，中華民國在一顛一拐的走着之字路，走向現代化了。我們有了知識階級，也有了勞動階級，有了索薪，也有了罷工，這些都在要求「有飯大家吃」。知識階級改變了士人的面目，勞動階級改變了小民的面目，他們開始了集體的行動；他們不能再安貧樂道了，也不能再安分守己了，他們認出了吃飯是天賦人權，公開的要飯吃，不是大吃大喝，是夠吃夠喝，甚至於只要有吃有喝。然而這還只是剛起頭。到了這次世界大戰當中，羅斯福總統提出了四大自由，第四項是「免於匱乏的自由」。「匱乏」自然以沒飯吃為首，人們至少該有免於沒飯吃的自由。這就加強了人民的吃飯權，也肯定了人民的吃飯的要求；這也是「有飯大家吃」，但是着眼在平民，在全民，意義大不同了。

抗戰勝利後的中國，想不到吃飯更難，沒飯吃的也更多了。到了今天一般人民真是不得了，再也忍不住了，吃不飽甚至沒飯吃，甚麼禮義甚麼文化都說不上。這日子就是不知道吃飯權也會起來行動了，知道了吃飯權的，更怎麼能夠不起來行動，要求這種「免於匱乏的自由」呢？於是學生寫出「飢餓事大，讀書事小」的標語，工人喊出「我們要吃飯」的口號。這是我們歷史上第一回一般人民公開的承認了吃飯第一。

這其實比悶在心裏糊塗的騷動好得多；這是集體的要求，集體是有組織的，有組織就不容易大亂了。可是有組織也不容易散；人情加上人權，這集體的行動是壓不下也打不散的，直到大家有飯吃的那一天。

低級趣味

　　從前論人物，論詩文，常用雅俗兩個詞來分別。有所謂雅致，有所謂俗氣。雅該原是都雅，都是城市，這個雅就是成都人說的「蘇氣」。俗該原是鄙俗，鄙是鄉野，這個俗就是普通話裏的「土氣」。城裏人大方，鄉下人小樣，雅俗的分別就在這裏。引申起來又有文雅，古雅，閒雅，淡雅等等。例如說話有書卷氣是文雅，客廳裏擺設些古董是古雅，臨事從容不迫是閒雅，打扮素淨是淡雅。那麼，粗話村話就是俗，美女月份牌就是俗，忙着開會應酬就是俗，重重的胭脂厚厚的粉就是俗。人如此，詩文也如此。

　　雅俗由於教養。城裏人生活優裕的多些，他們教養好，見聞多，鄉下人自然比不上。雅俗卻不是呆板的。教養高可以化俗為雅。宋代詩人如蘇東坡，詩裏雖然用了俗詞俗語，卻新鮮有意思，正是淡雅一路。教養不到家而要附庸風雅，就不免做作，不能自然。從前那些斗方名士終於「雅得這樣俗」，就在此。蘇東坡常笑話某些和尚的詩有蔬筍氣，有酸餡氣。蔬筍氣，酸餡氣不能不算俗氣。用力去寫清苦求淡雅，倒不能脫俗了。雅俗是人品，也是詩文品，稱為雅致，稱為俗氣，這「致」和「氣」正指自然流露，做作不得。雖是自然流

露，卻非自然生成。天生的雅骨，天生的俗骨其實都沒有，看生在甚麼人家罷了。

現在講平等不大說甚麼雅俗了，卻有了低級趣味這一個語。從前雅俗對峙，但是稱人雅的時候多，罵人俗的時候少。現在有低級趣味，卻不說高級趣味，更不敢說高等趣味。因為高等華人成了罵人的話，高得那麼低，誰還敢說高等趣味！再說趣味這詞也帶上了刺兒，單講趣味就不免低級，那麼說高級趣味豈不自相矛盾？但是趣味究竟還和低級趣味不一樣。「低級趣味」很像是日本名詞，現在用在文藝批評上，似乎是指兩類作品而言。一類是色情的作品，一類是玩笑的作品。

色情的作品引誘讀者縱慾，不是一種「無關心」的態度，所以是低級。可是帶有色情的成分而表現着靈肉衝突的，卻當別論。因為靈肉衝突是人生的根本課題，作者只要認真在寫靈肉衝突，而不像歷來的猥藝小說在頭尾裝上一套勸善懲惡的話做幌子，那就雖然有些放縱，也還可以原諒。玩笑的作品油嘴滑舌，像在做雙簧說相聲，這種作者成了小丑，成了幫閒，有別人，沒自己。他們筆底下的人生是那麼輕飄飄的，所謂骨頭沒有四兩重。這個可跟真正的幽默不同。真正的幽默含有對人生的批評，這種油嘴滑舌的玩笑，只是不擇手段打哈哈罷了。這兩類作品都只是迎合一般人的低級趣味來騙錢花的。

與低級趣味對峙着的是純正嚴肅。我們可以說趣味純正，但是說嚴肅卻說態度嚴肅，態度比趣味要廣大些。單講趣味似乎總有點輕飄飄的；說趣味純正卻大不一樣。純就是不雜；

寫作或閱讀都不雜有甚麼實際目的，只取「無關心」的態度，就是純。正是正經，認真，也就是嚴肅。

　　嚴肅和真的幽默並不衝突，例如《阿 Q 正傳》；而這種幽默也是純正的趣味。色情的和玩笑的作品都不純正，不嚴肅，所以是低級趣味。

誦讀教學

前天北平報上有黎錦熙先生談國語教育一段記載。

「他認為現在教育成績最壞的是國文，其原因，第一在忽視誦讀技術……他於二十年前曾提倡新文學運動，也曾經提倡過歐化的文句。可是文法組織相當精密，沒有漏洞。現在中學生作文與說話失去了聯繫，文字和語言脫了節。文字本來是統一的，語言一向是紛歧的。拿紛歧的語言來寫統一的文字，自然發生這種畸形的病象。因此訓練白話文的基本技術，應有統一的語言，使紛歧的個別的語言先加以統一的技術訓練。所以大原則就是訓練白話文等於訓練國語。所謂『耳治』『口治』『目治』這誦讀教學三部曲，日漸純熟，則古人的『一目十行』『七步成詩』並非難事。」這一段記載嫌籠統，不能使我們確切的了解黎先生的意思，但他強調「作文與說話失去了聯繫，文字和語言脫了節」，強調「誦讀教學」，值得我們注意。

所謂「作文與說話失去了聯繫」，是指寫作白話文而言。照上下文看，「失去聯繫」似乎指作文過分歐化，或者夾雜方言。過分歐化自然和語言脫節，夾雜方言是拿「紛歧的個別的語言」來攪亂統一的國語，也就是和國語脫節。歐化是中國

現代文化的一般動向，寫作的歐化是跟一般文化配合着的。歐化自然難免有時候過分，但是這八九年來在寫作方面的歐化似乎已經能夠適可而止了。照上下文看，黎先生好像以文法組織嚴密為適當的歐化的標準。但是一般中國文法書都還在用那歐語的文法做藍本，在這個意義之下的「文法組織嚴密」，也許倒會使歐化過分的。這種標準其實還得仔細研究，現時還定不下來。可是我們卻能覺察到近些年寫作的歐化的確是達到了適可而止的地步。雖然適可而止，歐化總還是歐化，寫作和說話總還在脫節。這個要等時候，加上「誦讀教學」的幫忙，會漸漸習慣成自然，那時候看上眼順的，唸上口也會順了，那時候「耳治」「口治」「目治」就一致了。

夾雜方言卻與歐化問題不一樣。從寫作的本人看無論是否中學生，他的文字裏夾些方言，恐怕倒覺得合拍些。

在讀者一面，只要方言用得適當，也會覺得新鮮或別致。這不能算是脫節。我雖然贊成定北平話為標準語，卻也欣賞純方言或夾方言的寫作。近些年用四川話寫作的頗有幾位作家，夾雜四川話或西南官話的寫作更多，有些很不錯。這個豐富了我們的寫的語言；國語似乎該來個門戶開放政策，才能成其為國語。

我倒覺察到一些學生作文，過分的依照自己的那「紛歧的個別的語言」，而不知道顧到「統一的文字」。這些學生的作文自己讀自己聽很順，自己讀別人聽也順，可是別人讀就不順了。他們不大用心誦讀別人的文字，沒有那「統一的文字」的意念，只讓自己的語言支配着，所以就出了毛病。這些學

生可都是相當的會說話的；要不然，他自己讀的時候別人聽起來也就不會覺得順了。從一方面看，這是作文趕不上說話，算是脫節也未嘗不可。這些學生該讓他們多多用心誦讀各家各派的文字；獲得那「統一的文字」的調子或語脈——，叫文脈也成。這裏就見得「誦讀教學」的重要了。

現在流行朗誦，朗誦對於說話和作文也有幫助，因為練習朗誦得咬嚼文字的意義，揣摩說話的神氣。但是也許更着重在揣摩上。朗誦其實就是戲劇化，着重在動作上。

這是一種特別的才能，有獨立性；作品就是看來差些，朗誦家憑自己的才能也還會使聽眾讚歎的。誦讀和朗讀卻不相同。稱為「讀」就着重在意義上，「讀」字本作抽出意義解，讀白話文該和宣讀文件一般，自然也講究疾徐高下，卻以清朗為主，用不着甚麼動作。有些白話文有意用說話體，那就應該照話那麼「說」；「說」也是清朗為主，有時需要一些動作，也不多。白話文需要讀的卻比需要說的多得多，所以讀、朗讀或誦讀更該注重。誦讀似乎不難訓練，讀了白話文去背也並不難。只是一般教師學生用私塾唸書的調子去讀，或乾脆不教學生讀，以為不好讀或不值得讀。前者歪曲了白話文，後者也歪曲了白話文，所謂過猶不及。要增進學生了解和寫作白話文的能力，是得從正確的誦讀教學下手，黎先生的見解是不錯的。

論國語教育

　　三十五年十二月二十四日北平各報有中央社訊一節：台灣省國語推行委員會主任委員魏建功，就三十餘年來國語教育推行情形，對記者談：民國二年蔡元培任教育總長，鑑於新文化運動語體文亟須提倡，即開始組織國語推行機構。國語之推行，實際甚為簡單，而教育行政負責者不予協助，以致困難重重，國語推行運動似已呈藕斷絲連之態。實則國語推行，即在厲行注音符號。贊助有力之國語推行運動者，多為文學方面人物。

　　我國尚無專門從事語文辦理國語教育者。現在國語推行人士皆在四十歲以上，後繼者寥寥。政府應切實注意之，否則台灣之國語推行，今後十年的工作幹部就成問題。

　　魏先生這一節簡短的談話，充分的敘述了冷落的國語推行的現狀。

　　魏先生說的三十年來的國語教育，是專就民國成立以來說的。若是追溯淵源應該從清末說起。那時的字母運動和白話運動是民國以來國語運動的搖籃。那時的目標是開通民智。字母運動是用拼音字母替代漢字，讓一般不識字的民眾容易學，容易用。白話運動是編印白話書報給一般識得一些漢字

的民眾看，讓他們得到一些新的知識。前者是清除文盲，後者專開通民智，自然，清除文盲也為的開通民智，那時也印行了好些字母拼音的讀物。這兩種運動都以一般未受教育或受過很少教育的民眾為對象，字母和白話都只是為他們的方便，並非根本的改革文字。那時所謂上等人還是用着漢字和文言，認為當然。再說這兩種運動都不曾強調讀音的統一；他們注重的只是識字和閱讀。

民國以來的國語運動可大大的不同。他們首先注重國音的統一，制出了注音字母，現在改稱「注音符號」，後來又將北平話定為標準語。新文學運動接着「五四」運動，這才強調國語體文，將小學和初中的國文科改為國語科。後來又有廢除漢字運動，又制出了國語羅馬字，就是注音符號第二式，現在改稱「譯音符號」。注音字母和國語羅馬字，標準語，國語科，都是教育部定的。究竟是民國了，這種國語運動不再分別上等人和下層民眾，總算國民待遇，一視同仁。三十年來語體文的發展蒸蒸日上，成績最好。魏先生說「贊助有力之國語推行運動者，多為文學方面人物」，大概就是偏重語體文的成績一項而言。其次是注音符號第一式的施用，也在相當的進展。早年有過一個國語講習所，講習的主要就是北平話和注音字母。這字母也曾用來印過《國音字典》、《字彙》和一些書報。抗戰前並已有了注音漢字和注音漢字印的小學教科書。抗戰後印刷條件艱難，注音漢字的教科書辦不到了，但還有注音小報在後方繼續的苦撐着。

《國音字典》、《國音常用字彙》以及別的字典裏除用第一

式符號外，兼用第二式注音。但是第二式制定得晚，又不能配合漢字的形體，所以施用的機會少得多。加上帶有政治性的拉丁化或新文字運動，使教育當局有了戒心，他們只將這第二式乾擱着，後來才改為「譯音符號」，限於譯音用；注音字母也早改為「符號」，專作注音用。這些都是表示反對廢除漢字改用拼音文字。一方面拉丁化運動者，卻稱國語羅馬字和注音字母所表示的國語為「官僚國語」。本來定一個地方的話為標準語，反對的就不少；他們主張以普通話為標準語。第一次的《國音字典》裏的國音就是照這個標準定的。後來才改用北平話，以為這才是自然的標準，不是勉強湊合的普通話。改定以後反對的還是很多。江浙人總說國語沒有入聲，那幾個捲舌音也徒然教孩子們吃苦頭。抗戰後到了西南，西南的中小學裏教學注音符號的似乎極少。我曾參加過成都市小學教師暑期講習會。講過一回注音符號，聽眾似乎全不接頭，並且毫無興趣。這大概是注音符號還沒有經教育當局推行到四川的原故。一方面西南官話跟北平也近些，說起來夠清楚的，他們也不忙學國語。再說北平話定作標準語是在北平建都時代。首都改到南京以後，大家似乎忙着別的，還沒有注意到這個問題上。將來若注意到了，會不會像目下討論建都問題這樣熱烈的爭執呢？這是很難預測的。

我個人倒是贊成國語有一個自然的標準。自己是蘇北人，卻贊成將北平話作為標準語。一來因為北平是文化城，二來因為北平話的詞彙差不多都寫得出，三來因為北平話已經作為標準語多年，雖然還沒有「俗成」，「約定」總算「約定」的

了。標準語只是標準，「藍青官話」也罷，「二八京腔」也罷，只要向着這個標準走就成。特別是孩子們向着這個標準走就成。以後交通應該越來越便利，孩子們聽國語的機會多，學起來不會難。成人自然難些，但是有個自然的標準，總比那形形色色的或只在字典裏而並不上口的普通話好捉摸些。就算是國音鄉調，甚至鄉音國調，也總可以幫助大家了解些。因此我贊成北平師範學院這回設國語專修科，多培植些「專門從事語文辦理國語教育」的人才。這些人該能說純粹的國語，還得有文學的修養，這才能成為活的自然的標準。他們將來散到各地去服務，標準語就更不難學習了。但是除此以外還有更重要的一件事，就是該快些恢復注音漢字的教科書，如能多有注音漢字的書報更好。

廢除漢字在日本還很困難，在中國恐怕更難。我所以主張先行施用注音漢字。聯合國文教會議這回建議「全世界聯合清除文盲」，我們的國語教育也該以清除文盲為首務。現在講清除文盲，跟清末講開通民智態度不同，但需要還是一樣迫切，也許更迫切些。清除文盲要教他們容易識字，注音漢字該可以幫忙他們識字。說起識字，又來了一個問題，也在國語教育項下。標準語得有標準音，還得有標準字。這些年注意國民教育的人，有些在研究漢字的基本字彙。戰前商務印書館印行的莊澤宣先生編輯的《基本字彙》，綜合九家研究的結果，共五千二百六十九字。

照最近陸殿揚先生發表的意見（《文訊》新六號，《關於字彙問題》），「宜以二千五百字為度」。這種基本字彙將常用的

漢字統計出來，減輕學習的負擔，自然很好。但是統計的時候不能只注意單字，還該注意單字合成的詞彙，才能切用。有了這種基本字彙，還得注意字形的劃一，這就是陸先生所謂標準字。

陸先生指出漢字形體的分歧和重複，妨害學習很大。這種分歧和重複如任其自然演變，就會越來越多，多到不可收拾的地步。從前歷代常要規定正體字，教人民遵用；應國家考試的如不遵用，就是犯規，往往因此不准參加考試。這倒不是妄作威福，而是為了公眾的方便，也就是所謂「約定俗成」。記得魏建功先生在教育部召集的一個會議裏曾經建議整理漢字形體，蒐羅所有漢字的各種形體，編輯成書，同時定出各個漢字的通用形體，也就是標準字。但是這種大規模的工作，需要相當多的人力財力和時間，一時不容易着手。也許還得先有些簡易的辦法來應急，這種得「專門從事語文」的人共同研究才成。還有，王了一先生也曾強調標準漢字，雖然他沒有提出「標準字」這名稱。陸先生是主張「整理國字，使之合理化，科學化，統一化，正確化，非從速釐訂標準字不可」。有了標準字和基本字彙相輔而行，漢字的學習該比從前減少困難很多，清除文盲才可以加速的進展。同時還得根據標準字的基本字彙編輯國民讀物，供一般應用。這種讀物似乎不一定要用舊形式，只要淺近清楚就好。目下一般小店員和工人讀報的已不少，報紙的文體大部分不是舊形式，他們也能夠並且有興趣的唸下去。他們，尤其是年輕的，也願意學些新花樣，並不是一味戀着老古董的。

論雅俗共賞

陶淵明有「奇文共欣賞，疑義相與析」的詩句，那是一些「素心人」的樂事，「素心人」當然是雅人，也就是士大夫。這兩句詩後來凝結成「賞奇析疑」一個成語，「賞奇析疑」是一種雅事，俗人的小市民和農家子弟是沒有份兒的。然而又出現了「雅俗共賞」這一個成語，「共賞」顯然是「共欣賞」的簡化，可是這是雅人和俗人或俗人跟雅人一同在欣賞，那欣賞的大概不會還是「奇文」罷。這句成語不知道起於甚麼時代，從語氣看來，似乎雅人多少得理會到甚至遷就着俗人的樣子，這大概是在宋朝或者更後罷。

原來唐朝的安史之亂可以說是我們社會變遷的一條分水嶺。在這之後，門第迅速的垮了台，社會的等級不像先前那樣固定了，「士」和「民」這兩個等級的分界不像先前的嚴格和清楚了，彼此的分子在流通着，上下着。而上去的比下來的多，士人流落民間的究竟少，老百姓加入士流的卻漸漸多起來。王侯將相早就沒有種了，讀書人到了這時候也沒有種了；只要家裏能夠勉強供給一些，自己有些天分，又肯用功，就是個「讀書種子」；去參加那些公開的考試，考中了就有官做，至少也落個紳士。這種進展經過唐末跟五代的長期的變亂加

了速度，到宋朝又加上印刷術的發達，學校多起來了，士人也多起來了，士人的地位加強，責任也加重了。這些士人多數是來自民間的新的分子，他們多少保留着民間的生活方式和生活態度。他們一面學習和享受那些雅的，一面卻還不能擺脫或蛻變那些俗的。人既然很多，大家是這樣，也就不覺其寒塵；不但不覺其寒塵，還要重新估定價值，至少也得調整那舊來的標準與尺度。「雅俗共賞」似乎就是新提出的尺度或標準，這裏並非打倒舊標準，只是要求那些雅士理會到或遷就些俗士的趣味，好讓大家打成一片。當然，所謂「提出」和「要求」，都只是不自覺的看來是自然而然的趨勢。

　　中唐的時期，比安史之亂還早些，禪宗的和尚就開始用口語記錄大師的說教。用口語為的是求真與化俗，化俗就是爭取羣眾。安史亂後，和尚的口語記錄更其流行，於是乎有了「語錄」這個名稱，「語錄」就成為一種著述體了。到了宋朝，道學家講學，更廣泛的留下了許多語錄；他們用語錄，也還是為了求真與化俗，還是為了爭取羣眾。所謂求真的「真」，一面是如實和直接的意思。禪家認為第一義是不可說的。語言文字都不能表達那無限的可能，所以是虛妄的。然而實際上語言文字究竟是不免要用的一種「方便」，記錄文字自然越近實際的、直接的說話越好。在另一面這「真」又是自然的意思，自然才親切，才讓人容易懂，也就是更能收到化俗的功效，更能獲得廣大的羣眾。道學主要的是中國的正統的思想，道學家用了語錄做工具，大大的增強了這種新的文體的地位，語錄就成為一種傳統了。比語錄體稍稍晚些，還出現了一種

宋朝叫做「筆記」的東西。這種作品記述有趣味的雜事，範圍
很寬，一方面發表作者自己的意見，所謂議論，也就是批評，
這些批評往往也很有趣味。作者寫這種書，只當做對客閒談，
並非一本正經，雖然以文言為主，可是很接近說話。這也是
給大家看的，看了可以當做「談助」，增加趣味。宋朝的筆記
最發達，當時盛行，流傳下來的也很多。目錄家將這種筆記
歸在「小說」項下，近代書店匯印這些筆記，更直題為「筆記
小說」；中國古代所謂「小說」，原是指記述雜事的趣味作品而
言的。

　　那裏我們得特別提到唐朝的「傳奇」。「傳奇」據說可以
見出作者的「史才、詩筆、議論」，是唐朝士子在投考進士以
前用來送給一些大人先生看，介紹自己，求他們給自己宣傳
的。其中不外乎靈怪、豔情、劍俠三類故事，顯然是以供給
「談助」，引起趣味為主。無論照傳統的意念，或現代的意念，
這些「傳奇」無疑的是小說，一方面也和筆記的寫作態度有相
類之處。照陳寅恪先生的意見，這種「傳奇」大概起於民間，
文士是仿作，文字裏多口語化的地方。陳先生並且說唐朝的
古文運動就是從這兒開始。他指出古文運動的領導者韓愈的
《毛穎傳》，正是仿「傳奇」而作。我們看韓愈的「氣盛言宜」
的理論和他的參差錯落的文句，也正是多多少少在口語化。
他的門下的「好難」、「好易」兩派，似乎原來也都是在試驗如
何口語化。可是「好難」的一派過分強調了自己，過分想出奇
制勝，不管一般人能夠了解欣賞與否，終於被人看做「詭」和
「怪」而失敗，於是宋朝的歐陽修繼承了「好易」的一派的努力

而奠定了古文的基礎。——以上說的種種，都是安史亂後幾百年間自然的趨勢，就是那雅俗共賞的趨勢。

宋朝不但古文走上了「雅俗共賞」的路，詩也走向這條路。胡適之先生說宋詩的好處就在「做詩如說話」，一語破的指出了這條路。自然，這條路上還有許多曲折，但是就像不好懂的黃山谷，他也提出了「以俗為雅」的主張，並且點化了許多俗語成為詩句。實踐上「以俗為雅」，並不從他開始，梅聖俞、蘇東坡都是好手，而蘇東坡更勝。據記載梅和蘇都說過「以俗為雅」這句話，可是不大靠得住；黃山谷卻在《再次楊明叔韻》一詩的「引」裏鄭重的提出「以俗為雅，以故為新」，說是「舉一綱而張萬目」。他將「以俗為雅」放在第一，因為這實在可以說是宋詩的一般作風，也正是「雅俗共賞」的路。但是加上「以故為新」，路就曲折起來，那是雅人自賞，黃山谷所以終於不好懂了。不過黃山谷雖然不好懂，宋詩卻終於回到了「做詩如說話」的路，這「如說話」，的確是條大路。

雅化的詩還不得不回向俗化，剛剛來自民間的詞，在當時不用說自然是「雅俗共賞」的。別瞧黃山谷的有些詩不好懂，他的一些小詞可夠俗的。柳耆卿更是個通俗的詞人。詞後來雖然漸漸雅化或文人化，可是始終不能雅到詩的地位，它怎麼着也只是「詩餘」。詞變為曲，不是在文人手裏變，是在民間變的；曲又變得比詞俗，雖然也經過雅化或文人化，可是還雅不到詞的地位，它只是「詞餘」。一方面從晚唐和尚的俗講演變出來的宋朝的「說話」就是說書，乃至後來的平話以及章回小說，還有宋朝的雜劇和諸宮調等等轉變成功的元朝的

雜劇和戲文，乃至後來的傳奇，以及皮簧戲，更多半是些「不登大雅」的「俗文學」。這些除元雜劇和後來的傳奇也算是「詞餘」以外，在過去的文學傳統裏簡直沒有地位；也就是說這些小說和戲劇在過去的文學傳統裏多半沒有地位，有些有點地位，也不是正經地位。可是雖然俗，大體上卻「俗不傷雅」，雖然沒有甚麼地位，卻總是「雅俗共賞」的玩藝兒。

「雅俗共賞」是以雅為主的，從宋人的「以俗為雅」以及常語的「俗不傷雅」，更可見出這種賓主之分。起初成羣俗士蜂擁而上，固然逼得原來的雅士不得不理會到甚至遷就着他們的趣味，可是這些俗士需要擺脫的更多。他們在學習，在享受，也在蛻變，這樣漸漸適應那雅化的傳統，於是乎新舊打成一片，傳統多多少少變了質繼續下去。前面說過的文體和詩風的種種改變，就是新舊雙方調整的過程，結果遷就的漸漸不覺其為遷就，學習的也漸漸習慣成了自然，傳統的確稍稍變了質，但是還是文言或雅言為主，就算跟民眾近了一些，近得也不太多。

至於詞曲，算是新起於俗間，實在以音樂為重，文辭原是無關輕重的；「雅俗共賞」，正是那音樂的作用。後來雅士們也曾分別將那些文辭雅化，但是因為音樂性太重，使他們不能完成那種雅化，所以詞曲終於不能達到詩的地位。而曲一直配合着音樂，雅化更難，地位也就更低，還低於詞一等。可是詞曲到了雅化的時期，那「共賞」的人卻就雅多而俗少了。真正「雅俗共賞」的是唐、五代、北宋的詞，元朝的散曲和雜劇，還有平話和章回小說以及皮簧戲等。皮簧戲也是音樂為主，

大家直到現在都還在哼着那些粗俗的戲詞，所以雅化難以下手，雖然一二十年來這雅化也已經試着在開始。平話和章回小說，傳統裏本來沒有，雅化沒有合式的榜樣，進行就不易。《三國演義》雖然用了文言，卻是俗化的文言，接近口語的文言，後來的《水滸》、《西遊記》、《紅樓夢》等就都用白話了。不能完全雅化的作品在雅化的傳統裏不能有地位，至少不能有正經的地位。雅化程度的深淺，決定這種地位的高低或有沒有，一方面也決定「雅俗共賞」的範圍的小和大 —— 雅化越深，「共賞」的人越少，越淺也就越多。所謂多少，主要的是俗人，是小市民和受教育的農家子弟。在傳統裏沒有地位或只有低地位的作品，只算是玩藝兒；然而這些才接近民眾，接近民眾卻還能教「雅俗共賞」，雅和俗究竟有共通的地方，不是不相理會的兩橛了。

　　單就玩藝兒而論，「雅俗共賞」雖然是以雅化的標準為主，「共賞」者卻以俗人為主。固然，這在雅方得降低一些，在俗方也得提高一些，要「俗不傷雅」才成；雅方看來太俗，以至於「俗不可耐」的，是不能「共賞」的。但是在甚麼條件之下才會讓俗人所「賞」的，雅人也能來「共賞」呢？我們想起了「有目共賞」這句話。孟子說過「不知子都之姣者，無目者也」，「有目」是反過來說，「共賞」還是陶詩「共欣賞」的意思。子都的美貌，有眼睛的都容易辨別，自然也就能「共賞」了。孟子接着說：「口之於味也，有同嗜焉；耳之於聲也，有同聽焉；目之於色也，有同美焉。」這說的是人之常情，也就是所謂人情不相遠。但是這不相遠似乎只限於一些具體的、常識的、

現實的事物和趣味。譬如北平罷，故宮和頤和園，包括建築，風景和陳列的工藝品，似乎是「雅俗共賞」的，天橋在雅人的眼中似乎就有些太俗了。說到文章，俗人所能「賞」的也只是常識的，現實的。後漢的王充出身是俗人，他多多少少代表俗人說話，反對難懂而不切實用的辭賦，卻讚美公文能手。公文這東西關係雅俗的現實利益，始終是不曾完全雅化了的。再說後來的小說和戲劇，有的雅人說《西廂記》誨淫，《水滸傳》誨盜，這是「高論」。實際上這一部戲劇和這一部小說都是「雅俗共賞」的作品。《西廂記》無視了傳統的禮教，《水滸傳》無視了傳統的忠德，然而「男女」是「人之大欲」之一，「官逼民反」，也是人之常情，梁山泊的英雄正是被壓迫的人民所想望的。俗人固然同情這些，一部分的雅人，跟俗人相距還不太遠的，也未嘗不高興這兩部書說出了他們想說而不敢說的。這可以說是一種快感，一種趣味，可並不是低級趣味；這是有關係的，也未嘗不是有節制的。「誨淫」「誨盜」只是代表統治者的利益的說話。

　　十九世紀二十世紀之交是個新時代，新時代給我們帶來了新文化，產生了我們的知識階級。這知識階級跟從前的讀書人不大一樣，包括了更多的從民間來的分子，他們漸漸跟統治者拆夥而走向民間。於是乎有了白話正宗的新文學，詞曲和小說戲劇都有了正經的地位。還有種種歐化的新藝術。這種文學和藝術卻並不能讓小市民來「共賞」，不用說農工大眾。於是乎有人指出這是新紳士也就是新雅人的歐化，不管一般人能夠了解欣賞與否。他們提倡「大眾語」運動。但是時

機還沒有成熟，結果不顯著。抗戰以來又有「通俗化」運動，這個運動並已經在開始轉向大眾化。「通俗化」還分別雅俗，還是「雅俗共賞」的路，大眾化卻更進一步要達到那沒有雅俗之分，只有「共賞」的局面。這大概也會是所謂由量變到質變罷。

論做作

做作就是「佯」，就是「喬」，也就是「裝」。蘇北方言有「裝佯」的話，「喬裝」更是人人皆知。舊小說裏女扮男裝是喬裝，那需要許多做作。難在裝得像。只看坤角兒扮鬚生的，像的有幾個？何況做戲還只在戲台上裝，一到後台就可以照自己的樣兒，而女扮男裝卻得成天兒到處那麼看！偵探小說裏的偵探也常在喬裝，裝得像也不易，可是自在得多。不過——難也罷，易也罷，人反正有時候得裝。其實你細看，不但「有時候」，人簡直就愛點兒裝。「三分模樣七分裝」是說女人，男人也短不了裝，不過不大在模樣上罷了。裝得像難，裝得可愛更難；一番努力往往只落得個「矯揉造作！」所以「裝」常常不是一個好名兒。

「一個做好，一個做歹」，小呢逼你出些碼頭錢，大呢就得讓你去做那些不體面的尷尬事兒。這已成了老套子，隨處可以看見。那做好的是裝做好，那做歹的也裝得格外歹些；一鬆一緊的拉住你，會弄得你啼笑皆非。這一套兒做作夠受的。貧和富也可以裝。貧寒人怕人小看他，家裏儘管有一頓沒一頓的，還得穿起好衣服在街上走，說話也滿裝着闊氣，甚麼都不在乎似的。——所謂「蘇空頭」。其實「空頭」也不止蘇州

有。——有錢人卻又怕人家打他的主意，開口閉口説窮，他能特地去當點兒甚麼，拿當票給人家看。這都怪可憐見的。還有一些人，人面前老愛論詩文，談學問，彷彿天生他一副雅骨頭。裝斯文其實不能算壞，只是未免「雅得這樣俗」罷了。

有能耐的人，有權位的人有時不免「裝模作樣」，「裝腔作勢」。馬上可以答應的，卻得「考慮考慮」；直接可以答應的，卻讓你繞上幾個大彎兒。論地位也只是「上不在天，下不在田」，而見客就不起身，只點點頭兒，答話只喉嚨裏哼一兩聲兒。誰教你求他，他就是這麼着！——「笑罵由他笑罵，好官兒甚麼的我自為之！」話説回來，拿身份，擺架子有時也並非全無道理。老爺太太在僕人面前打情罵俏，總不大像樣，可不是得裝着點兒？可是，得恰到分際，「過猶不及」。總之別忘了自己是誰！別盡揀高枝爬，一失腳會摔下來的。老想着些自己，誰都裝着點兒，也就不覺得誰在裝。所謂「裝模做樣」，「裝腔作勢」。卻是特別在裝別人的模樣，別人的腔和勢！為了抬舉自己，裝別人；裝不像別人，又不成其為自己，也怪可憐見的。

「不痴不聾，不作阿姑阿翁」，有些事大概還是裝聾作啞的好。倒不是怕擔責任，更不是存着甚麼壞心眼兒。有些事是阿姑阿翁該問的，值得問的，自然得問；有些是無需他們問的，或值不得他們問的，若不痴不聾，事必躬親，阿姑阿翁會做不成，至少也會不成其為阿姑阿翁。記得那兒説過美國一家大公司經理，面前八個電話，每天忙累不堪，另一家經理，室內沒有電話，倒是從容不迫的。這後一位經理該是能

夠裝聾作啞的人。「不聞不問」，有時候該是一句好話；「充耳不聞」，「閉目無睹」，也許可以作「無為而治」的一個註腳。其實無為多半也是裝出來的。至於裝作不知，那更是現代政治家外交家的慣技，報紙上隨時看得見。——他們卻還得勾心鬥角的「做姿態」，大概不裝不成其為政治家外交家罷？

　　裝歡笑，裝悲泣，裝嗔，裝恨，裝驚慌，裝鎮靜，都很難；固然難在像，有時還難在不像而不失自然。「小心陪笑」也許能得當局的青睞，但是旁觀者在噁心。可是「強顏為歡」，有心人卻領會那歡顏裏的一絲苦味。假意虛情的哭泣，像舊小說裏妓女向客人那樣，儘管一把眼淚一把鼻涕的，也只能引起讀者的微笑。——倒是那「忍淚佯低面」，教人老大不忍。佯嗔薄怒是女人的「作態」，作得恰好是愛嬌，所以《喬醋》是一折好戲。愛極翻成恨，儘管「恨得人牙癢癢的」，可是還不失為愛到極處。「假意驚慌」似乎是舊小說的常語，事實上那「假意」往往露出馬腳。鎮靜更不易，秦舞陽心上有氣臉就鐵青，怎麼也裝不成，荊軻的事，一半兒敗在他的臉上。淝水之戰謝安裝得夠鎮靜的，可是不覺得意忘形摔折了屐齒。所以一個人喜怒不形於色，真夠一輩子半輩子裝的。《喬醋》是戲，其實凡裝，凡做作，多少都帶點兒戲味——有喜劇，有悲劇。孩子們愛說「假裝」這個，「假裝」那個，戲味兒最厚。他們認真「假裝」，可是悲喜一場，到頭兒無所為。成人也都認真的裝，戲味兒卻淡薄得多；戲是無所為的，至少扮戲中人的可以說是無所為，而人們的做作常常是有所為的。所以戲台上裝得像的多，人世間裝得像的少。戲台上裝得像就有叫好兒的，

人世間即使裝得像，逗人愛也難。逗人愛的大概是比較的少有所為或只消極的有所為的。前面那些例子，值得我們吟味，而裝痴裝傻也許是值得重提的一個例子。

作阿姑阿翁得裝幾分痴，這裝是消極的有所為；「金殿裝瘋」也有所為，就是積極的。歷來才人名士和學者，往往帶幾分傻氣。那傻氣多少有點兒裝，而從一方面看，那裝似乎不大有所為，至多也只是消極的有所為。陶淵明的「我醉欲眠卿且去」說是率真，是自然；可是看魏晉人的行徑，能說他不帶着幾分裝？不過裝得像，裝得自然罷了。阮嗣宗大醉六十日，逃脫了和司馬昭做親家，可不也一半兒醉一半兒裝？他正是「喜怒不形於色」的人，而有一向當時人多說他痴，他大概是頗能做作的罷？

裝睡裝醉都只是裝糊塗。睡了自然不說話，醉了也多半不說話 —— 就是說話，也盡可以裝瘋裝傻的，給他個驢頭不對馬嘴。鄭板橋最能懂得裝糊塗，他那「難得糊塗」一個警句，真喝破了千古聰明人的秘密。還有善忘也往往是裝傻，裝糊塗；省麻煩最好自然是多忘記，而「忘懷」又正是一件雅事兒。到此為止，裝傻，裝糊塗似乎是能以逗人愛的；才人名士和學者之所以成為才人名士和學者，至少有幾分就仗着他們那不大在乎的裝勁兒能以逗人愛好。可是這些人也良莠不齊，魏晉名士頗有仗着裝糊塗自私自利的。這就「在乎」了，有所為了，這就不再可愛了。在四川話裏裝糊塗稱為「裝瘋迷竅」，北平話卻帶笑帶罵的說「裝蒜」，「裝孫子」，可見民眾是不大賞識這一套的 —— 他們倒是下的穩着兒。

論青年

　　馮友蘭先生在《新事論・贊中華》篇裏第一次指出現在一般人對於青年的估價超過老年之上。這扼要的説明了我們的時代。這是青年時代，而這時代該從五四運動開始。從那時起，青年人才抬起了頭，發現了自己，不再僅僅的做祖父母的孫子，父母的兒子，社會的小孩子。他們發現了自己，發現了自己的羣，發現了自己和自己的羣的力量。他們跟傳統鬥爭，跟社會鬥爭，不斷的在爭取自己領導權甚至社會領導權，要名副其實的做新中國的主人。但是，像一切時代一切社會一樣，中國的領導權掌握在老年人和中年人的手裏，特別是中年人的手裏。於是乎來了青年的反抗，在學校裏反抗師長，在社會上反抗統治者。他們反抗傳統和紀律，用怠工，有時也用挺擊。中年統治者記得五四以前青年的沉靜，覺着現在青年愛搗亂，惹麻煩，第一步打算壓制下去。可是不成。於是乎敷衍下去。敷衍到了難以收拾的地步，來了集體訓練，開出新局面，可是還得等着瞧呢。

　　青年反抗傳統，反抗社會，自古已然，只是一向他們低頭受壓，使不出大力氣，見得沉靜罷了。家庭裏父代和子代鬧彆扭是常見的，正是壓制與反抗的徵象。政治上也有老少兩

代的鬥爭，漢朝的賈誼到戊戌六君子，例子並不少。中年人總是在統治的地位，老年人勢力足以影響他們的地位時，就是老年時代，青年人勢力足以影響他們的地位時，就是青年時代。老年和青年的勢力互為消長，中年人卻總是在位，因此無所謂中年時代。老年人的衰朽，是過去，青年人還幼稚，是將來，佔有現在的只是中年人。他們一面得安慰老年人，培植青年人，一面也在譏笑前者，煩厭後者。安慰還是順的，培植卻常是逆的，所以更難。培植是憑中年人的學識經驗做標準，大致要養成有為有守愛人愛物的中國人。青年卻恨這種切近的典型的標準妨礙他們飛躍的理想。他們不甘心在理想還未疲倦的時候就被壓進典型裏去，所以總是掙扎着，在憧憬那海闊天空的境界。中年人不能了解青年人為甚麼總愛旁逸斜出不走正路，說是時代病。其實這倒是成德達材的大路；壓迫的，掙扎着，材德的達成就在這兩種力的平衡裏。這兩種力永恆的一步步平衡着，自古已然，不過現在更其表面化罷了。

青年人愛說自己是「天真的」，「純潔的」。但是看看這時代，老練的青年可真不少。老練卻只是工於自謀，到了臨大事，決大疑，似乎又見得幼稚了。青年要求進步，要求改革，自然很好，他們有的是奮鬥的力量。不過大處着眼難，小處下手易，他們的飽滿的精力也許終於只用在自己的物質的改革跟進步上；於是驕奢淫佚，無所不為，有利無義，有我無人。中年裏原也不缺少這種人，效率卻趕不上青年的大。眼光小還可以有一步路，便是做自了漢，得過且過的活下去；或者

更退一步，遇事消極，馬馬虎虎對付着，一點不認真。中年人這兩種也夠多的。可是青年時就染上這些習氣，未老先衰，不免更教人毛骨悚然。所幸青年人容易回頭，「浪子回頭金不換」，不像中年人往往將錯就錯，一直沉到底裏去。

青年人容易脫胎換骨改樣子，是真可以自負之處；精力足，歲月長，前路寬，也是真可以自負之處。總之可能多。可能多倚仗就大，所以青年人狂。人說青年時候不狂，甚麼時候才狂？不錯。但是這狂氣到時候也得收拾一下，不然會忘其所以的。青年人愛諷刺，冷嘲熱罵，一學就成，揮之不去；但是這只足以取快一時，久了也會無聊起來的。青年人罵中年人逃避現實，圓通，不奮鬥，妥協，自有他們的道理。不過青年人有時候讓現實籠罩住，伸不出頭，張不開眼，只模糊的看到面前一段兒路，真是「前不見古人，後不見來者」。這又是小處。若是能夠偶然到所謂「世界外之世界」裏歇一下腳，也許可以將自己放大些。青年也有時候偏執不回，過去一度以為讀書就不能救國就是的。那時蔡孑民先生卻指出「讀書不忘救國，救國不忘讀書」。這不是妥協，而是一種權衡輕重的圓通觀。懂得這種圓通，就可以將自己放平些。能夠放大自己，放平自己，才有真正的「工作與嚴肅」，這裏就需要奮鬥了。

蔡孑民先生不愧人師，青年還是需要人師。用不着滿口仁義道德，道貌岸然，也用不着一手攤經，一手握劍，只要認真而親切的服務，就是人師。但是這些人得組織起來，通力合作。講情理，可是不敷衍，重誘導，可還歸到守法上。不靠婆婆媽媽氣去乞憐青年人，不靠甜言蜜語去買好青年人，也

不靠刀子手槍去示威青年人。只言行一致後先一致的按着應該做的放膽放手做去。不過基礎得打在學校裏；學校不妨儘量社會化，青年訓練卻還是得在學校裏。學校好像實驗室，可以嚴格的計畫着進行一切；可不是溫室，除非讓它墮落到那地步。訓練該注重集體的，集體訓練好，個體也會改樣子。人說教師只消傳授知識就好，學生做人，該自己磨練去。但是得先有集體訓練，教青年有膽量幫助人，制裁人，然後才可以讓他們自己磨練去。這種集體訓練的大任，得教師擔當起來。現行的導師制注重個別指導，瑣碎而難實踐，不如緩辦，讓大家集中力量到集體訓練上。學校以外倒是先有了集中訓練，從集中軍訓起頭，跟着來了各種訓練班。前者似乎太單純了，效果和預期差得多，後者好像還差不多。不過訓練班至多只是百尺竿頭更進一步，培植根基還得在學校裏。在青年時代，學校的使命更重大了，中年教師的責任也更重大了，他們得任勞任怨的領導一羣羣青年人走上那成德達材的大路。

論且顧眼前

俗語說，「火燒眉毛，且顧眼前。」這句話大概有了年代，我們可以說是人們向來如此。這一回抗戰，火燒到了每人的眉毛，「且顧眼前」竟成了一般的守則，一時的風氣，卻是向來少有的。但是抗戰時期大家還有個共同的「勝利」的遠景，起初雖然朦朧，後來卻越來越清楚。這告訴我們，大家且顧眼前也不妨，不久就會來個長久之計的。但是慘勝了，戰禍起在自己家裏，動亂比抗戰時期更甚，並且好像沒個完似的。沒有了共同的遠景；有些人簡直沒有遠景，有些人有遠景，卻只是片段的，全景是在一片朦朧之中。可是火燒得更大了，更快了，能夠且顧眼前就是好的，顧得一天是一天，誰還想到甚麼長久之計！可是這種局面能以長久的拖下去嗎？我們是該警覺的。

且顧眼前，情形差別很大。第一類是只顧享樂的人，所謂「今朝有酒今朝醉」。這種人在抗戰中大概是些發國難財的人，在勝利後大概是些發接收財或勝利財的人。他們巧取豪奪得到財富，得來的快，花去的也就快。這些人雖然原來未必都是貧兒，暴富卻是事實。時勢老在動盪，物價老在上漲，倘來的財富若是不去運用或花消，轉眼就會兩手空空兒的！所謂運用，大概又趨向投機一路；這條路是動盪的，擔風險

的。在動盪中要把握現在，自己不吃虧，就只有享樂了。享樂無非是吃喝嫖賭，加上穿好衣服，住好房子。傳統的享樂方式不夠闊的，加上些買辦文化，洋味兒越多越好，反正有的是錢。這中間自然有不少人享樂一番之後，依舊還我貧兒面目，再吃苦頭。但是也有少數豪門，憑藉特殊的權位，渾水裏摸魚，越來越富，越花越有。財富集中在他們手裏，享樂也集中在他們手裏。於是富的富到三十三天之上，貧的貧到十八層地獄之下。現在的窮富懸殊是史無前例的；現在的享用娛樂也是史無前例的。但是大多數在飢餓線上掙扎的人能以眼睜睜白供養着這班驕奢淫逸的人盡情的自在的享樂嗎？有朝一日 —— 唉，讓他們且顧眼前罷！

　　第二類是苟安旦夕的人。這些人未嘗不想工作，未嘗不想做些事業，可是物質環境如此艱難，社會又如此不安定，誰都貪圖近便，貪圖速成，他們也就見風使舵，凡事一混了之。「混事」本是一句老話，也可以說是固有文化；不過向來多半帶着自謙的意味，並不以為「混」是好事，可以了此一生。但是目下這個「混」似乎成為原則了。困難太多，辦不了，辦不通，只好馬馬虎虎，能推就推，不能推就拖，不能拖就來個偷工減料，只要門面敷衍得過就成，管它好壞，管它久長不久長，不好不要緊，只要自己不吃虧！從前似乎只有年紀老資格老的人這麼混。現在卻連許多青年人也一道同風起來。這種不擇手段，只顧眼前，已成風氣。誰也說不準明天的事兒，只要今天過去就得了，何必認真！認真又有甚麼用！只有一些書呆子和準書呆子還在他們自己的崗位上死氣白賴的規規

矩矩的工作。但是戰訊接着戰訊，越來越艱難，越來越不安定，混的人越來越多，靠這一些書呆子和準書呆子能夠撐得住嗎？大家老是這麼混着混着，有朝一日垮台完事。螻蟻尚且貪生，且顧眼前，苟且偷生，這心情是可以了解的；然而能有多長久呢？只顧眼前的人是不想到這個的。

　　第三類是窮困無告的人。這些人在飢餓線上掙扎着，他們只能顧到眼前的衣食住，再不能夠顧到別的；他們甚至連眼前的衣食住都顧不周全，哪有工夫想別的呢？這類人原是歷來就有的，正和前兩類人也是歷來就有的一樣，但是數量加速的增大，卻是可憂的也可怕的。這類人跟第一類人恰好是兩極端，第一類人增大的是財富的數量，這一類人增大的是人員的數量——第二類人也是如此。這種分別增大的數量也許終於會使歷史變質的罷？歷史上主持國家社會長久之計或百年大計的原只是少數人；可是在比較安定的時代，大部分人都還能夠有個打算，為了自己的家或自己。有兩句古語說，「一年之計在於春，一日之計在於晨」，這大概是給農民說的。無論是怎樣的窮打算，苦打算，能有個打算，總比不能有打算心裏舒服些。現在確是到了人人沒法打算的時候；「一日之計」還可以有，但是顯然和從前的「一日之計」不同了，因為「今日不知明日事」，這「一日」恐怕真得限於一了。在這種局面下「百年大計」自然更談不上。不過那些豪門還是能夠有他們的打算的，他們不但能夠打算自己一輩子，並且可以打算到子孫。因為即使大變來了，他們還可以溜到海外做寓公去。這班人自然是滿意現狀的。第二類人雖然不滿現狀，

卻也害怕破壞和改變，因為他們覺着那時候更無把握。第三類人不用說是不滿現狀的。然而除了一部分流浪型外，大概都信天任命，願意付出大的代價取得那即使只有絲毫的安定；他們也害怕破壞和改變。因此「且顧眼前」就成了風氣，有的豪奪着，有的鬼混着，有的空等着。然而還有一類顧眼前而又不顧眼前的人。

　　我們向來有「及時行樂」一句話，但是陶淵明《雜詩》說，「及時當勉勵，歲月不待人」，同是教人「及時」，態度卻大不一樣。「及時」也就是把握現在；「行樂」要把握現在，努力也得把握現在。陶淵明指的是個人的努力，目下急需的是大家的努力。在沒有甚麼大變的時代，所謂「百世可知」，領導者努力的可以說是「百年大計」；但是在這個動亂的時代，「百年」是太模糊太空洞了，為了大家，至多也只能幾年幾年的計畫着，才能夠踏實的努力前去。這也是「及時」，把握現在，說是另一意義的「且顧眼前」也未嘗不可；「且顧眼前」本是救急，目下需要的正是救急，不過不是各人自顧自的救急，更不是從救急轉到行樂上罷了。不過目下的中國，連幾年計畫也談不上。於是有些人，特別是青年一代，就先從一般的把握現在下手。這就是努力認識現在，暴露現在，批評現在，抗議現在。他們在試驗，難免有錯誤的地方。而在前三類人看來，他們的努力卻難免向着那可怕的可憂的破壞與改變的路上去，那是不顧眼前的！但是，這只是站在自顧自的立場上說話，若是顧到大家，這些人倒是真正能夠顧到眼前的人。

1947 年 12 月 25 日作

説話

　　誰能不説話，除了啞子？有人這個時候説，那個時候不説。有人這個地方説，那個地方不説。有人跟這些人説，不跟那些人説。有人多説，有人少説。有人愛説，有人不愛説。啞子雖然不説，卻也有那伊伊呀呀的聲音，指指點點的手勢。

　　説話並不是一件容易事。天天説話，不見得就會説話；許多人説了一輩子話，沒有説好過幾句話。所謂「辯士的舌鋒」、「三寸不爛之舌」等讚詞，正是物稀為貴的證據；文人們講究「吐屬」，也是同樣的道理。我們並不想做辯士，説客，文人，但是人生不外言動，除了動就只有言，所謂人情世故，一半兒是在説話裏。古文《尚書》裏説，「唯口，出好興戎，」一句話的影響有時是你料不到的，歷史和小説上有的是例子。

　　説話即使不比作文難，也決不比作文容易。有些人會説話不會作文，但也有些人會作文不會説話。説話像行雲流水，不能夠一個字一個字推敲，因而不免有疏漏散漫的地方，不如作文的謹嚴。但那些行雲流水般的自然，卻決非一般文章所及。——文章有能到這樣境界的，簡直當以説話論，不再是文章了。但是這是怎樣一個不易到的境界！我們的文章，哲學裏雖有「用筆如舌」一個標準，古今有幾個人真能「用筆

如舌」呢？不過文章不甚自然，還可成為功力一派，說話是不行的；說話若也有功力派，你想，那怕真夠瞧的！

說話到底有多少種，我說不上。約略分別：向大家演說，講解，乃至說書等是一種，會議是一種，公私談判是一種，法庭受審是一種，向新聞記者談話是一種；──這些可稱為正式的。朋友們的閒談也是一種，可稱為非正式的。正式的並不一定全要拉長了面孔，但是拉長了的時候多。這種話都是成片斷的，有時竟是先期預備好的。只有閒談，可以上下古今，來一個雜拌兒；說是雜拌兒，自然零零碎碎，成片段的是例外。閒談說不上預備，滿是將話搭話，隨機應變。說預備好了再去「閒」談，那豈不是個大笑話？這種種說話，大約都有一些公式，就是閒談也有──「天氣」常是閒談的發端，就是一例。但是公式是死的，不夠用的，神而明之還在乎人。會說的教你眉飛色舞，不會說的教你昏頭搭腦，即使是同一個意思，甚至同一句話。

中國人很早就講究說話。《左傳》，《國策》，《世說》是我們的三部說話的經典。一是外交辭令，一是縱橫家言，一是清談。你看他們的話多麼婉轉如意，句句字字打進人心坎裏。還有一部《紅樓夢》，裏面的對話也極輕鬆，漂亮。此外漢代賈君房號為「語妙天下」，可惜留給我們的只有這一句讚詞；明代柳敬亭的說書極有大名，可惜我們也無從領略。近年來的新文學，將白話文歐化，從外國文中借用了許多活潑的，精細的表現，同時暗示我們將舊來有些表現重新咬嚼一番。這卻給我們的語言一種新風味，新力量。加以這些年說話的艱

難，使一般報紙都變乖巧了，他們知道用側面的，反面的，夾縫裏的表現了。這對於讀者是一種不容避免的好訓練；他們漸漸敏感起來了，只有敏感的人，才能體會那微妙的咬嚼的味兒。這時期說話的藝術確有了相當的進步。論說話藝術的文字，從前著名的似乎只有韓非的《說難》，那是一篇剖析入微的文字。現在我們卻已有了不少的精警之作，魯迅先生的《立論》就是的。這可以證明我所說的相當的進步了。

中國人對於說話的態度，最高的是忘言，但如禪宗「教」人「將嘴掛在牆上」，也還是免不了說話。其次是慎言，寡言，訥於言。這三樣又有分別：慎言是小心說話，小心說話自然就少說話，少說話少出錯兒。寡言是說話少，是一種深沉或貞靜的性格或品德。訥於言是說不出話，是一種渾厚誠實的性格或品德。這兩種多半是生成的。第三是修辭或辭令。至誠的君子，人格的力量照徹一切的陰暗，用不着多說話，說話也無須乎修飾。只知講究修飾，嘴邊天花亂墜，腹中矛戟森然，那是所謂小人；他太會修飾了，倒教人不信了。他的戲法總有讓人揭穿的一日。我們是介在兩者之間的平凡的人，沒有那偉大的魄力，可也不至於忘掉自己。只是不能無視世故人情，我們看時候，看地方，看人，在禮貌與趣味兩個條件之下，修飾我們的說話。這兒沒有力，只有機智；真正的力不是修飾所可得的。我們所能希望的只是：說得少，說得好。

沉默

沉默是一種處世哲學，用得好時，又是一種藝術。

誰都知道口是用來吃飯的，有人卻說是用來接吻的。我說滿沒有錯兒；但是若統計起來，口的最多的（也許不是最大的）用處，還應該是說話，我相信。按照時下流行的議論，說話大約也算是一種「宣傳」，自我的宣傳。所以說話徹頭徹尾是為自己的事。若有人一口咬定是為別人，憑了種種神聖的名字；我卻也願意讓步，請許我這樣說：說話有時的確只是間接地為自己，而直接的算是為別人！

自己以外有別人，所以要說話；別人也有別人的自己，所以又要少說話或不說話。於是乎我們要懂得沉默。你若唸過魯迅先生的《祝福》，一定會立刻明白我的意思。

一般人見生人時，大抵會沉默的，但也有不少例外。常在火車輪船裏，看見有些人迫不及待似地到處向人問訊，攀談，無論那是搭客或茶房，我只有羨慕這些人的健康；因為在中國這樣旅行中，竟會不感覺一點兒疲倦！見生人的沉默，大約由於原始的恐懼，但是似乎也還有別的。假如這個生人的名字，你全然不熟悉，你所能做的工作，自然只是有意或無意的防禦 —— 像防禦一個敵人。沉默便是最安全的防禦戰略。

你不一定要他知道你，更不想讓他發現你的可笑的地方——一個人總有些可笑的地方不是？——；你只讓他儘量說他所要說的，若他是個愛說的人。末了你恭恭敬敬和他分別。假如這個生人，你願意和他做朋友，你也還是得沉默。但是得留心聽他的話，選出幾處，加以簡短的，相當的讚詞；至少也得表示相當的同意。這就是知己的開場，或說起碼的知己也可。假如這個人是你所敬仰的或未必敬仰的「大人物」，你記住，更不可不沉默！大人物的言語，乃至臉色眼光，都有異樣的地方；你最好遠遠地坐着，讓那些勇敢的同伴上前線去。——自然，我說的只是你偶然地遇着或隨眾訪問大人物的時候。若你願意專誠拜謁，你得另想辦法；在我，那卻是一件可怕的事。——你看看大人物與非大人物或大人物與大人物間談話的情形，準可以滿足，而不用從牙縫裏迸出一個字。說話是一件費神的事，能少說或不說以及應少說或不說的時候，沉默實在是長壽之一道。至於自我宣傳，誠哉重要——誰能不承認這是重要呢？——，但對於生人，這是白費的；他不會領略你宣傳的旨趣，只暗笑你的宣傳熱；他會忘記得乾乾淨淨，在和你一鞠躬或一握手以後。

朋友和生人不同，就在他們能聽也肯聽你的說話——宣傳。這不用說是交換的，但是就是交換的也好。他們在不同的程度下了解你，諒解你；他們對於你有了相當的趣味和禮貌。你的話滿足他們的好奇心，他們就趣味地聽着；你的話嚴重或悲哀，他們因為禮貌的緣故，也能暫時跟着你嚴重或悲哀。在後一種情形裏，滿足的是你；他們所真感到的怕倒

是矜持的氣氛。他們知道「應該」怎樣做；這其實是一種犧牲，「應該」也「值得」感謝的。但是即使在知己的朋友面前，你的話也還不應該說得太多；同樣的故事，情感，和警句，雋語，也不宜重複的說。《祝福》就是一個好榜樣。你應該相當的節制自己，不可妄想你的話佔領朋友們整個的心 —— 你自己的心，也不會讓別人完全佔領呀。你更應該知道怎樣藏匿你自己。只有不可知，不可得的，才有人去追求；你若將所有的盡給了別人，你對於別人，對於世界，將沒有絲毫意義，正和醫學生實習解剖時用過的屍體一樣。那時是不可思議的孤獨，你將不能支持自己，而傾仆到無底的黑暗裏去。一個情人常喜歡說：「我願意將所有的都獻給你！」誰真知道他或她所有的是些甚麼呢？第一個說這句話的人，只是表示自己的慷慨，至多也只是表示一種理想；以後跟着說的，更只是「口頭禪」而已。所以朋友間，甚至戀人間，沉默還是不可少的。你的話應該像黑夜的星星，不應該像除夕的爆竹 —— 誰稀罕那徹宵的爆竹呢？而沉默有時更有詩意。譬如在下午，在黃昏，在深夜，在大而靜的屋子裏，短時的沉默，也許遠勝於連續不斷的倦怠了的談話。有人稱這種境界為「無言之美」，你瞧，多漂亮的名字！ —— 至於所謂「拈花微笑」，那更了不起了！

　　可是沉默也有不行的時候。人多時你容易沉默下去，一主一客時，就不準行。你的過分沉默，也許把你的生客惹惱了，趕跑了！倘使你願意趕他，當然很好；倘使你不願意呢，你就得不時的讓他喝茶，抽煙，看畫片，讀報，聽話匣子，偶然也和他談談天氣，時局 —— 只是複述報紙的記載，加上幾

個不能解決的疑問 ——，總以引他説話為度。於是你點點頭，哼哼鼻子，時而嘆嘆氣，聽着。他説完了，你再給起個頭，照樣的聽着。但是我的朋友遇見過一個生客，他是一位準大人物，因某種禮貌關係去看我的朋友。他坐下時，將兩手籠起，擱在桌上。説了幾句話，就止住了，兩眼炯炯地直看着我的朋友。我的朋友窘極，好容易陸陸續續地找出一句半句話來敷衍。這自然也是沉默的一種用法，是上司對屬僚保持威嚴用的。用在一般交際裏，未免太露骨了；而在上述的情形中，不為主人留一些餘地，更屬無禮。大人物以及準大人物之可怕，正在此等處。至於應付的方法，其實倒也有，那還是沉默；只消照樣籠了手，和他對看起來，他大約也就無可奈何了罷？

如面談

　　朋友送來一匣信箋，箋上刻着兩位古裝的人，相對拱揖，一旁題了「如面談」三個大字。是明代鍾惺的尺牘選第一次題這三個字，這三個字恰說出了寫信的用處。信原是寫給「你」或「你們幾個人」看的；原是「我」對「你」或「你們幾個人」的私人談話，不過是筆談罷了。對談的人雖然親疏不等，可是談話總不能像是演說的樣子，教聽話的受不了。寫信也不能像作論的樣子，教看信的受不了，總得讓看信的覺着信裏的話是給自己說的才成。這在乎各等各樣的口氣。口氣合式，才能夠「如面談」。但是寫信究竟不是「面談」；不但不像「面談」時可以運用聲調表情姿態等等，並且老是自己的獨白，沒有穿插和掩映的方便，也比「面談」難。寫信要「如面談」，比「面談」需要更多的心思和技巧，並不是一下筆就能做到的。

　　可是在一種語言裏，這種心思和技巧，經過多少代多少人的運用，漸漸的程式化。只要熟習了那些個程式，應用起來，「如面談」倒也不見得怎樣難。我們的文言信，就是久經程式化了的，寫信的人利用那些程式，可以很省力的寫成合式的，多多少少「如面談」的信。若教他們寫白話，倒不容易寫成這樣像信的信。《兩般秋雨隨筆》記着一個人給一個婦人寫家

信，那婦人要照她說的寫，那人周章了半天，終歸擱筆。他沒法將她說的那些話寫成一封像信的信。文言信是有樣子的，白話信壓根兒沒有樣子；那人也許覺得白話壓根兒就不能用來寫信。同樣心理，測字先生代那些不識字的寫信，也並不用白話；他們寧可用那些不通的文言，如「來信無別」之類。我們現在自然相信白話可以用來寫信，而且有時也實行寫白話信。但是常寫白話文的人，似乎除了胡適之先生外，寫給朋友的信，還是用文言的時候多，這只要翻翻現代書簡一類書就會相信的。原因只是一個「懶」字。文言信有現成的程式，白話信得句句斟酌，好像作文一般，太費勁，誰老有那麼大工夫？文言至今還能苟偷懶，慢慢找出些白話應用文的程式，文言就真「死」了。

林語堂先生在〈論語錄體之用〉（《論語》二十六期）裏說過：

一人修書，不曰「示悉」，而曰「你的芳函接到了」，不曰「至感」「歉甚」，而曰「很感謝你」「非常慚愧」，便是嚕哩嚕嚕，文章不經濟。

「示悉」，「至感」，「歉甚」，都是文言信的程式，用來確是很經濟，很省力的。但是林先生所舉的三句「嚕哩嚕嚕」的白話，恐怕只是那三句文言的直譯，未必是實在的例子。我們可以說「來信收到了」，「感謝」，「對不起」，「對不起得很」，用不着繞彎兒從文言直譯。——若真有這樣繞彎兒的，那一定是新式的測字先生！這幾句白話似乎也是很現成，很經濟的。字數比那幾句相當的文言多些，但是一種文體有一種經

濟的標準，白話的字句組織與文言不同，它們其實是兩種語言，繁簡當以各自的組織為依據，不當相提並論。白話文固然不必全合乎口語，白話信卻總該是越能合乎口語，才越能「如面談」。這幾個句子正是我們口頭常用的，至少是可以上口的，用來寫白話信，我想是合式的。

　　麻煩點兒的是「敬啟者」，「專此」，「敬請大安」，這一套頭尾。這是一封信的架子；有了它才像一封信，沒有它就不像一封信。「敬啟者」如同我們向一個人談話，開口時用的「我對你說」那句子，「專此」「敬請大安」相當於談話結束時用的「沒有甚麼啦，再見」那句子。但是「面談」不一定用這一套兒，往往只要一轉臉向着那人，就代替了那第一句話，一點頭就代替了那第二句話。這是寫信究竟不「如面談」的地方。現在寫白話信，常是開門見山，沒有相當於「敬啟者」的套頭。但是結尾卻還是裝上的多，可也只用「此祝健康！」「祝你進步！」「祝好！」一類，像「專此」「敬請大安」那樣分截的形式是不見了。「敬啟者」的淵源是很悠久的，司馬遷《報任少卿書》開頭一句是「太史公牛馬走司馬遷再拜言，少卿足下」，「再拜言」就是後世的「敬啟者」。「少卿足下」在「再拜言」之下，和現行的格式將稱呼在「敬啟者」前面不一樣。既用稱呼開頭，「敬啟者」原不妨省去；現在還因循的寫着，只是遺形物罷了。寫白話信的人不理會這個，也是自然而然的。「專此」「敬請大安」下面還有稱呼作全信的真結尾，也可算是遺形物，也不妨省去。但那「套頭」差不多全剩了形式，這「套尾」多少還有一些意義，白話信裏保存着它，不是沒有理由的。

　　在文言信裏，這一套兒有許多變化，表示寫信人和受信人的身份。如給父母去信，就須用「敬稟者」，「謹此」，「敬請福安」，給前輩去信，就須用「敬肅者」，「敬請道安」，給後輩去信，就須用「啟者」，「專泐」，「順問近佳」之類，用錯了是會讓人恥笑的——尊長甚至於還會生氣。白話信的結尾，雖然還沒講究到這些，但也有許多變化；那些變化卻只是修辭的變化，並不表明身份。因為是修辭的變化，所以不妨掉掉筆頭，來點新鮮花樣，引起看信人的趣味，不過總也得和看信人自身有些關切才成。如「敬祝抗戰勝利」，雖然人同此心，但是「如面談」的私人的信裏，究竟嫌膚廓些。又如「謹致民族解放的敬禮」，除非寫信人和受信人的雙方或一方是革命同志，就不免不親切的毛病。這都有些像演說或作論的調子。修辭的變化，文言的結尾裏也有。如「此頌文祺」，「敬請春安」，「敬頌日祉」，「恭請痊安」，等等，一時數不盡，這裏所舉的除「此頌文祺」是通用的簡式外，別的都是應時應景的式子，不能亂用。寫白話信的人既然不願扔掉結尾，似乎就該試試多造些表示身份以及應時應景的式子。只要下筆時略略用些心，這是並不難的。

　　最麻煩的要數稱呼了。稱呼對於口氣的關係最是直截的，一下筆就見出，拐不了彎兒。談話時用稱呼的時候少些，鬧了錯兒，還可以馬虎一些。寫信不能像談話那樣面對面的，用稱呼就得多些；鬧了錯兒，白紙上見黑字，簡直沒個躲閃的地方。文言信裏稱呼的等級很繁多，再加上稱呼底下帶着的敬語，真是數不盡。開頭的稱呼，就是受信人的稱呼，有時

還需要重疊，如「父母親大人」，「仁兄大人」，「先生大人」等。現在「仁兄大人」等是少用了，卻換了「學長我兄」之類；至於「父母親」加上「大人」，依然是很普遍的。開頭的稱呼底下帶着的敬語，有的似乎原是些位置詞，如「膝下」，「足下」；這表示自己的信不敢直率的就遞給受信人，只放在他或他們的「膝下」，「足下」，讓他或他們得閒再看。有的原指伺候的人，如「閣下」，「執事」；這表示只敢將信遞給「閣下」的公差，或「執事」的人，讓他們覷空兒轉呈受信人看。可是用久了，用熟了，誰也不去注意那些意義，只當作敬語用罷了。但是這些敬語表示不同的身份，用的人是明白的。這些敬語還有一個緊要的用處。在信文裏稱呼受信人有時只用「足下」，「閣下」，「執事」就成；這些縮短了，替代了開頭的那些繁瑣的詞兒。——信文裏並有專用的簡短的稱呼，像「台端」便是的。另有些敬語，卻真的只是敬語，如「大鑑」，「台鑑」，「鈞鑑」，「勳鑑」，「道鑑」等，「有道」也是的。還有些只算附加語，不能算敬語，像「如面」，「如晤」，「如握」，以及「覽」，「閱」，「見字」，「知悉」等，大概用於親近的人或晚輩。

　　結尾的稱呼，就是寫信人的自稱，跟帶着的敬語，現在還通用的，卻沒有這樣繁雜。「弟」用得最多，「小弟」，「愚弟」只偶然看見。光頭的名字，用的也最多，「晚」，「後學」，「職」也只偶然看見。其餘還有「兒」，「姪」等：「世姪」也用得着，「愚姪」卻少——這年頭自稱「愚」的究竟少了。敬語是舊的「頓首」和新的「鞠躬」最常見；「謹啟」太質樸，「再拜」太古老，「免冠」雖然新，卻又不今不古的，這些都少用。對尊長

通用「謹上」，「謹肅」，「謹稟」——「叩稟」，「跪稟」有些稀
罕了似的；對晚輩通用「泐」，「字」等，或光用名字。

　　白話裏用主詞句子多些，用來寫信，需要稱呼的地方自然
也多些。但是白話信的稱呼似乎最難。文言信用的那些，大
部分已經成了遺形物，用起來即使不至於覺得封建氣，即使不
至於覺得滿是虛情假意，但是不親切是真的。要親切，自然
得向「面談」裏去找。可是我們口頭上的稱呼，還在演變之中，
凝成定型的絕無僅有，難的便是這個。我們現在口頭上通用
於一般人的稱呼，似乎只有「先生」。而這個「先生」又不像
「密斯忒」、「麥歇」那樣真可以通用於一般人。譬如英國大學
裏教師點名，總稱「密斯忒某某」，中國若照樣在點名時稱「某
某先生」，大家就覺得客氣得過火點兒。「先生」之外，白話
信裏最常用的還有「兄」，口頭上卻也不大聽見。這是從文言
信裏借來稱呼比「先生」親近些的人的。按說十分親近的人，
直寫他的名號，原也未嘗不可，難的是那些疏不到「先生」，
又親不到直呼名號的。所以「兄」是不可少的詞兒——將來久
假不歸，也未可知。

　　更難的是稱呼女人，劉半農先生曾主張將「密斯」改稱「姑
娘」，卻只成為一時的談柄；我們口頭上似乎就沒有一個真通
用的稱呼女人的詞兒。固然，我們常說「某小姐」，「某太太」，
但寫起信來，麻煩就來了。開頭可以很自然的寫下「某小姐」，
「某太太」，信文裏再稱呼卻就繞手；還帶姓兒，似乎不像信，
不帶姓兒，又像丫頭老媽子們說話。只有我們口頭上偶而一
用的「女士」，倒可以不帶姓兒，但是又有人嫌疑它生剌剌的。

我想還是「女士」大方些，大家多用用就熟了。要不，不分男女都用「先生」也成，口頭上已經有這麼稱呼的 —— 不過顯得太單調罷了。至於寫白話信的人稱呼自己，用「弟」的似乎也不少，不然就是用名字。「弟」自然是從文言信裏借來的，雖然口頭上自稱「兄弟」的也有。光用名字，有時候嫌不大客氣，這「弟」字也是不可少的，但女人給普通男子寫信，怕只能光用名字，稱「弟」既不男不女的，稱「妹」顯然又太親近了，—— 正如開頭稱「兄」一樣。男人寫給普通女子的信，不用説，也只能光用名字。白話信的稱呼卻都不帶敬語，只自稱下有時裝上「鞠躬」，「謹啟」，「謹上」，也都是借來的，可還是懶得裝上的多。這不帶敬語，卻是歐化。那些敬語現在看來原夠膩味的，一筆勾銷，倒也利落，乾淨。

五四運動後，有一段兒還很流行稱呼的歐化。寫白話信的人開頭用「親愛的某某先生」或「親愛的某某」，結尾用「你的朋友某某」或「你的真摯的朋友某某」，是常見的，近年來似乎不大有了，即使在青年人的信裏。這一套大約是從英文信裏抄襲來的。可是在英文裏，口頭的「親愛的」和信上的「親愛的」，親愛的程度迥不一樣。口頭的得真親愛的才用得上，人家並不輕易使喚這個詞兒；信上的不論你是誰，認識的，不認識的，都得來那麼一個「親愛的」—— 用慣了，用濫了，完全成了個形式的敬語，像我們文言信裏的「仁兄」似的。我們用「仁兄」，不管他「仁」不「仁」；他們用「親愛的」，也不管他「親愛的」不「親愛的」。可是寫成我們的文字，「親愛的」就是不折不扣的親愛的 —— 在我們的語言裏，「親愛」真是親

愛，一向是不折不扣的 ── ，因此看上去老有些礙眼，老覺着過火點兒；甚至還肉麻呢。再說「你的朋友」和「你的真摯的朋友」。有人曾說「我的朋友」是標榜，那是用在公開的論文裏的。我們雖然只談不公開的信，雖然普通用「朋友」這詞兒，並不能表示客氣，也不能表示親密，可是加上「你的」，大書特書，怕也免不了標榜氣。至於「真摯的」，也是從英文裏搬來的。毛病正和「親愛的」一樣。── 當然，要是給真親愛的人寫信，怎麼寫也成，上面用「我的心肝」，下面用「你的寵愛的叭兒狗」，都無不可，不過本文是就一般程式而論，只能以大方為主罷了。

　　白話信還有領格難。文言信裏差不多是看不見領格的，領格表現在特種敬語裏。如「令尊」，「嫂夫人」，「潭府」，「惠書」，「手教」，「示」，「大著」，「鼎力」，「尊裁」，「家嚴」，「內人」，「舍下」，「拙著」，「綿薄」，「鄙見」等等，比起別種程式，更其是數不盡。有些口頭上有，大部分卻是寫信寫出來的。這些足以避免稱呼的重複，並增加客氣。文言信除了寫給子姪，是不能用「爾」，「汝」，「吾」，「我」等詞的，若沒有這些敬語，遇到領格，勢非一再稱呼不可；雖然信文裏的稱呼簡短，可是究竟嫌累贅些。這些敬語口頭上還用着的，白話信裏自然還可以用，如「令尊」，「大著」，「家嚴」，「內人」，「舍下」，「拙著」等，但是這種非常之少。白話信裏的領格，事實上還靠重複稱呼，要不就直用「你」「我」字樣。稱呼的重複免不了累贅，「你」「我」相稱，對於生疏些的人，也不合式。這裏我想起了「您」字。國語的「您」可用於尊長，是個很方便

的敬詞——本來是複數，現在卻只用作單數。放在信裏，作主詞也好，作領格也好，既可以減少那累贅的毛病，也不至於顯得太托熟似的。

寫信的種種程式，作用只在將種種不同的口氣標準化，只在將「面談」時的一些聲調表情姿態等等標準化。熟悉了這些程式，無需句斟字酌，在口氣上就有了一半的把握，就不難很省力的寫成合式的，多多少少「如面談」的信。寫信究竟不是「面談」，所以得這樣辦；那些程式有的並不出於「面談」，而是寫信寫出來的，也就是為此。各色各樣的程式，不是要筆頭，不是掉槍花，都是實際需要逼出來的。文言信裏還不免殘存着一些不切用的遺物，白話信卻只嫌程式不夠用，所以我們不能偷懶，得斟酌情勢，多試一些，多造一些。一番番自覺的努力，相信可以使白話信的程式化完成得更快些。

但是程式在口氣的傳達上至多只能幫一半忙，那一半還得看怎麼寫信文兒。這所謂「神而明之，存乎其人」，沒甚麼可說的。不過這裏可以借一個例子來表示同一事件可以有怎樣不同的口氣。胡適之先生說過這樣一個故事：

有一裁縫，花了許多錢送他兒子去唸書。一天，他兒子來了一封信。他自己不認識字，他的鄰居一個殺豬的倒識字，不過識的字很少。他把信拿去叫殺豬的看。殺豬的說信裏是這樣的話，「爸爸！趕快給我拿錢來！我沒有錢了，快給我錢！」裁縫說，「信裏是這樣的說嗎！好！我讓他從中學到大學唸了這些年書，唸得一點禮貌都沒有了！」說着就難過起來。正在這時候，來了一個牧師，就問他為甚麼難過。他把原因一說，

牧師説，「拿信來，我看看。」就接過信來，戴上眼鏡，讀道，「父親老大人，我現在窮得不得了了，請你寄給我一點錢罷！寄給我半鎊錢就夠了，謝謝你。」裁縫高興了，就寄兩鎊錢給他兒子。（《中國禪學的發展史》講演詞，王石子記，一九三四年十二月十六日《北平晨報》）

有人說，日記和書信裏，最能見出人的性情來，因為日記只給自己看，信只給一個或幾個朋友看，寫來都不做作。「不做作」可不是「信筆所之」。日記真不準備給人看，也許還可以「信筆所之」一下；信究竟是給人看的，雖然不能像演説和作論，可也不能只顧自己痛快，真的「信筆」寫下去。「如面談」不是胡帝胡天的，總得有「一點禮貌」，也就是一份客氣。客氣要大方，恰到好處，才是味兒，「如面談」是需要火候的。

自治底意義

中國自治底火焰在民國初元間亮過一亮，—— 雖然很昏暗 —— 不久便被人捻熄了。五四運動後，大家用自由底火燒他，才又漸漸地復活起來；甚麼學生自治咧！地方自治咧，如今東也嚷着，西也嚷着了！但自治究竟有甚麼意義呢？

有些人以為自治是一種權威；權威在自己手裏，便是自治，否則便是被治。權威像一個足球，可以整個的從你腳上盤到他腳上，從這些人腳上盤到那些人腳上；一得着便全得着了。

有些人當自治是「整個的」，得着他便是最後的滿足；甚麼努力都不用了。—— 自治這樣變成無治。

得着自治，自己便算治好，無庸再治了；這時自己成為權威的所有者，倒可以自豪呢！有些人又這樣想。

終於有人將自治看成「治人」了：從前權威在人家手裏，人家治過我們，現今到了我們手裏，怎不應該「如法泡製」去治人家呢？

迷惑的人們都這般想着，自治的火焰哪日才能大放光明喲！

自治實在是一種進步的活動，並不是靜止的權威；是時

時變化，時時需要創造的，不是現成的，所以不能像盤足球一樣，一得着便全得着；我們得着自治，只是得着活動底機會——活動的方向和發展便全靠我們創造底能力決定了。機會不是成功，卻憑甚麼自豪？自己切身的事情一些沒有料理，磨拳擦掌的專等管別人閒事，又算得甚麼？況且自己得了自治底機會，倒來干涉別個底自治，算公道麼？

原來「生活是一種藝術」；我們該用藝術家底手段來過我們的生活。人從動物進化，他的生活裏包含着靈肉二元：從前哲學家以為他們是勢不兩立的，所以一班主張靈的生活的便極端否認肉的生活底價值，反之，主張肉的生活的也極端否認靈的生活；這都是偏見罷了。我們所要求的是靈肉一致的生活，那才是真正人的生活。但從現在的人類說來，他們生活裏所含的畢竟是肉的元素多些——肉的生活發達些；這自然不是我們所希望的圓滿的生活。要得圓滿，應該設法教靈的生活格外發展起來：努力是必要了。這向着圓滿生活的努力便是藝術底工夫，便是所謂「治」。但是各個人乃至各人羣都各有他們自己的生活，他們自己的生活只有他們自己最能懂得；「治」也只能由他們自己去治——別人代治，就是抱着一片好心，也苦得搔不着癢處，不是太過，便是不及；要再安着別的心眼兒，那被治的豈不教他們坑了！這樣，讓各個人，各社會自己向圓滿的生活努力，便是自治。——所以自治是生活底方法。

但「自治」底「自」字不可太看重了，太看重「自」字便有兩種弊病：第一，只顧自己，不管別人死活，這叫自封；第

二，損人利己，這叫自私。要曉得「人是社交的動物」，無論哪個「自己」，都是在「人」裏生活着的；「自己」底行為在「人」裏引起相當的影響，「人」受了影響，又生出和這影響相當的影響，回到自己：這樣成功一個影響底網。自己固然要顧，不過不要忘卻比自己更大的還有「人」，要顧「人」底自己，別顧「自己」底自己；不然，「人」病了，你能不受些傳染麼？「人」牽制着你，你能向前走得幾步呢？所以越能「兼善」，才越能「獨善」，否則所謂「善」的也就很淺薄了！至於損人利己，實是自損損人；所謂「利」的，不過暫時的，表面的，這自然也是不正常的。

　　自封的說，我們不是不願顧「人」，只是碰來碰去，碰不着好人，心腸自然冷了；教我們怎能夠不「自行其是」，「獨善其身」呢？這「只有我們好」，「只有我們這班好人能做出好事」兩個信念，實在貽誤不淺。要知極好的人果然少，極壞的人也不多；有好有壞的中流人倒遍地都是咧。這樣，我們不見得就是極好的人；好人也不見得只有我們幾個；壞人也不見得絕對做不出好事，只看機會罷了。所以我們應該相信：我們要做好人，有我們在，甚麼事都做得好的；我們該跟着比我們好的，領着不如我們的，向我們的進化路上衝去——所謂壞人，我們該制裁他們，感化他們，給他們向上底機會，他們自然會拿出良心來的。對於自私的，便可這樣辦理。

　　這裏有了一個問題：自治和自由有甚麼關係呢？「自治」是不是和「在人羣裏絕對自由」同義？如是的，我們承認一個人或一個社會底自治，就不能不承認他在人羣裏絕對自由；

那麼，他只顧自己或損人利己，我們也只好聽他了？這是要腐蝕人羣的；要是各個人，各社會都這樣，豈不是人類自滅麼？因此，我上面才講到制裁。我想人的生活現在還沒有達到至善，——有沒有至善，也難說定——絕對的自由很容易教逐漸衰弱的惡元素「死灰復燃」，「潛滋暗長」起來；這是退步的活動，不是進步的活動了。所以制裁是必需的，不過自由是人類發展可能性底唯一條件，我們也承認。我們所盼望的是：自由增加到很大，很大的限度，同時制裁減少到很小，很小的限度，但不能一些沒有——這樣，制裁不獨不能拘束自由，且能助長自由了。若問世界將來有沒有全是自由，用不着制裁的時代，我卻不能預知；我只就現在以及最近的將來說罷了！

自治是一種進步的活動，他裏麵包着兩個歷程：一，表現；二，抗議。我們努力求自由，不絕地發展我們的可能性，便是表現。但是進化底路上不免有許多障礙——靈肉不調和所生的種種衝突——直線的表現是不可能的；我們不得不費些力量去「清宮除道」——故不得不經濟些。

這便是抗議。表現是創造；抗議是破壞，是表現底一種手段。真正的自治，這兩種工夫都要有的。那些只曉得沾沾地守着「庸德之行」，「庸言之謹」的個人或社會，只消極地不作惡，卻沒力量去行善去惡；這不算自治得好，只好做一個生活的落伍者罷了。還有那專門破壞的，只省得摧枯拉朽地將生活裏一切不合理的元素都劃除盡了，卻不想想造出新的來替代他們，生活豈不要成空虛麼？

感情和知識是自治底兩翼。自治底效力全靠着他們。

要切實感着自己生活底利害和自己同別人的關係，非涵養很深廣的感情不可；要明白自己生活的過去種種影響和決定他將來種種傾向，沒有知識是不行的。感情教我們做，知識告訴我們怎樣做；沒有知識的感情是盲目的，沒有感情的知識是枯死的。現在有一班人，只顧求知識，卻甚麼不想做，感情太冷了，只怕生活也要枯涸罷！這也不算能自治的。

總之，自治底目的在乎人生底向上或品格的增進；他是進步的活動，這向上和增進是綿綿無盡期的。

看哪！我們自治底火焰越發亮了，快努力罷！

哪裏走

吳萍郘火栗四君

　　近年來為家人的衣食，為自己的職務，日日地忙着，沒有坐下閒想的工夫；心裏似乎甚麼都有，又似乎甚麼都沒有。萍見面時，常嘆息於我的沉靜；他斷定這是退步。是的，我有兩三年不大能看新書了，現在的思想界，我竟大大地隔膜了；就如無源的水一樣，教它如何能夠滔滔地長流呢？幸而我還不斷地看報，又住在北京，究竟不至於成為與世隔絕的人。況且魯迅先生說得好：「中國現在是一個進向大時代的時代。」無論你是怎樣的小人物，這時代如閃電般，或如游絲般，總不時地讓你瞥着一下。它有這樣大的力量，決不從它巨靈般的手常中放掉一個人；你不能不或多或少感着它的威脅。大約因為我現在住着的北京，離開時代的火焰或漩渦還遠的緣故吧，我還不能說清這威脅是怎樣；但心上常覺有一點除不去的陰影，這卻是真的。我是要找一條自己好走的路；只想找着「自己」好走的路罷了。但哪裏走呢？或者，哪裏走呢！

　　我所徬徨的便是這個。

　　說「哪裏走？」是還有路可走；只須選定一條便好。但這

也並不容易，和舊來所謂立志不同。立志究竟重在將來，高遠些，空泛些，是無妨的。現在我說選路，卻是選定了就要舉步的。在這時代，將來只是「浪漫」，與過去只是「腐化」一樣。它教訓我們，靠得住的只是現在，內容豐富的只是現在，值得拚命的只是現在；現在是力，是權威，如鋼鐵一般。但像我這樣一個人，現在果然有路可走麼？果然有選路的自由與從容麼？我有時懷疑這個「有」，於是乎悚然了：哪裏走呢！舊小說裏寫勇將，寫俠義，當追逼或圍困着他們的對手時，往往斷喝一聲道，「往哪裏走！」這是說，沒有你走的路，不必走了；快快投降，遭擒或受死吧。投降等也可以說是路，不過不是對手所欲選擇的罷了。我有時正感着這種被迫逼，被圍困的心情：雖沒有身臨其境的慌張，但覺得心上的陰影越來越大，頗有些惘惘然。

三個印象

我知道這種心情的起源。春間北來過上海時，便已下了種子；以後逐漸發育，直至今日，正如成蔭的大樹，根株蟠結，不易除去。那時上海還沒有革命呢；我不過遇着一個電車工人罷工的日子。我從寶山路口向天后宮橋走，街沿上擠擠挨挨滿是人；這在平常是沒有的。我立刻覺着異樣；雖然是晴天，卻像是過着梅雨季節一般。後來又坐着人力車，由二洋涇橋到海寧路，經過許多熱鬧的街市。如密雲似的，如波浪似的，如火焰似的，到處擾擾攘攘的行人；人力車得委婉曲折地穿過人叢，拉車的與坐車的，不由你不耐着性兒。

我坐在車上，自然不要自己掙扎，但看了人羣來來往往，前前
後後，進進退退地移動着，不禁也暗暗地代他們出着力。這
頗像美國式足球戰時，許多壯碩的人壓在一個人身上，成了
肉堆似的；我感着窒息一般的緊張了。就是那天晚上，我遇
着郢。我說上海到底和北京不同；從一方面說，似乎有味得
多——上海是現代。郢點點頭。但在上海的人，那時怕已是
見慣了吧；讓諦知道，又該說我「少見多怪」了。

　　第二天是我動身的日子，火來送我。我們在四馬路上走
着，從上海談到文學。火是個深思的人。他說給我將着手的
一篇批評論文的大意。他將現在的文學，大別為四派。一是
反語或冷嘲；二是鄉村生活的描寫；三是性慾的描寫；四是
所謂社會文學，如記一個人力車伕挨巡捕打，而加以同情之
類。他以為這四種都是 Petty Bourgeoisie[2] 的文學。一是說說
閒話。二是寫人的愚痴；自己在圈子外冷眼看着。四雖意在
為 Proletariat[3] 說話，但自己的階級意識仍脫不去；只算「發政
施仁」的一種變相，只算一種廉價的同情而已。三所寫的頹
廢的心情，仍以 Bourgeoisie[4] 的物質文明為背景，也是 Petty
Bourgeoisie 的產物。這四派中，除第三外，都除外自己說話。
火不讚成我們的文學除外自己說話；他以為最親切的還是說
我們自己的話。至於所謂社會文學，他以為竟毫無意義可言。

2　小資產階級。
3　無產階級。
4　資產階級。

他説，Bourgeoisie 的滅亡是時間問題，Petty Bourgeoisie 不用説是要隨之而去的。一面 Proletariat 已漸萌芽蠢動了；我們還要用那養尊處優，豐衣足食（自然是比較的説法）之餘的幾滴眼淚，去代他們申訴一些浮面的，似是而非的疾苦，他們的不屑一顧，是當然。而我們自己已在向滅亡的途中，這種不干己的呼籲，也用它不着。所以還是説自己的話好。他説，我們要儘量表現或暴露自己的各方面；為圖一個新世界早日實現，我們這樣促進自己的滅亡，也未嘗沒有意義的。「促進自己的滅亡」，這句話使我悚然；但轉唸到這也是無可奈何的事的時候，我又爽然自失。與火相別一年，不知如何，他還未將這篇文寫出；我卻時時咀嚼他那末一句話。

到京後的一個晚上，栗君突然來訪。那是一個很好的月夜，我們沿着水塘邊一條幽僻的小路，往復地走了不知幾趟。我們緩緩地走着，快快地談着。他是勸我入黨來的。他説像我這樣的人，應該加入他們一夥兒工作。工作的範圍並不固定；政治，軍事固然是的，學術，文學，藝術，也未嘗不是的 —— 盡可隨其性之所近，努力做去。他末了説，將來怕離開了黨，就不能有生活的發展；就是職業，怕也不容易找着的。他的話是很懇切。當時我告訴他我的躊躇，我的性格與時代的矛盾；我説要和幾個熟朋友商量商量。後來萍説可以不必；郢來信説現在這時代，確是教人徘徊的；火的信也説將來必須如此時再説吧。我於是只好告訴栗君，我想還是暫時超然的好。這超然究竟能到何時，我毫無把握。若能長此超然，在我倒是佳事。但是，若不能呢？我因此又迷糊着了。

時代與我

這時代是一個新時代。時代的界限，本是很難畫出的；但我有理由，從十年前起算這時代。在我的眼裏，這十年中，我們有着三個步驟：從自我的解放到國家的解放，從國家的解放到 Class Struggle[5]；從另一面看，也可以説是從思想的革命到政治的革命，從政治的革命到經濟的革命。我説三個步驟，是説它們先後相承的次序，並不指因果關係而言；論到因果關係，是沒有這麼簡單的。實在，第二，第三兩個步驟，只包括近一年來的時間；説以前九午都是醖釀的時期，或是過渡的時期，也未嘗不可。在這三個步驟裏，我們看出顯然不同的兩種精神。在第一步驟裏，我們要的是解放，有的是自由，做的是學理的研究；在第二，第三步驟裏，我們要的是革命，有的是專制的黨，做的是軍事行動及黨綱，主義的宣傳。這兩種精神的差異，也許就是理想與實際的差異。

在解放的時期，我們所發見的是個人價值。我們詛咒家庭，詛咒社會，要將個人抬在一切的上面，作宇宙的中心。我們説，個人是一切評價的標準；認清了這標準，我們要重新估定一切傳統的價值。這時是文學，哲學全盛的日子。雖也有所謂平民思想，但只是偶然的憐憫，適成其為慈善主義而已。社會科學雖也被重視，而與文學，哲學相比，卻遠不能及。這大約是經濟狀況劇變的緣故吧，三四年來，社會科學的書籍，特別是關於社會革命的，銷場漸漸地增廣了，文學，哲學反倒

5　階級鬥爭。

被壓下去了；直到革命爆發為止。在這革命的時期，一切的價值都歸於實際的行動；軍士們的槍，宣傳部的筆和舌，做了兩個急先鋒。只要一些大同小異的傳單，小冊子，便已足用；社會革命的書籍亦已無須，更不用提甚麼文學，哲學了。這時期「一切權力屬於黨」。在理論上，不獨政治，軍事是黨所該管；你一切的生活，也都該黨化。黨的律是鐵律，除遵守與服從外，不能說半個「不」字，個人 —— 自我 —— 是渺小的；在黨的範圍內發展，是認可的，在黨的範圍外，便是所謂「浪漫」了。這足以妨礙工作，為黨所不能容忍。幾年前，「浪漫」是一個好名字，現在它的意義卻只剩了諷刺與詛咒。「浪漫」是讓自己蓬蓬勃勃的情感儘量發洩，這樣擴大了自己。但現在要的是工作，蓬蓬勃勃的情感是無訓練的，不能發生實際效用；現在是緊急的時期，用不着這種不緊急的東西。持續的，強韌的，有組織的工作，在理知的權威領導之下，向前進行：這是今日的教義。黨便是這種理知的權威之具體化。黨所要求於個人的是犧牲，是無條件的犧牲。一個人得按着黨的方式而生活，想自出心裁，是不行的。

現在革命的進行雖是混亂，有時甚至失掉革命的意義；但在暗中 Class Struggle 似乎是很激烈的。只要我們承認事實，無論你贊成與否，這 Struggle 是不斷地在那邊進行着的。來的終於要來，無論怎樣詛咒，壓迫，都不中用。這是一個世界波浪。固然，我絲毫不敢說這 Struggle，便是就中國而言，何時結束，怎樣結束；至於全世界，我更無從懸揣了。但這也許是杞憂吧？我總預想着我們階級的滅亡，如火所說。這

滅亡的到來，也許是我所不及見，但昔日的我們的繁榮，漸漸往衰頹的路上走，總可以眼睜睜看着的。這衰頹不能盼望在平和的假裝下度了過去；既說 Struggle，到了短兵相接的時候，說不得要露出猙獰的面目，毒辣的手段來的。槍與炸彈和血與肉打成一片的時候，總之是要來的。近來廣州的事變，殺了那麼些人，燒了那麼些家屋，也許是大恐怖的開始吧！

　　自然，我們說，這種破壞是殘忍的，只是殘忍的而已！我們說，那一些人都是暴徒，他們毀掉了我們最好的東西——文化！「我們詛咒他們！」「我們要復仇！」但這是我們的話，用我們的標準來評定的價值；而我們的標準建築在我們的階級意識上，是不用說的。他們是，在企圖着打倒這階級的全部，倘何有於區區評價的標準？我們的詛咒與怨毒，只是「我們的」詛咒與怨毒，他們是毫無認識的必要的。他們可以說，這是創造一個新世界的必要的歷程！他們有他們評價的標準，他們的階級意識反映在裏邊，也自有其理論上的完成。我們只是詛咒，怨毒，都不相干；要看總 Struggle 如何，才有分曉。不幸我覺得我們 Struggle 的力量，似已微弱；各方面自由的，自私的發展，失了集中的陣勢。他們卻是初出柙的猛虎，一切不顧忌地拚命上前肉搏；真專制的紀律將他們凝結成鐵一般的力量。現在雖還沒有充足的經驗，屢次敗退下去；但在這樣社會制度與情形之下，他們的人是只有一天天激增起來，勢力愈積愈厚；暫時的挫折與犧牲，他們是未必在意的。而我們的基礎，我雖然不願意說，勢所必至，會漸漸空虛起來；正如一座老建築，雖然時常修葺，到底年代多了，終有

被風雨打得坍倒的一日！那時我們的文化怎樣？該大大地變形了吧？我們自然覺得可惜；這是多麼空虛和野蠻呀！但事實不一定是空虛和野蠻，他們將正欣幸着老朽的打倒呢！正如歷史上許多文化現已不存在，我們卻看作當然一般，他們也將這樣看我們吧？這便是所謂「後之視今，猶今之視昔！」我們看君政的消滅，當作快事，他們看民治的消滅，也當一樣當作快事吧？那時我們滅亡，正如君主滅恨一般，在自然的眼裏，正是一件稀鬆大平常的事而已。

　　我們的階級，如我所預想的，是在向着滅亡走；但我為甚麼必得跟着？為甚麼不革自己的命，而甘於作時代的落伍者？我為這件事想過不止一次。我解剖自己，看清我是一個不配革命的人！這小半由於我的性格，大半由於我的素養；總之，可以說是運命規定的吧。——自然，運命這個名詞，革命者是不肯說的。在性格上，我是一個因循的人，永遠只能跟着而不能領着；我又是沒有定見的人，只是東鱗西爪地漁獵一點兒；我是這樣地愛變化，甚至說是學時髦，也可以的。這種性格使我在許多情形裏感着矛盾；我之所以已到中年而百無一成者，以此。一面我雖不是生在甚麼富貴人家，也不是生在甚麼詩禮人家，從來沒有闊過是真的；但我總不能不說是生在 Petty Bourgeoisie 裏。我不是個突出的人，我不能超乎時代。我在 Petty Bourgeoisie 裏活了三十年，我的情調，嗜好，思想，論理，與行為的方式，在在都是 Petty Bourdgeoisie 的；我徹頭徹尾，淪肌浹髓是 Petty Bourgeoisie 的。離開了 Petty Bourgeoisie，我沒有血與肉。我也知道有些年歲比我大

的人，本來也在 Petty Bourgeoisie 裏的，竟一變到 Proletariat 去了。但我想這許是天才，而我不是的；這許是投機，而我也不能的。在歧路之前，我只有徬徨罷了。我並非迷信着 Petty Bourgeoisie，只是不由你有些捨不下似的，而且事實上也不能捨下。我是生長在都市裏的，沒有扶過犁，拿過鋤頭，沒有曝過毒日，淋過暴雨。我也沒有鋸過木頭，打過鐵；至於運轉機器，我也毫無訓練與忍耐。我不能預想這些工作的趣味；即使它們有一種我現在還不知道的趣味，我的體力也太不成，終於是無緣的。況且妻子兒女一大家，都指着我活，也不忍丟下了走自己的路。所以我想換一個生活，是不可能的，就是，想軋入 Proletariat，是不可能的。從一面看，可以說我大半是不能，小半還是不為；但也可以說，因了不能，才不為的。沒有新生活，怎能有新的力去破壞，去創造？所以新時代的急先鋒，斷斷沒有我的份兒！但是我要活，我不能沒有一個依據；於是回過頭來，只好「敝帚自珍」。自然，因果的輪子若急轉直下，新局面忽然的來，我或者被驅迫着去做那些不能做的工作，也未可知。那時怎樣？我想會累死的！若反抗着不做，許就會餓死的。但那時一個階級已在滅亡，一個人又何足輕重？我也大可不必蠍蠍螫螫地去顧慮了罷。

Proletariat 在革命的進行中，容許所謂 Petty Bourdgeoisie 同行者；這是我也有資格參加的。但我又是個十二分自私的人；老實說，我對於自己以外的人，竟是不大有興味顧慮的。便是妻子，兒女，也大半因了「生米已成熟飯」，才不得不用了廉價的同情，來維持着彼此的關係的。對於 Proledtariat，

我所能有的，至多也不過這種廉價的同情罷了，於他們絲毫不能有所幫助。火說得好：同情是非革命；嚴格論之，非革命簡直可以說與反革命同科！至於比同情進一步，去參加一些輕而易舉的行動，在我卻頗為難。一個連妻子，兒女都無心照料的人，哪能有閒情，餘力去顧到別的在他覺着不相干的人呢？況且同行者也只是搖旗吶喊，領着的另有其人。他們只是跟着，遠遠地跟着；一面自己的階級性還保留着。這結果仍然不免隨着全階級的滅亡而滅亡，不過可以晚一些罷了。而我懶惰地躲在自己的階級裏，以懶惰的同情自足，至多也只是滅亡。以自私的我看來，同一滅亡，我也就不必拗着自己的性兒去同行甚麼了。但為了自己的階級，挺身與 Proletariat 去 Struggle 的事，自然也決不會有的。我若可以說是反革命，那是在消極的意義上。我是走着衰弱向滅亡的路；即使及身不至滅亡，我也是個落伍者。隨你怎樣批評，我就是這樣的人。

我們的路

　　活在這時代的中國裏的，總該比四萬萬還多——Bourdgeoisie 與 Petty Bourgeoisie 的人數，總該也不少。他們這些人怎麼活着？他們走的是哪些路呢？我想那些不自覺的，暫時還在跟着老路走。他們或是迷信着老路，如遺老，紳士等；或是還沒有發現新路，只盲目地照傳統做着，如窮鄉僻壤的農工等——時代的波浪還沒有猛烈地向他們衝去，他們是不會意識着甚麼新的需要的。但遺老，紳士等的日子不多，而時代的洪流終於要氾濫到淹沒了地上每一個細孔；所

以這兩種在我看都只是暫時的。我現在所要提出的，卻是除
此以外的人；這些人大半是住在都市裏的。他們的第一種生
活是政治，革命的或反革命的。這相反的兩面實以階級為背
景，我想不用諱言。以現在的形勢論：一方面雖還只在零碎
Struggle，卻有一個整齊戰線；另一方面呢，雖說是總動員，
卻是分裂了旗幟各自拿着一塊走，多少仍帶着封建的精神的。
他們戰線的散漫參差，已漸漸顯現出來了。暫時的成敗，我固
然不敢說；但最後的運命，似乎是已經決定了的，如上文所論。

　　我所要申述的，是這些人的另一種生活 —— 文化。這文
化不用說是都市的。說到現在中國的都市，我覺得最熱鬧的，
最重要的，是廣州，漢口，上海，北京四處，南京雖是新都，
卻是直到現在，似乎還單調得很；上海實在比南京重要得多，
即以政治論，也是如此，看幾月來的南方政局可知。若容我粗
枝大葉地區分，我想說廣州，漢口是這時代的政治都市；上
海，北京雖也是政治都市，但同時卻代表着這時代的文化，便
與廣州，漢口不同。它們是這時代的兩個文化中心。我不想
論政治，故也不想論廣州，漢口；況且我也不熟悉這兩個都
市，遺蹟都還不曾一到呢。北京是我兩年來住居的地方，見
聞自然較近些。上海的新氣象，我雖還沒有看見，但從報紙，
雜誌上，從南來的友人的口中，也零零碎碎知道了一點兒。
我便想就這兩處，指出我說的那些人在走着那些路。我並不
是板起臉來裁判，只申述自己的感想而已；所知的雖然簡陋，
或者也還不妨的。

　　在舊時代正在崩壞，新局面尚未到來的時候，衰頹與騷

動使得大家惶惶然。革命者是無意或有意造成這惶惶然的人，自然是例外。只有參加革命或反革命，才能解決這惶惶然。不能或不願參加這種實際行動時，便只有暫時逃避的一法。這是要了平和的假裝，遮掩住那惶惶然，使自己麻醉着忘記了去。享樂是最有效的麻醉劑；學術，文學，藝術，也是足以消滅精力的場所。所以那些沒法奈何的人，我想都將向這三條路裏躲了進去。這樣，對於實際政治，便好落得個不聞理亂。雖然這只是暫時的，到了究竟，理亂總有使你不能不聞的一天；但總結賬的日子既還沒有到來，徒然地惶惶然，白白地耽擱着，又算甚麼呢？樂得暫時忘記，做些自己愛做的事業；就是將來輪着滅亡，也總算有過稱心的日子，不白活了一生。這種情形是歷史的事實；我想我們現在多少是在給這件歷史的事實，提供一個新例子。不過我得指出，學術，文學，藝術，在一個興盛的時代，也有長足的發展的，那是個順勢，不足為奇；在現在這樣一個衰頹或交替的時代，我們卻有這樣畸形的發展，是值得想一想的。

　　上海本是享樂的地方；所謂「十里洋場」，常為人所豔稱。它因商業繁盛，成了資本集中的所在，可以說是 Bourgeoisie 的中國本部；一面因國際交通的關係，輸入西方的物質文明也最多。所以享樂的要求比別處都迫切，而享樂的方法也日新月異。這是向來的情形。可是在這號為兵連禍結，民窮財盡的今日，上海又如何？據我所知，革命似乎還不曾革掉了甚麼；只有踵事增華，較前更甚罷了。如大華飯店和雲裳公司等處的生涯鼎盛，可見 Bourgeoiseie 與 Petty Bourgeoisie 的

瘋狂；賄，假使我所聞的不錯，雲裳公司還是由幾個 Petty
Bourgeoisie 的名士主持着，在這回革命後才開起來的。他們
似乎在提供着這種享樂的風氣。假使衣食住可以說是文化的
一部分，大華飯店與雲裳公司等，足可代表上海文化的一面。
你說這是美化的人生。但懂得這道理的，能有幾人？還不是
及時行樂，得過且過的多！況且如此的美化人生，是不是帶
着階級味？然而無論如何，在最近的將來，這種情形怕只有
蒸蒸日上的。我想，這也許是我們的時代的迴光反照吧？北
京沒有上海的經濟環境，自然也沒有她的繁華。但近年來南
化與歐化 —— 南化其實就是上海化，上海化又多半是歐化；
總之，可說是 Bourgeoisie 化 —— 一天比一天流行。雖還只跟
着上海走，究竟也跟着了；將來的運命在，這一點上，怕與上
海多少相同。

　　但上海的文化，還有另外重要的一面，那是文學。新文學
的作家，有許多住在上海；重要的文學集團，也多在上海 ——
現在更如此。近年又開了幾家書店，北新，開明，光華，新月
等 —— 出的文學書真不少，可稱一時之盛。北京呢，算是新
文學的策源地，作家原也很多；兩三年來，有《現代評論》，
《語絲》，可作重要的代表。而北新總局本在北京；她又介紹
了不少的新作家。所以頗有興旺之象。不料去年《現代評論》，
《語絲》先後南遷，北新被封閉，作家們也紛紛南下觀光，一
時頓覺寂寞起來。現在只剩未名，古城等幾種刊物及古城書
店，暫時支撐這個場面。我想，北京這樣一個『古城』，這樣
一個大都會，在這樣的時代，斷不會長遠寂寞下去的。

　　新文學的誕生，引起了思想的革命；這是近十年來這新時代的起頭——所以特別有着廣大長遠的勢力。直到兩三年前，社會革命的火焰漸漸燃燒起來，一般青年都預想着革命的趣味；這時候所有的是忙碌和緊張，欣賞的閒情，只好暫時擱起。他們要的是實行的參考書；社會革命的書籍的流行，一時超過了文學；直到這時候，文學的風起雲湧的聲勢，才被蓋了下去。記得前年夏天在上海，《我們的六月》剛在亞東出版。郢有一天問我銷得如何？他接着說，現在怕沒有多少人要看這種東西了吧？這可見當時風氣的一斑了。但是很奇怪，在革命後的這一年間，文學卻不但沒有更加衰落下去，反像有了復興的樣子。只看一看北新，開明等幾書店新出版的書籍目錄，你就知道我的話不是無稽之談。更奇怪的，社會革命燒起了火焰以後，文學因為是非革命的，是不急之務，所以被擱置着；但一面便有人提供革命文學。革命文學的呼聲一天比一天高，同着熱情與切望。直到現在，算已是革命的時代，這種文學在理在勢，都該出現了；而我們何以還沒有看見呢？我的見聞淺陋，是不用說的；但有熟悉近年文壇的朋友與我說起，也以千呼萬喚的革命文學還不出來為奇。一面文學的復興卻已成了事實；這復興後的文學又如何呢？據說還是跟着從前 Petty Bourgeoisie 的系統，一貫地發展着的。直到最近，才有了描寫，分析這時代革命生活的小說；但似乎也只能算是所謂同行者的情調罷了。真正的革命文學是，還沒有一些影兒，不，還沒有一些信兒呢！

　　這自然也有辯解。真正革命的階級是只知道革命的：

他們的眼，見的是革命，他們的手，做的是革命；他們忙碌
着，緊張着，革命是他們的全世界。文學在現在的他們，
還只是不相干的東西。再則，他們將來雖勢所必至地需要
一種文學——許是一種宣傳的文學，但現在的他們的趣味
還浮淺得很，他們的喉舌也還笨拙得很，他們是不能創作出
甚麼來的。因此，在這上面暫時留下了一段空白。而 Petty
Bourdgeoisie，在革命的前夜，原有很多人甘心丟了他們的學
術，文學，藝術，想去一試身手的；但到了革命開始以後，真
正去的是那些有充足的力量，有濃厚的興趣的。此外的大概
觀望一些時，感到自己的缺乏，便廢然而返了。他們的精神
既無所依據，自然只有回到學術，文學，藝術的老路上去，以
避免那惶惶然的襲來。所以文學的復興，也是一種當然。一
面革命的書籍似乎已不如前幾年的流行；這大約因為革命的
已去革命，不革命的也已不革命了的緣故吧。因而文學書的
需要的增加，也正是意中事。但時代潮流所激盪，加以文壇上
革命文學的絕叫，描寫革命氣氛的作品，現在雖然才有端倪，
此後總該漸漸地多起來的吧。至於真正的革命文學，怕不到
革命成功時，不會成為風氣。在相反的方向，因期待過切，忍
耐過久而失望，絕望，因而詛咒革命的文學，我想也不免會有
的，雖然不至於太多。總之，無論怎樣發展，這時代的文學裏
以惶惶然的心情做骨子的，Petty Bourgeoisie 的氣氛，是將愈
過愈顯然的。

　　胡適之先生真是個開風氣的人；他提倡了新文學，又提
倡新國學。陳西瀅先生在他的《閒話》裏，深以他正向前走着，

忽又走了回去為可惜。但我以為這不過是思想解放的兩面，都是疑古與貴我的精神的表現。國學成為一個新運動，是在文學後一兩年。但這原是我們這爿老店裏最富裕的貨色，而且一向就有許多人捧着；現在雖加入些西法，但國學到底是國法，所以極合一般人的脾胃。我説「一般人」，因為從前的國學還只是一部分人的專業，這一來卻成為普遍的風氣，青年們也紛紛加入，算是時髦的東西了。這一層胡先生後來似頗不以為然。他前年在北大研究所國學門懇親會的席上，曾説研究國學，只是要知道「此路不通」，並不是要找出新路；而一般青年丟了要緊的工夫不做，都來擁擠在這條死路上，真是很可惜的。但直到現在，我們知道，研究學術原不必計較甚麼死活的；所以胡先生雖是不以為然，風氣還是一直推移下去。這種新國學運動的方向，我想可以胡先生的「歷史癖與考據癖」一語括之。不過現在這種「歷史癖與考據癖」要用在一切國故上，決不容許前人尊經重史的偏見。顧頡剛先生在北京大學研究所國學門週刊的《一九二六始刊詞》裏，説這個意思最是明白。這是一個大解放，大擴展。參加者之多，這怕也是一個重要原因。這運動盛於北京，但在上海也有不小的勢力。它雖然比新文學運動起來得晚些，而因了固有的優勢與新增的範圍，不久也就趕上前去，駸駸乎與後者並駕齊驅了。新文學銷沉的時候，它也以相同的理由銷沉着，但現在似乎又同樣地復興起來了 —— 看年來新出版的書目，也就可以知道的。國學比文學更遠於現實；擔心着政治風的襲來的，這是個更安全的逃避所。所以我猜，此後的參加者或

者還要多起來的。

此外還有一件比較小的事，這兩年住在北京的人，不論留心與否，總該覺着的。這就是繪畫展覽會，特別是國畫展覽會。你只要常看報，或常走過中山公園，就會一次兩次地看見這種展覽會的記載或廣告的。由一而再，再而三的展覽，我推想高興去看的人大約很多。而國畫的售值不斷地增高，也是另一面的證據。上海雖不及北京熱鬧，但似乎也常有這種展覽會，不過不偏重國畫罷了。最近我知道，就有陶元慶先生，劉海粟先生兩個展覽會，可以作例。藝術與文學，可以說同是象牙塔中的貨色；而藝術對於政治，經濟的影響，是更為間接些，因之，更為安靜些。所以這條路將來也不會冷落的。但是藝術中的繪畫何以獨盛？國畫又何以比洋畫盛？我想，國畫與國學一樣，在社會裏是有根柢的，是合於一般人脾胃的。可是洋畫經多年的提倡與傳習，現在也漸能引起人的注意。所以這回「海粟畫展」，竟有人買他的洋畫去收藏的。（見北京《晨報・星期畫報》）至於同是藝術的音樂，戲劇，則因人才，設備都欠缺，故無甚進展可言。國樂，國劇雖有多大的勢力，但當作藝術而加以研究的，直到現在，也還極少。

這或者等待着比較的研究，也未可知。

這是我所知的，上海，北京的 Bourgeoisie，與 Petty Bourgeoisie 裏的非革命者──特別是這種人──現在所走的路。自然，科學，藝術的範圍極廣，將來的路也許會多起來。不過在這樣擾攘的時代，那些在我們社會裏根柢較淺，又需要浩大的設備的，如自然科學，戲劇等，怕暫時總還難成為風

氣吧？—— 我說的雖是上海，北京，但相信可以代表這時代精神的一面 —— 文化。我們若可以說廣州，漢口是偏在革命的一面，上海，北京便偏在非革命的一面了。這種大都市的生活樣式，正如高屋建瓴水，它的影響會迅速地伸張到各處。你若承認從前京式的靴鞋，現在上海式裝束的勢力，你就明白現在上海，北京的風氣，將會並且已經怎樣瀰漫到別的地方了。

　　在這三條路裏，我將選擇哪一條呢？我慚愧自己是個「愛博而情不專」的人；雖老想着只選定一條路，卻總丟不下別的。我從前本是學哲學的，而同時捨不下文學。後來因為自己的科學根柢太差，索性丟開了哲學，走向文學方面來。但是文學的範圍又怎樣大！我是一直隨隨便便，零零碎碎地讀些，寫些，不曾認真做過甚麼工夫。結果是只有一點兒 —— 一點兒都沒有！駁雜與因循是我的大敵人。現在年齡是加長了，又遇着這樣「動搖」的時代，我既不能參加革命或反革命，總得找一個依據，才可姑作安心地過日子。我是想找一件事，鑽了進去，消磨了這一生。我終於在國學裏找着了一個題目，開始像小兒的學步。這正是望「死路」上走；但我樂意這麼走，也就沒有法子。不過我又是個樂意弄弄筆頭的人；雖是當此危局，還不能認真地嚴格地專走一條路 —— 我還得要寫些，寫些我自己的階級，我自己的過，現，未三時代。一勁兒悶着，我是活不了的。胡適之先生在《我的歧路》裏說：「哲學是我的職業，文學是我的娛樂」；我想套着他的調子說：「國學是我的職業，文學是我的娛樂。」這便是現在我走着的路。

至於究竟能夠走到何處，是全然不知道，全然沒有把握的。我的才力短，那不過走得近些罷了；但革命期的破壞若積極進行，報紙所載的遠方可怕的事實，若由運命的指揮，漸漸地逼到我住的所在，那麼，我的身家性命還不知是誰的，還說甚麼路不路！即使身家性命保全了，而因生計窘迫的關係，也許讓你不得不把全部的精力專用在衣食住上，那卻是真的「死路」。實在也說不上甚麼路不路！此外，革命若出乎意表地迅速地成了功，我們全階級的沒落就將開始，那是更用不着說甚麼路的！但這一層究竟還是「出乎意表」的事，暫可不論；以上兩層卻並不是渺茫不可把捉的，浪漫的將來，是從現在的事實看，說來就「來了」的。所以我雖定下了自己好走的路，卻依舊要慮到「哪裏走？」「哪裏走！」兩個問題上去！我也知道這種憂慮沒有一點用，但禁不住它時時地襲來；只要有些餘暇，它就來盤據心頭，揮也揮不去。若許我用一個過了時的名字，這大約就是所謂「煩悶」吧。不過前幾年的煩悶是理想的，浪漫的，多少可以溫馨着的；這時代的是，加以我的年齡，更為實際的，糾紛的。我說過陰影，這也就是我的陰影。我想，便是這個，也該是向着滅亡走的我們的運命吧？

1928 年 2 月 7 日作

執政府大屠殺記

　　三月十八是一個怎樣可怕的日子！我們永遠不應該忘記這個日子！

　　這一日，執政府的衛隊，大舉屠殺北京市民——十分之九是學生！死者四十餘人，傷者約二百人！這在北京是第一回大屠殺！

　　這一次的屠殺，我也在場，幸而直到出場時不曾遭着一顆彈子；請我的遠方的朋友們安心！第二天看報，覺得除一兩家報紙外，各報記載多有與事實不符之處。究竟是訪聞失實，還是安着別的心眼兒，我可不得而知，也不願細論。我只說我當場眼見和後來耳聞的情形，請大家看看這陰慘慘的二十世紀二十六年三月十八日的中國！——十九日《京報》所載幾位當場逃出的人的報告，頗是翔實，可以參看。

　　我先說遊行隊。我自天安門出發後，曾將遊行隊從頭至尾看了一回。全數約二千人；工人有兩隊，至多五十人；廣東外交代表團一隊，約十餘人；國民黨北京特別市黨部一隊，約二三十人；留日歸國學生團一隊，約二十人，其餘便多是北京的學生了，內有女學生三隊。拿木棍的並不多，而且都是學生，不過十餘人；工人拿木棍的，我不曾見。木棍約三

尺長，一端削尖了，上貼書有口號的紙，做成旗幟的樣子。至於「有鐵釘的木棍」我卻不曾見！

　　我後來和清華學校的隊伍同行，在大隊的最後。我們到執政府前空場上時，大隊已散開在滿場了。這時府門前站着約莫兩百個衞隊，分兩邊排着；領章一律是紅地，上面「府衞」兩個黃銅字，確是執政府的衞隊。他們都背着槍，悠然的站着：毫無緊張的顏色。而且槍上不曾上刺刀，更不顯出甚麼威武。這時有一個人爬在石獅子頭上照相。那邊府裏正面樓上，欄杆上伏滿了人，而且擁擠着，大約是看熱鬧的。在這一點上，執政府頗像尋常的人家，而不像堂堂的「執政府」了。照相的下了石獅子，南邊有了報告的聲音：「他們説是一個人沒有，我們怎麼樣？」這大約已是五代表被拒以後了；我們因走進來晚，故未知前事 —— 但在這時以前，羣眾的嚷聲是決沒有的。到這時才有一兩處的嚷聲了：「回去是不行的！」「吉兆胡同！」「……」忽然隊勢散動了，許多人紛紛往外退走；有人連聲大呼：「大家不要走，沒有甚麼事！」一面還揚起了手，我們清華隊的指揮也揚起手叫道：「清華的同學不要走，沒有事！」這其間，人眾稍稍聚攏，但立刻即又散開；清華的指揮第二次叫聲剛完，我看見眾人紛紛逃避時，一個衞隊已裝完子彈了！我趕忙向前跑了幾步，向一堆人旁邊睡下；但沒等我睡下，我的上面和後面各來了一個人，緊緊地挨着我。我不能動了，只好蜷曲着。

　　這時已聽到劈劈拍拍的槍聲了；我生平是第一次聽槍聲，起初還以為是空槍呢（這時已忘記了看見裝子彈的事）。但一

兩分鐘後，有鮮紅的熱血從上面滴到我的手背上，馬褂上了，我立刻明白屠殺已在進行！這時並不害怕，只靜靜的注意自己的運命，其餘甚麼都忘記。全場除劈拍的槍聲外，也是一片大靜默，絕無一些人聲；甚麼「哭聲震天」，只是記者先生們的「想當然耳」罷了。我上面流血的那一位，雖滴滴地流着血，直到第一次槍聲稍歇，我們爬起來逃走的時候，他也不則一聲。這正是死的襲來，沉默便是死的消息。事後想起，實在有些悚然。在我上面的不知是誰？我因為不能動轉，不能看見他；而且也想不到看他——我真是個自私的人！後來逃跑的時候，才又知道掉在地下的我的帽子和我的頭上，也滴了許多血，全是他的！他足流了兩分鐘以上的血，都流在我身上，我想他總吃了大虧，願神保佑他平安！第一次槍聲約經過五分鐘，共放了好幾排槍；司令的是用警笛；警笛一鳴，便是一排槍，警笛一聲接着一聲，槍聲就跟着密了，那警笛聲甚淒厲，但有幾乎一定的節拍，足見司令者的從容！後來聽別的目睹者說，司令者那時還用指揮刀指示方向，總是向人多的地方射擊！又有目睹者說，那時執政府樓上還有人手舞足蹈的大樂呢！

　　我現在緩敘第一次槍聲稍歇後的故事，且追述些開槍時的情形。我們進場距開槍時，至多四分鐘；這其間有照相有報告，有一兩處的嚷聲，我都已說過了。我記得，我確實記得，最後的嚷聲距開槍只有一分餘鐘；這時候，羣眾散而稍聚，稍聚而復紛散，槍聲便開始了。這也是我說過的。但「稍聚」的時候，陣勢已散，而且大家存了觀望的心，頗多趑趄不

前的，所謂「進攻」的事是決沒有的！至於第一次紛散之故，
我想是大家看見衛隊從背上取下槍來裝子彈而驚駭了；因為
第二次紛散時，我已看見一個衛隊（其餘自然也是如此，他們
是依命令動作的）裝完子彈了。在第一次紛散之前，羣眾與衛
隊有何衝突，我沒有看見，不得而知。但後來據一個受傷的
說，他看見有一部分人——有些是拿木棍的——想要衝進府
去。這事我想來也是有的；不過這決不是衛隊開槍的緣由，
至多只是他們的藉口。他們的荷槍挾彈與不上刺刀（故示鎮
靜）與放羣眾自由入轅門內（便於射擊），都是表示他們「聚而
殲旃」的決心，衝進去不衝進去是沒有多大關係的。證以後來
東門口的攔門射擊，更是顯明！原來先逃出的人，出東門時，
以為總可得着生路；那知迎頭還有一支兵，——據某一種報
上說，是從吉兆胡同來的手槍隊，不用說，自然也是殺人不眨
眼的府衛隊了！——開槍痛擊。那時前後都有槍彈，人多門
狹，前面的槍又極近，死亡枕藉！這是事後一個學生告訴我
的；他說他前後兩個人都死了，他躲閃了一下，總算倖免。
這種間不容髮的生死之際也夠人深長思了。

　　照這種種情形，就是不在場的諸君，大約也不至於相信羣
眾先以手槍轟擊衛隊了吧。而且轟擊必有聲音，我站的地方，
離開衛隊不過二十餘步，在第二次紛散之前，卻絕未聽到槍
聲。其實這只要看政府巧電的含糊其辭，也就夠證明了。至
於所謂當場奪獲的手槍，雖然像煞有介事地舉出號數，使人
相信，但我總奇怪；奪獲的這些支手槍，竟沒有一支曾經當
場發過一響，以證明他們自己的存在。——難道拿手槍的人

都是些傻子麼？還有，現在很有人從容的問：「開槍之前，有警告麼？」我現在只能說，我看見的一個衛隊，他的槍口是正對着我們的，不過那是剛裝完子彈的時候。而在我上面的那位可憐的朋友，他流血是在開槍之後約一兩分鐘時。我不知衛隊的第一排槍是不是朝天放的，但即使是朝天放的，也不算是警告；因為未開槍時，羣眾已經紛散，放一排朝天槍（假定如此）後，第一次聽槍聲的羣眾，當然是不會回來的了（這不是一個人膽力的事，我們也無須假充硬漢），何用接二連三地放平槍呢！即使怕一排槍不夠驅散眾人，盡放朝天槍好了，何用放平槍呢！所以即使衛隊曾放了一排朝天槍，也決不足做他們絲毫的辯解；況且還有後來的攔門痛擊呢，這難道還要問：「有無超過必要程度？」

　　第一次槍聲稍歇後，我茫然地隨着眾人奔逃出去。我剛發腳的時候，便看見旁邊有兩個同伴已經躺下了！我來不及看清他們的面貌，只見前面一個，右乳部有一大塊殷紅的傷痕，我想他是不能活了！那紅色我永遠不忘記！同時還聽見一聲低緩的呻吟，想是另一位的，那呻吟我也永遠不忘記！我不忍從他們身上跨過去，只得繞了道彎着腰向前跑，覺得通身懈弛得很；後面來了一個人，立刻將我撞了一交。我爬了兩步，站起來仍是彎着腰跑。這時當路有一副金絲圓眼鏡，好好地直放着；又有兩架自行車，頗擋我們的路，大家都很艱難地從上面踏過去。我不自主地跟着眾人向北躲入馬號裏。我們偃臥在東牆角的馬糞堆上。馬糞堆很高，有人想爬牆過去。牆外就是通路。我看着一個人站着，一個人正向他肩上

爬上去；我自己覺得決沒有越牆的氣力，便也不去看他們。
而且裏面槍聲早又密了，我還得注意運命的轉變。這時聽見
牆邊有人問：「是學生不是？」下文不知如何，我猜是牆外的
兵問的。那兩個爬牆的人，我看見，似乎不是學生，我想他
們或者得了兵的允許而下去了。若我猜的不大錯，從這一句
簡單的問語裏，我們可以看出衛隊乃至政府對於學生海樣深
的仇恨！而且可以看出，這一次的屠殺確是有意這樣「整頓學
風」的；我後來知道，這時有幾個清華學生和我同在馬糞堆
上。有一個告訴我，他旁邊有一位女學生曾喊他救命，但是
他沒有法子，這真是可遺憾的事，她以後不知如何了！我們
偃臥馬糞堆上，不過兩分鐘，忽然看見對面馬廄裏有一個兵
拿着槍，正裝好子彈，似乎就要向我們放。我們立刻起來，仍
彎着腰逃走；這時場裏還有疏散的槍聲，我們也顧不得了。
走出馬路，就到了東門口。

這時槍聲未歇，東門口擁塞得幾乎水洩不通。我隱約看
見底下蜷縮地蹲着許多人，我們便推推搡搡，擁擠着，掙扎
着，從他們身上踏上去。那時理性真失了作用，竟恬然不以
為怪似的。我被擠得往後仰了幾回，終於只好竭全身之力，
向前而進。在我前面的一個人，腦後大約被槍彈擦傷，汩汩
地流着血；他也同樣地一歪一倒地掙扎着。但他一會兒便不
見了，我想他是平安的下去了。我還在人堆上走。這個門是
平安與危險的界線，是生死之門，故大家都不敢放鬆一步。
這時希望充滿在我心裏。後面稀疏的彈子，倒覺不十分在意。
前一次的奔逃，但求不即死而已，這回卻求生了；在人堆上

的眾人，都積極地顯出生之努力。但仍是一味的靜；大家在這千鈞一髮的關頭，哪有閒心情和閒工夫來說話呢？我努力的結果，終於從人堆上滾了下來，我的運命這才算定了局。那時門口只剩兩個衛隊，在那兒閒談，僥倖得很，手槍隊已不見了！後來知道門口人堆裏實在有些是死屍，就是被手槍隊當門打死的！現在想着死屍上越過的事，真是不寒而慄呵！

我真不中用，出了門口，一面走，一面只是喘息！後面有兩個女學生，有一個我真佩服她；她還能微笑着對她的同伴說：「他們也是中國人哪！」這令我慚愧了！我想人處這種境地，若能從怕的心情轉為興奮的心情，才真是能救人的人。苦只一味的怕，「斯亦不足畏也已！」我呢，這回是由怕而歸於木木然，實是很可恥的！但我希望我的經驗能使我的膽力逐漸增大！這回在場中有兩件事很值得紀念：一是清華同學韋傑三君（他現在已離開我們了！）受傷倒地的時候，別的兩位同學冒死將他抬了出來；一是一位女學生曾經幫助兩個男學生脫險。這都是我後來知道的。這都是俠義的行為，值得我們永遠敬佩的！

我和那兩個女學生出門沿着牆往南而行。那時還有槍聲，我極想躲入胡同裏，以免危險；她們大約也如此的，走不上幾步，便到了一個胡同口；我們便想拐彎進去。這時牆角上立着一個穿短衣的看閒的人，他向我們輕輕地說：「別進這個胡同！」我們莫名其妙地依從了他，走到第二個胡同進去；這才真脫險了！後來知道衛隊有搶劫的事（不僅報載，有人親見），又有用槍柄，木棍，大刀，打人，砍人的事，我想他們

一定就在我們沒走進的那條胡同裏做那些事！感謝那位看閒的人！衛隊既在場內和門外放槍，還覺殺的不痛快，更攔着路邀擊；其洩忿之道，真是無所不用其極了！區區一條生命，在他們眼裏，正和一根草，一堆馬糞一般，是滿不在乎的！所以有些人雖倖免於槍彈，仍是被木棍，槍柄打傷，大刀砍傷；而魏士毅女士竟死於木棍之下，這真是永久的顫慄啊！據燕大的人說，魏女士是於逃出門時被一個衛兵從後面用有楞的粗大棍兒兜頭一下，打得腦漿迸裂而死！我不知她出的是哪一個門，我想大約是西門吧。因為那天我在西直門的電車上，遇見一個高工的學生，他告訴我，他從西門出來，共經過三道門（就是海軍部的西轅門和陸軍部的東西轅門），每道門皆有衛隊用槍柄，木棍和大刀向逃出的人猛烈地打擊。他的左臂被打好幾次，已不能動彈了。我的一位同事的兒子，後腦被打平了，現在已全然失了記憶；我猜也是木棍打的。受這種打擊而致重傷或死的，報紙上自然有記載；致輕傷的就無可稽考，但必不少。所以我想這次受傷的還不止二百人！衛隊不但打人，行劫，最可怕的是剝死人的衣服，無論男女，往往剝到只剩一條袴為止；這只要看看前幾天《世界日報》的照相就知道了。就是不談甚麼「人道」，難道連國家的體統，「臨時執政」的面子都不顧了麼；段祺瑞你自己想想吧！聽說事後執政府乘人不知，已將死屍掩埋了些，以圖遮掩耳目。這是我的一個朋友從執政府裏聽來的；若是的確，那一定將那打得最血肉模糊的先掩埋了。免得激動人心。但一手豈能盡掩天下耳目呢？我不知道現在，那天去執政府的人還有失蹤的沒

有？若有，這個消息真是很可怕的！

這回的屠殺，死傷之多，過於五卅事件，而且是「同胞的槍彈」，我們將何以間執別人之口！而且在首都的堂堂執政府之前，光天化日之下，屠殺之不足，繼之以搶劫，剝屍，這種種獸行，段祺瑞等固可行之而不恤，但我們國民有此無臉的政府，又何以自容於世界！——這正是世界的恥辱呀！我們也想想吧！此事發生後，警察總監李鳴鐘匆匆來到執政府，說「死了這麼多人，叫我怎麼辦？」他這是局外的說話，只覺得無善法以調停兩間而已。我們現在局中，不能如他的從容，我們也得問一問：

「死了這麼多人，我們該怎麼辦？」

1926 年 3 月 23 日作屠殺後五天寫完

新年底故事

　　昨天家裏來了些人到廚房裏煮出些肉包子，糖饅頭，和三大塊風糖糕來；他們倒是好人哩！娘和姊姊嫂嫂裹得好粽子；娘只許我吃一個，嫂嫂又給我一個，叫我別告訴娘；我又跟姊姊要，姊姊説我再吃不得了；——好笑，伊吃得，我吃不得！——後來郭媽媽偷給我一個，拿在手裏給我看了，説替我收着，餓了好吃。

　　肉包子，糖饅頭，風糖糕，我都吃了些，又趁娘他們不見，每樣拿了幾個，將袍子兜了，想藏在牀裏去；不想間壁一隻狗跑來，盡向我身上聞，我又怕又急，只得緊緊抱着袍角兒跑；狗也跟着，我便叫起來。娘在廚房裏罵我「又作死了」，又叫姊姊。一會大姊姊來了，將狗打走；奪開我的兜兒一看，説「你拿這些，還吃死了呢！」伊每樣留下一個，別的都拿去了；伊收到自己牀裏去呢！晚間郭媽媽又和我要去一塊風糖糕；我只吃了一個肉包子和糖饅頭罷了。

　　今晚上家裏桌子、椅子都披上紅的、花的衫兒，好看呢！到處點着紅的蠟燭；他們磕起頭來，我跟着磕了一會；爸爸、娘又給他倆磕頭，我也磕了。他們問我牆上掛着，畫的兩個人兒是誰？我説「一個男人一個女人」。娘笑説，「這是祖爺

爺和祖奶奶哩！」我想他們只有這樣大的！——呀！桌子擺好了！我先爬上凳子跪得高高地，筷子緊緊捏在手裏；他們也都坐攏來。李二拿了好些盤菜放在桌上，又端一碗東西放在盤子中間，熱氣騰騰地直冒；我趕緊拿着筷子先向了幾向，才伸出去；菜還沒有夾着，早見娘兩隻眼正看着我呢，伊鼻子眼裏哼了一聲，我只得……地將筷子縮回來，放在嘴裏呀着。姊姊望着我笑，用指頭括着臉羞我；我別轉臉來，咕嘟着嘴不睬伊。後來娘他們都動筷子了，他們一筷一筷地夾了許多菜給我；我不管好歹，眼裏只顧看着面前的一隻碗，嘴裏不住地嚼着。

嚼到後來，忽然不要嚼了；眼裏看着，心裏愛着，只是菜不知怎麼，都不好吃了。——我只得讓他們剩在碗裏，獨自一個攀着桌子爬下來了。

娘房裏，哥哥嫂嫂房裏，姊姊房裏都點着一對通紅的大蠟燭；郭媽媽也將我們房裏的點了，叫我去看。我要爬到桌上去看，郭媽媽不許，我便跳起來嚷着。伊大聲叫道，「太太，你看，寶寶要玩蠟燭哩！」娘在伊房裏説，「好兒子，別鬧，你娘給好東西你吃！」伊果然拿着一盤茶果進來；又有一個紅紙包兒，説是一塊錢，給我「壓歲」的，娘交給郭媽媽收着，説不許我瞎用。我只顧抓茶果吃，又在小箱子裏拿出些我的泥寶寶來：這一個是小娘娘八月節買給我的，這一個是施偉仁送我的，這些是爸爸在上海買來的。我教他們都站在桌上，每人面前，放些茶果，叫他們吃。——呀！他們怎麼不吃！我看見娘放好幾碗菜在畫的人兒面前，給他們吃；我的寶寶

們為甚麼不吃呢？呵！只怕我沒有磕頭罷，趕快磕頭罷！

　　郭媽媽説話了；伊抱着我説，「明天過年了，多有趣呢！」粽子，包子，都聽我吃。衣服，鞋子，帽子都穿新的 —— 要「斯文」些。舅舅家的阿龍、阿虎，娘娘家的毛頭、三寶都來和我玩耍。伊説有許多地方耍把戲的，只要我們不鬧，便帶我們去。我忙答應説，「好媽媽，寶寶是不鬧的，你帶了他去罷！」伊點點頭，我便放心了。伊又説要買些花炮給我家來放，伊説去年我也放過；好有趣哩！伊一頭説，一頭拍着我，我兩個眼皮兒漸漸地合攏了。

　　我果然同着阿龍、阿虎他們在附近一個大操場上；我抱在郭媽媽懷裏，看着耍猴把戲的。那猴兒一上一下爬着桿兒，我只笑着用手不住地指着叫「咦！咦！」忽然旁邊有一個人説，「他看你呢！」我仔細一看，猴兒果然在看我，便嚇得要哭；那人忽然笑了一個可怕的笑，説，「看着我罷！」我又安了心。忽然一聲鑼響，我回頭一看，我已在一個不識的人的懷裏了！我哭着，叫着，掙着；耳邊忽然郭媽媽説，「寶寶怎麼了，媽媽在這裏。不怕的！」我才曉得還在郭媽媽懷裏；只不知怎麼便回來了？

　　太陽在地板上了，郭媽媽起來。我也揉着眼睛；開眼一看，桌上我的寶寶們都睡着了 —— 他們也要睡覺呢。青梅呢？我的小青梅呢？寶寶頂頂喜歡的青梅呢？怎麼沒了？我哭了。郭媽媽忙跑來問甚麼事，我哭着全告訴了伊。伊在桌上找了一陣；在地板上太陽裏找着一片核子，説被「綠尾巴」吃了。我忙説，「唔！寶寶怕！」將頭躲在伊懷裏；伊説，「不

怕，日裏他不來的，你只要不哭好了！」我要起來，伊叫我等
着，拿衣服給我穿；伊拿了一件花棉襖，棉褲，一件紅而亮的
袍子，一件有毛的背心，是黑的，還有雙花鞋，一個有許多金
寶寶的風帽；伊幫我穿了衣和鞋，手裏拿着風帽，說洗了臉
才許戴呢。我真喜歡那個帽，趕忙地央着郭媽媽拿水來給我
洗了臉，拍了粉，又用筷子給點胭脂在我眉毛裏，和鼻子上，
又給我戴了風帽；說今天會有人要我做小女婿呢。我歡天喜
地跑到廚房裏，趕着人叫「恭喜」——這是郭媽媽教我的。一
會郭媽媽端了一碗白圓子和一個粽子給我吃了；叫我跟着伊
到菩薩前，點起香燭磕頭，又給爸爸娘他們磕頭。郭媽媽說
有事去，叫我好好玩，不要弄污了衣服，毛頭、三寶就要來了。

　　好多時，毛頭、三寶和小娘娘都來了。我和他們忙着辦
菜給我的泥寶寶吃；正拿着些點心果子，切呀剝的，郭媽媽
走來，說帶我們上街去。我們立刻丟下那些跟着他走。街上
門都關着；我們常買落花生的小店也關了。一處處有「斯奉斯
奉昌……鏜鏜鏜鏜革合」底聲音。我問郭媽媽，伊說是打鑼鼓
呢。又看見一家門口一個人一隻手拿着一掛紅紅白白的東西，
一搭一搭的，那隻手拿着一根「煤頭」要燒；郭媽媽忙說，「放
爆竹了。」叫我們站住，用手閉了耳朵，伊說「不要怕，有我
呢」。我見那爆竹一個個地跳了開去，彷彿有些響，右手這一
鬆，只聽見「劈！拍！」我一隻耳朵幾乎震聾了，趕緊地將他
閉好，將身子緊緊挨着郭媽媽，一動也不敢動。爆竹只怕不放
了，郭媽媽叫我們放下手，我只是指着不肯放；郭媽媽氣着
說，「你看這孩子！……」伊將我的手硬拖下來了。走了不遠，

有一個攤兒；我們近前一看，花花綠綠的，好東西多着呢！我央着郭媽媽買。伊給我買了一副黑眼鏡，一個鬼臉，一個鬍鬚，一把木刀，又給毛頭買了一個鬍鬚，給三寶買了一個鬍鬚。我戴了眼鏡，叫郭媽媽給我安了鬍鬚；又趁三寶看着我，將伊手裏的鬍鬚奪了就跑，三寶哭了，毛頭走來追我。我一個不留意，將右腳踏在水潭裏，心裏着急，想娘又要罵了。毛頭已將鬍鬚拿給三寶；他們和郭媽媽走來。伊說我一頓，我只有哭了；伊又抱起我說，「好寶寶，別哭，郭媽媽回來給你換一雙，包不叫娘曉得；只下次再不許這樣了。」我答應我們就回來了。

今晚是初五了。郭媽媽和我說，明天新衣服要脫下來，椅子桌子紅的，花的衫兒也不許穿了，粽子，肉包子，糖饅頭，風糖糕，只有明天一早好吃了；阿龍、阿虎他們都不來了；叫我安穩些，好等後天上學堂唸書罷！他們真動手將桌子，椅子底衫兒脫下，牆上畫的人兒也捲起了。我一毫不想玩耍，只睡在牀上哭着。郭媽媽拿了一枝快點完的紅蠟燭，到牀邊問道，「你又怎麼了？誰給氣寶寶受；媽媽是不依的！」我說「現在年不過了！」伊說，「痴孩子，為這個麼！我是騙騙你的；明天我們正要到舅舅家過年去呢！起來罷，別哭了。」我聽了伊的話，笑着坐起來，問道，「媽媽，是真的麼？別哄你寶寶哩。」

　　1921 年 1 月 1 日，浙江省立第一師範《十日刊》新年號。

笑的歷史

你問我現在為甚麼不愛笑了，我現在怎樣笑得起來呢？

我幼小時候是很會笑的。娘說我很早就會笑了。她說不論有人引逗，無人引逗，我總常要笑的。她只有我一個女兒，很寵愛我，最喜歡看我笑；她說笑像一朵小白花，開在我的臉上；看了真是受用。她甚至只聽了我的格格……的笑聲，也就受用了。她生性怕雷電。但只要我笑了，她便不怕了。她有時受了爸爸的委屈，氣得哭了。我笑了，她卻就罷了。她在擔心着缺柴米的日子，她真急得要尋死了。但她說看了我的笑，又怎樣忍心死呢？那些時我每笑總必前仰後合的，好一會才得止住。娘說我是有福的孩子，便因為我笑得容易而且長久。但是，但是爸爸的意見如何呢？你該要問了。他自然不能和母親一樣，然而無論如何，也有些兒和她同好的。不然，她每回和他拌嘴以後，為甚麼總叫我去和他說笑，使他消消氣呢？還有，小五那日在廚房裏花琅琅打碎兩隻紅花碗的時候，她忙忙的叫郭媽媽帶我到爸爸面前說笑。她說，「小姐在那裏，我就可以不挨罵了。」這又為甚麼呢？那時我家好像嚴寒的冬天，我便像一個太陽。所以雖是十分艱窘，大家還能夠快快活活的過日子。這樣直到十三歲。那年上，娘可

憐，死了！郭媽媽卻來管家了！我常常想起娘在的時候，暗中難過；便不像往日起勁的笑了。又過了三四年，她們告訴我，姑娘人家要斯文些，笑是沒規矩的。小戶人家的女兒才到處哈哈哈哈的笑呢！我曉得了這番道理，不由的又要小心，因此忍了許多笑。可是忍不住的時候，究竟有的；那時我便不免前仰後合的大笑一番。她們說這是改不掉的老毛病了！我初到你家，你們不也說我愛笑麼？那正是「老毛病」了。

初到你家的時候，滿眼都是生人！便是你，也是個生人！我孤鬼似的，只有陪房的小王、老王，是我的人。我時時覺得害怕，怕說錯了話，行錯了事。他們也再三教我留意。這顆心總是不安的，哪裏還會像在家時那樣笑呢？

便是有時和他們兩個微笑着，聽見人聲，也就得馬上放下面孔，做出莊重的樣子。——因為這原是偷着笑的。那時真是氣悶死了。我一個愛說愛笑的人，怎經得住這樣拘束呢？更教我要命的，回門那一天，我原想家裏去舒散舒散的；那知道他們都將我作客人看待，毫不和我玩笑。我自己到家裏，也覺得不好意思似的，沒有從前那樣自在！——這都因為你的緣故吧？我想你家裏既都是些生人，我家裏的，也都變了些生人，似乎再沒有和我親熱的！——便更覺是孤鬼了！幸而七八天後，你家人漸漸有些熟了，不必仔細提防了，——不然，真要悶死呢！在家天天要笑的，倒也不覺得怎樣快樂。可是這七八天裏不曾大笑一回，再想從前，便覺得十分有滋味！這以後，我漸漸的忍不住了，我的老毛病發作了，你們便常常聽見我的笑了。不上一個月，你家裏和孫家、張家，都知道

我愛笑了；我竟在笑上出了名了。我自己是不覺得，我真比
別人會笑些麼？我的笑真和別人不同麼？可是你家究竟不是
我家，滿了月之後，我的笑就有人很不高興了。第一便是你！
那天大家偶然談起筷子。你問：「在哪裏買？」我覺得奇怪，
故意反問你：「你說在哪裏買？」你想了想，說：「在南貨店
裏。」大家都笑了，我更大笑不止！你那時大概很難為情，只
板着臉咕嘟着嘴不響。好久，才冷冷的向我說：「笑完了罷？」
等到了房裏，你卻又說：「真的，我勸你少笑些好不好？有甚
麼叫你這樣好笑呢？而且笑也何必這樣驚天動地呢？」——
這些話你總該還記得；我不冤枉你罷？——這是我第一回受
人的言語；爸爸和娘一口大氣也不曾呵過我的。那時我頗不
舒服，但卻不願多說甚麼；只冷笑了一聲，低低的說：「你管
我呢？」說完，我就走出去了。那句話卻不知你聽見了沒有？
但我到底還是孩子氣，過了一兩日，又常常的笑了。有一回，
卻又惱了姨娘；也在大家談話的時候。她大概疑惑我有心笑
她，所以狠狠的瞪了我一眼。其實我的笑是隨便不過的，那
裏會用心呢？我只顧笑得快活，那裏知道別人的難為情呢？
我在她瞪眼的時候，心裏真是悔恨不迭；想起前回因笑惱了
你，今天怎麼又忍不住了呢！我立時便收了笑容，痴痴的坐
着。大家都詫異說：「怎麼忽然不響了？」我低頭微笑，答不
出甚麼。過了一會，便……的起來走了。走到房裏，聽見姨娘
說：「少奶奶太愛笑，也不大好；教人家說太太沒規矩似的！
我們要勸勸她才好。」這自然是對婆婆說的！我聽了，更覺不
安了！

第二天，婆婆到我房裏閒談，漸漸説起我的笑。她説：「也難怪你，你娘死得早，爸爸又不管事，便讓你沒規沒矩的了。但出了門和在家做姑娘時不同，你得學做人，懂得做人的道理，不能再小孩子似的。你在我家，我將你和自己女兒一般看待；所以我特地指點你。——以後要忍住些笑；就是笑，也要文氣些，而且還要看人！你説我的話是麼？」婆婆那時説得很和氣，一點沒有嚴厲的樣子；比你那冷言冷語好得多了。我自然是很感激的。我説：「婆婆説的都是好話，我也曉得的。只因為在家笑慣了，所以不容易改。以後自然要留意的。」那幾日裏，傭人們也常在廚房裏議論我的笑；這真教我難為情的！我想笑原來不是一件好東西！——不，不，小孩子的笑是好的，大人的笑是不好的。但你在客廳裏和你那些朋友常常哈哈哈哈的笑，他們也不曾議論你！——曉得了！男人笑是不妨的，女人笑是沒規矩的。我經過兩回勸戒，不能不提防着了，我的笑便漸漸的少了。他們都説我才有些成人氣了。但我心裏老不明白，女人的笑為甚麼這樣不行呢？

滿月後二十天，那是陰曆正月十二，你動身到北京上學去了。我送你到門口，但並沒有甚麼難過。你也很平常的，頭也不回走了。那天我雖覺有些和往日不同，卻也頗輕微的。第二天便照常快活了。那時公公正在権運局差事上，家裏錢是不缺的；大家都歡歡喜喜的過着。婆婆們因為我是新娘，待我還算客氣的。雖然也有時勸戒我，有時向我發怒，有時向我冷笑，但總不常有的。我呢，究竟還是孩子，也不長久記着這些事。所以雖沒有在家裏自在，我也算是無憂無慮的過

着了。這些日子，我還是常常要笑的，只不大像從前那樣前仰後合，那樣長久罷了。他們還是説我愛笑的。但婆婆勸過我兩回，我到底不曾都改了；他們見慣不驚，也就只好由我了。所以我的笑説不自由，卻也自由的。到暑假時，你回來了，住了五十天。你又走了，這一回的走可不同了。你還記得吧？──那夜裏我哭了一點多鐘，你後來也陪我哭。我們哭得眼睛都紅了；你不是還怕他們笑麼？走的時候，我不敢送你，並且也不敢看你；因為怕忍不住眼淚，更要讓他們笑了！但是到底忍不住！你才走，我便溜到房裏哭了。四弟、五妹都來偷看我，我也顧不得了。自從娘死後，我不曾哭過，因為我是愛笑不愛哭的。在你家裏，這要算第一回了。

　　從那日起，我常覺失掉一件甚麼東西似的，心裏老是不安了。我這才嘗着別離的滋味了！你們男人家在外面有三朋四友的説笑，又有許多遊散的地方，想家的心自然漸漸的會淡下去。我們終日在家裏悶着：碰來碰去，是這些人；轉來轉去，是這些地方！沒得打岔兒的，教我怎不想呢？越想便越想了，真真有些痴了。這一來我的笑可不容易了。好笑的事情，都覺淡淡的味兒，彷彿酒裏攙了水。──我的笑的興致也是這樣。況且做了一年的媳婦，規矩曉得的多了，漸漸的脱了孩子氣了；我也自然的不像從前愛笑了。

　　這些時候笑是很文氣了。微笑多了，大笑少了。他們都説老毛病居然改掉了。

　　第二年冬天，公公從差事上交卸了，虧空好幾百元──是五百元罷？湊巧祖婆婆又死了；真是禍不單行！公公教婆

婆和姨娘將金銀首飾都拿出來兌錢去。我看她們委委屈屈的將首飾匣交給公公，心裏好淒慘的！首飾兌了回來，又當了一件狐皮袍，才湊足了虧空的數目，寄到省裏去了。第二天，婆婆便和公公大吵一回。為何起因，我已忘記；——你記得麼？——只知道實在是為首飾的緣故罷了。那一次吵得真是利害！我到你家還是第一次看見呢。

我覺得害怕，並且覺得這是一個惡兆；因為家裏的光景真是大不同了！那回喪事是借的錢辦的。在喪事裏，我只哭了兩回；要真傷心，我才會哭，我不會像她們那樣哼哼兒。我的傷心，一半因為祖婆婆待我好，一半也愁着以後家裏怎樣過日子！我曉得愁，也是從前沒有的；年紀大了，到底不同了。喪事過後，家裏日用，分文沒有；便只得或當或借的支持着。這也像嚴寒的冬天了。而且你家的人還要嘔氣。只說婆婆那樣嫌着公公，說他只一味浪用，不知攢幾個錢兒！又和姨娘吵鬧，說她只曉得巴結公公，討他的好！這樣情形，還能和和氣氣的過日子麼？我也常給他們解勸，但毫沒有用的。這樣過了一年多，我眼看着這亂糟糟的家，一天天的衰敗下去，不由得不時時擔心。

婆婆發脾氣的時候，又喜歡東拉西扯的牽連着別人。我更加要留意。你又在北京；連一個訴說的人也沒有！我心裏怎樣不鬱鬱的呢？我的心本來是最寬的；到你家後便漸漸的窄了；彷彿有一塊石頭壓着似的。你說北京有甜井、苦井，我從前的心是甜的，後來便是苦的。那些日子，真沒有甚麼叫我笑了，我連微笑也少了。有一天我回到家裏，爸和娘娘

他們說：「小招真可憐！從前那樣愛笑的，現在臉上簡直不大看見笑了！」那時我家人待我的情形也漸漸不同了，這叫我最難過的！——誰想自家人也會勢利呢？

我起初還不覺得；等到他們很冷淡了，我方才明白。你看我這個人糊塗不糊塗？——娘娘他們不用說，便是郭媽媽和小五等人，也有些看不起我似的。只除了爸爸一個人！

他們都曉得我們家窮了，所以如此。其實我們窮我們的，與他們何干呢！本來還家去和他們說說笑笑，還可以散散心的。這一來，我還家去做甚麼呢？這樣又過了半年。這一年半裏，公公雖曾有過兩回短差事，但剩不了錢，也是無用的。好差事又圖謀不到！家裏便一天虧似一天了！起初人家不知就裏，還願意借錢給我們。後來見公公長久無好差事，家裏連利錢也不能夠按期付了，大家便都不肯借了；而且都來討利錢、討本錢了。他們來的時候，神氣了不得！你得先聽他討厭的話，再去用好話敷衍他。敷衍得好的，便快快的走了；不好的，便狠狠的發話一場。你那時不在家，我們就成天過這種日子！你想這是人過的日子麼？你想我還有一毫快樂的心思麼？你想我眼淚直向肚裏滾，還有心腸笑麼？好容易到了七月裏，你畢業了，而且在上海有了事了。那時大家歡喜，我更不用說了，——娘娘他們都說我從此可以出頭了！我暗中着實快活了好幾日，不由的笑了好幾回，——我本想忍住的，但是忍不住，只好讓他們去說吧。這樣的光景，誰知道後來的情形卻全然相反呢？

自從公公那回交卸以後，家裏各人的樣子，便大不同

了。——我剛才不是和你說過麼？婆婆已經不像從前客氣。
她不知聽了誰的話，總防着我爬到她頭上去。所以常常和我
講究做媳婦的規矩，又一心一意的要向我擺出婆婆的架子。
更加家境不好，她成天的沒好心思，便要尋是生非的發脾氣。
碰着誰就是誰。我這下輩人，又是外姓人，自然更倒霉了！
她那時常要挑剔我。她雖不明明的罵我，但擺着冷臉子給你
看，冷言冷語的譏嘲你，又背地裏和傭人們議論你，就儘夠你
受了！姨娘呢，雖不曾和我怎樣，但暗中挑撥着婆婆，也甚是
利害！你想，我怎能不鬱鬱的！——只有公公還好，算不曾
變了樣子。我剛才不說過那時簡直不大會笑麼？你想，愁都
愁不過來，又怎樣會笑呢？況且到了後來，便是要笑也不敢
了。記得有一回，不知誰說了甚麼，引得我開口大笑。這其
實是偶然又偶然的事。但婆婆卻發話了。她說，「少奶奶真愛
笑！家裏到這地步，怎麼一點不曉得愁呢！怎麼還能這樣嘻
嘻哈哈呢！」

　　她的神氣嚴厲極了，叫我害怕，更叫我難堪！——當着
眾人面前，受這樣的責備，真是我平生第一回！我還有甚麼
臉面呢？我氣得發抖，只有回房去暗哭！你想，從此以後，我
還敢笑麼？我還去自討沒趣麼？況且家裏又是這個樣子！一
直等到你上海有事的時候，我才高興起來，才又笑了幾回。
但是後來更不敢笑了！為甚麼呢？你有了事以後，雖統共只
拿了七十塊錢一月，他們卻指望你很大。他們恨不得你將這
七十塊錢全給家裏！你自然不能夠。你雖然曾寄給他們一半
的錢，他們那裏會滿意！況你的寄錢，又沒有定期，家裏等着

用，又是焦急！婆婆便只向我囉唆，說你怎樣不懂事，怎樣不顧家，怎樣只管自己用。她又說：「『養兒防老，積穀防饑。』他想不問嗎，怎能夠哩！」她說這些話，雖不曾怪我，但她既不高興你，自然更不高興我了！從前她對我雖然也存着心眼兒，但卻不恨我，所以還容易相處。現在她似乎漸漸有些恨我了！這全是因為你！她恨我，更要挑剔我了。我就更難了！家裏是這樣艱窘，你又終年在外面，婆婆又有心和我作對。這真真逼死我了！哪知後來還要不行！前年暑假你回來了，身邊只剩兩個角子。婆婆第一個不高興。她不是盡着問你錢到哪裏去了麼？你在家三天，她便嘮叨了三天。你本來不響的，後來大約忍不住了，也說了幾句。她卻和你大吵！

　　第二天，你賭氣走了。——我何嘗不勸你，但怎麼勸得住呢？午飯的時候，他們才問起你。我只好直說。婆婆聽了，立刻變臉大罵，又硬說是我挑唆你的！她飯不吃了，跳到廚房裏向傭人們數說。接着又和左右鄰舍說了一回。

　　晚上公公回來，她一五一十告訴他。她說：「這總是少奶奶的鬼！我們家真晦氣，媳婦也娶不到一個好的！自從她進門，你就不曾有過好差事，家境是一天壞似一天！現在又給大金出主意，想教他不寄錢回家；又挑唆他和我吵，使你們一家不和，真真八敗命！」——她在對面房裏，故意的高聲說，教我聽得清楚。——後來公公接着道：「不寄錢？——哼！他敢！讓我寫信問他去。我不能給他白養活女人、孩子！——現在才曉得，少奶奶真不是東西！」……以後聲音漸低，我也再不能聽下去了！那天我不曾吃飯。我又是害怕，又是寒心！

我和他們彷彿是敵國了，但是我只有一個人！知道他們怎樣來呢？我在牀上哭了半夜，只恨自己命苦！從第二天起，我處處提防着。果然第四天的下午，公公便指着一件不相干的事，向我大發脾氣。他罵我：「不要發昏！」這是四年來不曾有過的！他的罵比婆婆那回更是兇惡。但是我，除了忍受，有甚麼法子呢？我那晚又哭了半夜。現在是哭比笑多了。世間婆婆罵媳婦是常事；公公罵，卻是你家特別的！你看你家的媳婦可是人做的！從那回起，我竟變了罪人！婆婆的明譏暗諷，不用說了。姨娘看見公公不高興我，本來只是暗中弄鬆我的，現在卻明明的來挑撥我了！四弟、五妹也常説我的壞話了！婆婆和姨娘向我發話的時候，他們也要幫襯幾句了！傭人們也呼喚不靈了！總之，「牆倒眾人推」了。

那時候，他們的眼睛都看着我，他們的耳朵都聽着我，誰都要在我身上找出些錯處，嘲弄一番。你想我怎樣當得住呢？我的臉色、話語、舉動，幾乎都不中他們的意，幾乎都要受他們的挑剔。——真成了「眼中釘」了！我成日躲在房裏，不敢出來。出來時也不敢多説，不敢多動，只如泥塑木雕的一般！這時那裏還想到笑？笑早已到爪哇國裏去了。連影子也不見了！本來我到家裏住住，也可暫避一時。湊巧那年春天，爸爸過生日，郭媽媽要穿紅裙，和他大鬧。我幫着爸爸，罵了她一頓。她從此恨我切骨！本就不甚看得起我，這一來，索性不理睬我了！我因此就不能常回去了！到這時候，更不願回去仰面求她，給她嗤笑了！我真是走投無路。要不是為了你和孩子，我早已死了。那時我差不多每夜要哭，彷彿從前

要笑一樣。思前想後，十分難過，覺得那樣的活着，還是死了的好。等到後來你來信答應照常寄錢，這才稍微好些。但也只是「稍微」好些罷了，和從前總不相同了！直到現在，都是如此。

自從大前年生了狗兒，去年又生了玉兒。這兩個孩子可也真累壞了我！你看我初到你家時是怎樣壯的，現在怎麼樣了？人也老了，身子瘦得像一隻螳螂——儘是皮包着骨頭！多勞碌了，就會頭暈眼花；那裏還像二十幾歲的人？這一半也因為心境不好，一半也實在是給孩子們磨折的！我從前身體雖然不好，那裏像現在呢？我自己很曉得，我是一日不如一日了，將來一定活不長的！——你不信麼？以後總會看見的。說起來我的命只怕真不好！不然，公公在權運局老不交卸，家裏總可以僱兩個奶娘。我又何至吃這樣的辛苦呢？呀！領孩子的辛苦，真是你們想不到的！我又比別人格外辛苦，所以更傷人！記得狗兒生的時候，我沒有滿月，就起來幫他們做事，一面還要領孩子。才生的孩子，最難照管。穿衣服怕折了胳膊，蓋被又怕捂死了他。我是第一胎，更得提心吊膽的。那時日裏夜裏，總是懸懸不安！吃飯是匆匆的，睡覺也只管驚醒！婆婆們雖也歡喜狗兒，但卻不大能領他。一天到晚，孩子總是在我手裏的多！還得給家裏做事，所以便很累了。那時我這個人六神無主，失張失智的。沒有從前唧溜，也沒有從前勤快了。婆婆常常向我嘮叨，說我沒規矩，一半也因為此。等到孩子大起來了，哭呀，吵呀，總是有的。你們卻又討厭了，說孩子不乖巧，又說我太寵他了！還要打他。

我攔住了，你便向我生氣。其實這一點大的孩子，曉得甚麼？怎忍心怪他、打他！但你在家的時候，既然常為了孩子和我囉唆，婆婆後來和我吵，也常常借了孩子起因。我真氣極了，孩子不是我一個人私生的，怎麼你也怪我，他也怪我呢？我真倒霉，一面要代你受氣，一面又要代孩子受氣！整整三個年頭，我不曾吃過一餐好飯，睡過一夜好覺，到底為了甚麼呢？狗兒的罪，還沒有受完，又來了玉兒！你又老是這個光景，不能帶我們出去。我今生今世是莫想抬頭的了！——唉，我這幾年興致真過完了！我也不愛乾淨了，我也不想穿戴了，我也不想出去逛了。

　　終日在家裏悶着；悶慣了，倒也罷了。我為了兩個孩子，時時覺着有千斤的重擔子在我身上。又加上你家裏人，都將我看作仇人。我彷彿上了手銬腳鐐，被囚在一間牢獄裏！你想我還能高興麼？我這樣冷冰冰的，真還要死哩！你在家時還好，你不在家時，我寂寞透了！只好逗着孩子們笑着玩兒，但心思總是不能舒舒貼貼的。我此刻哭是哭不出，笑可也不會笑了；你教我笑，也笑不來了。而且看見別人笑，聽到別人笑，心中説不出的不願意。便是有時敷衍人，勉強笑笑，也只覺得苦，覺得很費力！我真是有些反常哩！

　　好人，好人，幾時讓我再能像「娘在時」那樣隨隨便便、痛痛快快的笑一回呢？

　　　　　　1923 年 4 月 28 日作完，載《小説月報》第 14 卷第 6 號